KB116354

수레바퀴 아래서

수레바퀴 아래서

헤르만 헤세 지음 • 서유리 옮김 • 박희정 그림

위즈덤하우스

1

중개 상인이자 대리인인 요제프 기벤라트는 마을 사람들에
비해 특별히 뛰어난 능력이나 특징을 가지고 있지는 않았다.
다른 사람들과 마찬가지로 건장한 체구에 장사 수완이 무난
했으며 돈을 좋아하는 것을 굳이 숨기지 않았다. 정원이 딸린
조그만 집을 가지고 있었고 공동묘지에는 가족묘가 있었다.
교회 생활은 조금 개방적이고 느슨해졌으나 하느님과 공권력
에 대한 적당한 공경심을 지니고 있었으며, 명예로운 시민으
로서 지켜야 할 마땅한 도리를 맹목적으로 따랐다. 그는 술을
마시기는 했으나 절대로 취한 적은 없었다. 그리고 이따금 깨

꿋하지 못한 거래를 할 때도 있었지만 허용된 법의 테두리를 벗어난 경우는 결코 없었다. 그는 가난한 사람들은 동냥아치라고 경멸하고 부유한 사람들은 교만하다고 비난했다. 마을 동호회의 회원으로서 매주 금요일에 '독수리' 주점에서 벌어지는 볼링 경기에 참여했으며 빵을 굽는 날 또는 라구(고기나 생선에 채소를 더해 만든 스튜)나 소시지 수프를 나눠 먹는 날에도 결코 빠지는 법이 없었다. 일을 할 때는 값싼 담배를 피웠으나 식사 후나 일요일에는 좀 더 좋은 고급 담배를 즐겼다.

내면의 삶을 들여다보면 그야말로 속물적인 사람이었다. 감정은 메말라 버린 지 오래였으며 그나마 남아 있는 감정이라고는 무뚝뚝한 전통적인 가족 의식, 아들에 대한 자부심에다 이따금 가난한 사람들에게 적선을 하는 정도가 전부였다. 그의 지적인 능력은 타고난 약삭빠름과 잇속을 챙기는 능력을 벗어나지 못했다. 독서 활동이라고 해 봐야 고작 신문을 읽는 정도였으며 예술 감상의 욕구를 채우는 데는 마을 동호회에서 매년 개최하는 아마추어 연극이나 가끔 서커스를 보러 가는 것으로 충분했다.

이웃에 사는 어떤 사람과 집과 이름을 바꾼다고 해도 달라질 것이 전혀 없었다. 그의 마음속 깊은 곳에 자리 잡은 부분,

즉 우월한 힘과 사람에 대한 끊임없는 불신, 그리고 모든 일상적이지 않은 것, 자유로운 것, 세련된 것, 정신적인 것에 대한, 질투에서 비롯한 본능적인 적개심 역시 이 마을의 다른 가장들과 다를 바가 없었다.

요제프 기벤라트에 대한 설명은 이 정도로 충분하다. 그의 무미건조한 삶과 그가 의식하지 못하는 비극을 설명하는 일은 신랄한 풍자가만이 할 수 있을 것이다. 어쨌든 이 남자에게 아들이 있었으니 이제 바로 그 아들에 대한 이야기를 하고자 한다.

한스 기벤라트는 의심할 여지 없이 재능이 뛰어난 아이였다. 다른 아이들 사이에 있는 모습만 보더라도 한스가 얼마나 뛰어나고 특별한지 충분히 알 수 있었다. 슈바르츠발트의 이 작은 마을에서 이제껏 한스 같은 인물은 나온 적이 없었다. 이 좁은 세계에서 벗어나 밖으로 눈을 돌리거나 영향을 끼칠 만한 사람은 지금껏 없었던 것이다. 이 소년의 진지한 눈망울과 총명해 보이는 이마, 단정한 걸음걸이는 누구에게 물려받은 것인지 아무도 알지 못했다. 어쩌면 어머니를 닮은 것일까? 어머니는 이미 몇 년 전에 세상을 떠났고, 살아 있을 때도 계속 아프고 근심 걱정에 사로잡혀 있었다는 것 말고 특별히 눈에 띄는 점은 없었다. 그의 아버지는 전혀 고려 대상이 되지 못했다. 따라서 지난 800~900년 동안 이 작은 마을에서 착실한 시민들은 많이 배출되었지만 신동이나 천재가 나온 적은 없었기 때문에 한스가 나온 것은 분명 신비로운 불꽃이 하늘에서 떨어진 것이나 다름없었다.

현대적 교육을 받은 관찰자라면 병약한 어머니와 위엄 있는 가문의 역사를 되짚어 보며 이렇듯 비상한 지능의 출현이 가문이 점점 몰락할 징조라고 이야기했을지도 모른다. 그러나 다행히도 이 마을에는 그런 부류의 사람은 없었다. 젊고 영리한 관료나 교사들만이 신문 기사를 통해서 '현대적 인간'의 존재에 대해 막연하게 알고 있을 뿐이었다. 이곳에서는 차라투스트라가 뭐라 말했는지 알지 못해도 충분히 교양인으로 행세하며 살아갈 수 있었다. 이 마을 사람들의 결혼 생활은 대체로 견실하고 행복했으며, 삶은 전반적으로 이루 말할 수 없이 시대에 뒤떨어진 낡은 관습을 따르고 있었다. 안락하고 풍족하게 살아가는 마을 사람들 가운데는 지난 20년 사이에 직공에서 공장 주인이 된 사람들도 적지 않았다. 그들은 관료들 앞에서 모자를 벗어 예의 바르게 인사를 하고 친분을 쌓으려고 하면서도 자기네들끼리 있을 때는 그들을 가난뱅이라느니 서기 나부랭이라느니 하고 얕잡아 불렀다.

그런데 이상하게도 마을 사람들의 가장 큰 야망은 가능하면 아들을 대학 공부까지 시켜서 관료가 되게 만드는 것이었다. 안타깝게도 이런 바람은 이루지 못한 아름다운 꿈에 그치는 경우가 많았다. 그들의 자식들은 라틴어 학교에서조차 여러 차례 낙제를 거듭하고 나서야 간신히 진급할 수 있었기 때문이다.

한스 기벤라트의 재능은 의심의 여지가 없었다. 교사, 교장 선생, 이웃 사람들, 마을의 목사, 동급생 등 모두가 한스가 명석한 두뇌를 가졌고 아주 특별한 존재라는 사실을 인정했다. 따라서 그의 장래는 확고하게 결정되었다. 슈바벤 지역에서는 부모가 부자가 아닌 이상 재능이 뛰어난 아이들에게는 오직 한 가지 좁은 길밖에는 없기 때문이었다. 주州에서 시행하는 시험에 합격해서 신학교를 거친 다음에 튀빙겐 신학대학에 진학하여 목사나 교수가 되는 길이었다. 해마다 40~50명의 소년들이 이 순탄하고도 안전한 길로 들어선다. 갓 입교식(공식적으로 교회의 일원이 되었음을 인정받는 예식)을 마친 비쩍 마르고 공부에 지친 소년들이 국비로 인문학의 다양한 분야를 배운다. 그렇게 8, 9년이 지나면 대부분 인생에서 좀 더 긴

두 번째 길에 들어서며 국가에서 받은 지원을 돌려주게 된다.

몇 주 후면 '주 선발 고사'가 어김없이 치러질 예정이었다. 주 선발 고사는 국가가 주의 수재들을 선발하기 위해서 매년 실시하는 힘겨운 시험의 정식 명칭이었다. 이 시험이 실시되는 동안 시험 장소인 수도에는 작은 도시나 마을의 가족으로부터 모든 탄식과 기도와 소망이 모아지곤 했다.

한스 기벤라트는 이 작은 마을에서 그 힘겨운 시험에 내보낼 수 있는 유일한 후보자였다. 그 시험을 볼 수 있는 것은 상당히 명예로운 일이었으나 절대 공짜로 얻어지는 것은 아니었다. 매일 4시까지 이어지는 학교 수업이 끝나면 곧이어 교장 선생님에게서 그리스어 특별 수업을 받았다. 그러고 나서 6시부터는 친절하게도 마을 목사가 라틴어와 종교 과목의 복습을 도와주었다. 그리고 1주일에 두 번, 저녁 식사 후에 수학 선생님한테 한 시간씩 지도를 받았다. 그리스어 공부를 할 때는 불규칙 동사 외에 불변화사不變化詞에 의해 표현되는 다양한 문장 구성에 중점을 두었고, 라틴어에서는 간결한 문체를 유지하는 것과 다양한 운율의 섬세함을 익히는 데 주안점을 두었다. 수학에서는 복잡한 비례법에 가장 큰 비중을 두고 공부했다. 선생님은 비례법이 앞으로의 학업이나 삶에 전혀 가치가 없어 보일지 모르지만 그렇게 보이는 것일 뿐이라고, 실제로는 어떤 주요 과목보다도 중요하다고 자주 강조했다. 비례법은 논리적으로 생각하는 능력을 기르는 데 도움이 되고 모든 명쾌하고 냉철하고 효과적인 사고의 바탕이 되기 때문이다.

이렇게 수업받는 한편으로는 과도한 정신적 부담을 덜도록, 또 공부만 하느라 정서를 소홀히 하지 않도록 한스는 매일 아침 학교 수업이 시작되기 한 시간 전에 입교식 준비 교육에 참석해도 좋다는 허락을 받았다. 이 교육 시간에는 브렌츠(요하네스 브렌츠, 1499~1570. 종교개혁가로 개혁 초기부터 루터를 지지했고 평생 신실한 성서 해석자로 많은 저작을 남겼음)의 교리 문답과 활기 있는 암기·암송을 통해 젊은이의 마음에 종교 생활의 신선한 생기를 불어넣었다.

그러나 유감스럽게도 한스는 이런 유익한 시간을 스스로 반납하고 축복의 시간을 외면해 버렸다. 그는 교리서 사이에 그리스어나 라틴어 단어 또는 연습 문제를 적은 종이쪽지를 몰래 끼워 넣고 거의 한 시간 내내 세속적인 공부에 몰두했다. 그렇지만 양심이 닳아 버린 것은 아니라서 한스는 줄곧 초조함과 조마조마한 불안감을 느꼈다. 담당 목사가 가까이

다가오거나 이름을 부르면 깜짝 놀라 움찔했다. 대답을 해야 할 경우에는 이마에 땀방울이 맺히고 심장이 마구 뛰기 시작했다. 그러나 한스의 대답은 언제나 흠잡을 데 없이 훌륭했고 발음까지 정확해서 목사는 그를 높이 평가하고 인정했다.

하루 동안 쌓인 쓰고 암기한 내용, 복습하고 예습해야 하는 과제들은 집에서 밤늦게 아늑한 전등불 아래서 처리했다. 담임 선생이 특히 능률적이라고 강조했던, 조용하고 편안한 집 안 분위기에서 하는 공부는 화요일과 토요일에는 보통 10시 정도면 끝이 났으나 다른 날에는 11시, 12시 또는 더 늦은 시간까지 계속됐다. 아버지는 기름을 너무 많이 사용한다며 잔소리를 하면서도 아들이 열심히 공부하는 모습을 자랑스럽고 뿌듯하게 바라보았다. 가끔 생기는 한가로운 시간, 그리고 우리 삶의 7분의 1일이나 차지하는 일요일에는 학교에서 미처 읽지 못한 작가의 책을 읽거나 문법을 복습했다.

교사들은 이렇게 말했다. "물론 적당히 해야지, 적당히! 그리고 1주일에 한두 번은 반드시 산책을 해야 돼. 산책은 능률이 올라가는 기적을 선물하거든. 날씨가 좋으면 책을 들고 야외로 나가는 것도 좋아. 바깥에서 신선한 공기를 마시면서 공부하는 것이 얼마나 좋고 즐거운 일인지 너도 알게 될 거다.

아무튼 언제나 고개를 들고 다녀!"

그래서 한스는 가능하면 항상 고개를 들고 다녔고 이제는 산책할 때도 공부했으며 수면 부족이 역력한 얼굴과 다크 서클이 짙게 드리운 피곤해 보이는 눈으로 조용히 걸어 다녔다.

"기벤라트 학생에 대해 어떻게 생각하십니까? 합격하겠지요?" 어느 날 담임 선생이 교장에게 물었다.

"당연히 그렇고말고요." 교장이 확신에 찬 목소리로 말했다. "정말 똑똑한 학생이지요. 그냥 보기에도 정말 지적으로 충만해 보이지 않습니까."

마지막 8일 동안 그의 지적 충만함은 더 뚜렷하게 빛났다. 예쁘장하고 부드러운 소년의 얼굴에서 움푹 들어간 눈이 불안하면서도 은은하게 빛을 발했고, 아름다운 이마에는 총명함을 드러내는 가느다란 주름살이 잡혔으며 그러잖아도 가냘프고 여윈 팔과 손은 우아하게 축 처져 있어서 보티첼리를 연상시켰다.

마침내 시험 날짜가 다가왔다. 한스가 아침 일찍 아버지와 함께 슈투트가르트로 가서 주 선발 고사를 치르고 신학교의 좁은 문으로 들어갈 자격이 되는지 보여 줄 때가 된 것이다. 그는 떠나기 하루 전 교장 선생님에게 잘 다녀오겠다고 인사를 했다. "오늘 밤에는 더 이상 공부하지 마라." 무서운 교장은 평소와 달리 부드러운 목소리로 말했다. "나에게 약속하렴. 내일 아주 개운한 몸으로 슈투트가르트에 도착해야 하니 말이다. 한 시간 정도 산책을 하고 일찍 잠자리에 들도록 해라. 젊은 사람들은 잠을 충분히 자야 한단다."

한스는 두려워했던 잔소리 대신에 따뜻한 조언을 받자 의아해 하면서 안도의 숨을 내쉬며 학교 건물에서 나왔다. 키르히베르크의 커다란 보리수들이 늦은 오후의 따뜻한 햇살 아래서 반짝이며 서 있었고 시장 광장에서는 커다란 분수 두 개가 빛나며 물을 내뿜고 있었다. 불규칙하게 늘어선 지붕들 너머로 전나무로 덮인 검푸른 산이 보였다. 소년은 이러한 광경을 실로 오랜만에 보는 듯한 기분이 들었고 모든 것이 너무나 아름답고 매혹적으로 다가왔다. 머리가 아프긴 했으나 다행히 오늘은 더 이상 공부할 필요가 없었다.

한스는 광장과 옛 시청 건물을 지나고 시장 골목길을 거쳐 대장간 옆을 지나서 오래된 다리로 갔다. 그곳에서 한동안 서성거리다가 널찍한 난간에 걸터앉았다. 그는 여러 달에 걸쳐 매일 이곳을 네 번씩이나 지나다녔었다. 그런데도 작은 고딕식 예배당이나 강, 수문, 제방, 방앗간을 눈여겨본 적이 없었다. 잔디밭과 버드나무가 우거진 물가, 강변에 나란히 늘어선 가죽 공장들에도 눈길을 준 적이 없었다. 강물은 호수처럼 깊고 푸르고 잔잔했으며 활처럼 휘어 늘어진 뾰족한 버드나무 가지가 강물에 닿았다.

한스는 이곳에서 반나절 또는 하루 종일 시간을 보냈던 기억들이 문득 떠올랐다. 수영을 하고 잠수를 하고 노를 젓고 낚시도 했었다. 아, 낚시! 이제 낚시하는 법조차 거의 잊어버렸다. 지난해 시험 준비 때문에 낚시를 금지당해서 서럽게 울었던 기억이 났다. 길고 긴 학교생활을 하는 동안 가장 좋아하던 것이 바로 낚시였다. 버드나무 그늘 아래 서서 방앗간 둑에서 떨어지는 물소리에 귀를 기울이곤 했었다. 깊고 잔잔한 물! 강물 위에 아른거리는 불빛, 긴 낚싯대의 잔잔한 움직임, 물고기가 미끼를 물어 낚싯대를 들어 올릴 때의 흥분, 그리고 파닥파닥 뛰는 싱싱하고 살찐 물고기를 손으로 잡았을 때의 말로 표현하기 힘든 짜릿한 기쁨!

그는 예전에 몇 번이나 통통한 잉어를 낚아 올린 적이 있었다. 송어와 참붕어, 그리고 맛있는 향어와 작고 색이 예쁜 연준모치를 잡은 적도 있었다. 한스는 한참 동안이나 강물을 물끄러미 바라보았다. 푸른 강변을 바라보다 생각에 잠겼고 우울해졌으며 자유롭게 뛰어놀던 아름다운 소년 시절의 즐거움에 한참 멀어진 듯한 기분이 들었다. 그는 무심결에 주머니에서 빵을 꺼내 손으로 크고 작은 덩어리를 만들어 강물에 던졌다. 그러고는 빵이 물속에 가라앉고 물고기들이 낚아채는 모습을 지켜보았다. 처음에는 아주 작은 피라미들이 몰려와서 작은 빵 조각들을 허겁지겁 먹어 치우고 큰 빵 조각은 굶주린 주둥이로 이리저리 쪼아 댔다. 그사이 커다란 잉어가 느릿하고 조심스럽게 다가왔다. 잉어의 거무스레한 넓은 등은 강바닥과 거의 구별이 되지 않았다. 잉어는 조심스럽게 빵 주위를 헤엄치다가 갑자기 입을 벌려 꿀꺽 삼켜 버렸다.

유유히 흐르는 강물에서 따뜻하고 습한 냄새가 올라왔고 푸른 수면에 하얀 구름들이 희미하게 비쳤다. 물레방앗간에서 둥근 톱니바퀴가 시끄럽게 돌아가는 소리가 났고 두 군데의 둑으로 흐르는 시원하고 나지막한 물소리가 들렸다.

소년은 바로 지난 일요일에 있었던 입교식을 떠올렸다. 성대하게 예식이 진행되는 감동의 순간에 그는 속으로 그리스어 동사를 외우고 있는 자신을 발견했다. 그 밖에도 최근에 생각이 뒤죽박죽되는 경우가 잦았다. 학교에서도 눈앞에 놓인 공부가 아니라 지나간 공부나 앞으로 해야 할 공부에 대해서 생각하고 있었다.

그는 앉은 자리에서 멍하니 일어나 어디로 가야 할지 모르고 서 있었다. 그때 느닷없이 어떤 손길이 어깨를 강하게 붙잡았고 다정한 남자의 목소리가 들렸다. 한스는 소스라치게 놀랐다.

"안녕, 한스. 나하고 같이 좀 걷지 않을래?"

제화 장인 플라이크 아저씨였다. 전에는 가끔 저녁 시간에 그를 찾아가 함께 시간을 보내곤 했었는데 그것도 벌써 한참 전이었다. 한스는 플라이크와 함께 걸었다. 그러나 신앙심 깊은 이 경건주의자의 말을 그다지 귀 기울여 듣지는 않았다. 플라이크는 시험에 관한 이야기를 하며 한스에게 행운을 빌어 주고 용기를 북돋아 주었다. 하지만 그가 궁극적으로 하려는 말은, 그런 시험은 피상적인 것에 불과하며 우연한 일이라는 얘기였다. 시험에 떨어진다고 해도 수치스러운 일이 아니며 1등도 얼마든지 떨어질 수 있다고 했다. 그리고 만약 한스가 떨어진다고 해도 하나님은 모든 사람들에 대해 특별한 계획을 가지고 있으며 그에게 맞는 길로 인도하신다는 것을 생각하길 바란다고 말했다.

한스는 플라이크 아저씨에 대해 조금 양심의 가책을 느끼고 있었다. 확신에 차고 올곧고 훌륭한 성품을 지닌 그를 마음속으로 존경하고 있었지만, 주변에서 경건주의 신자들에 대한 우스갯소리를 많이 들었고 그럴 때 옳지 않다는 것을 알면서도 따라 웃곤 했기 때문이다. 게다가 한스는 자신의 비겁함 때문에 창피했다. 아저씨가 날카로운 질문을 던질까 봐 두려워 얼마 전부터 그를 슬슬 피해 다니고 있었던 것이다. 한스가 선생님들의 자랑거리가 되고 스스로도 조금 우쭐대는 마음이 생기자 플라이크는 가끔 그를 걱정스럽게 쳐다보며 겸손한 마음을 갖게 하려고 애썼다. 그래서 소년의 마음은 호의를 지닌 아저씨에게서 점차 멀어졌다. 한스는 사춘기 반항기의 절정에 있었고 자의식을 조금이라도 건드리는 행동에 예민했다. 이제 한스는 얘기를 하는 플라이크 옆에서 함께 걷고 있었지만 그가 얼마나 걱정스러워하면서 온화한 눈빛으로 내려다보는지 알지 못했다.

크로넨 골목에서 두 사람은 마을 목사와 마주쳤다. 플라이크는 점잖으면서도 냉담하게 인사를 하고는 갑자기 빠르게 발걸음을 옮겼다. 마을 목사는 새로운 교리를 따르는 사람으로 부활조차도 믿지 않는다는 소문이 자자했기 때문이다. 목사는 소년과 함께 걸었다.

"기분이 어때?" 그가 물었다. "이제 드디어 시험을 봐서 좋겠구나."

"네. 좋아요."

"실력 발휘를 잘 하도록 해라! 우리가 너에게 모든 기대를 걸고 있다는 사실을 잊지 마. 라틴어에서 특히 좋은 성적을 거둘 거라 나는 기대하고 있어."

"만약 떨어지면 어떡하죠." 한스가 조심스럽게 말했다.

"떨어진다고?" 목사는 깜짝 놀라며 멈춰 섰다.

"떨어지는 것은 불가능해. 떨어질 리가 없다고! 말도 안 되는 생각을 하는구나!"

"저는 그냥 혹시나……."

"그럴 리가 없어, 한스. 그런 일은 없어. 전혀 걱정할 필요가 없단다. 아버지께 안부를 전해 드리고 담대하게 시험에 임해라!"

한스는 걸어가는 그의 뒷모습을 바라보다가 제화 장인 아저씨를 찾아 주위를 두리번거렸다. 아저씨는 뭐라고 했더라? 올바른 마음을 가지고 있고 하나님을 경외한다면 라틴어는 그다지 중요하지 않다고 했다. 말은 쉽다. 그리고 이제 마을 목사까지! 만약 시험에 떨어지면 한스는 목사 앞에는 다시는 얼굴을 들고 나타날 수 없을 것이다.

의기소침해져서 집으로 돌아온 한스는 비탈진 곳에 있는 작은 정원에 들어섰다. 정원에는 오랫동안 사용하지 않아 낡고 허물어져 가는 정자가 있었다. 이곳에서 판자로 토끼집을 만들어서 3년 동안 토끼를 키웠다. 그런데 지난가을에 시험 준비 때문에 토끼를 빼앗기고 말았다. 다른 데 신경을 쓸 만한 시간이 더 이상 없었다. 이 정원에 발을 들인 것도 정말 오랜만이었다. 텅 빈 판자벽은 금방이라도 쓰러질 것처럼 보였고 벽 귀퉁이에 있는 석순들은 무너져 있었다. 나무로 만든 조그마한 물레바퀴는 휘고 망가진 채 수도관 옆에 놓여 있었다. 한스는 이 모든 것들을 만들고 깎고 다듬으며 즐거워하던 시절을 떠올렸다. 벌써 2년이 지났고 한참 오래된 일처럼 느껴졌다.

그는 물레바퀴를 집어 들고 만지작거리다 구부려 보더니 결국 완전히 부러트린 후 울타리 너머로 던져 버렸다. 이런 것들은 전부 없애 버려야 해. 이미 오래전에 다 끝나 버린 일이었다. 그때 문득 학교 친구인 아우구스트가 떠올랐다. 물레바퀴를 만들고 토끼집을 고칠 때 도와준 친구였다. 둘은 여기서 오후 내내 새총을 쏘며 고양이를 쫓거나 텐트를 치며 놀았고 간식으로 노란 순무를 날로 씹어 먹었다. 그러다가 한스는 본격적으로 공부를 시작했고 아우구스트는 1년 전에 학교를 그만두고 기계 견습공이 되었다. 그 후로 아우구스트를 두 번밖에 보지 못했다. 아우구스트 역시 시간을 낼 수 없을 정도로 바쁘게 살고 있었던 것이다.

구름의 그림자가 골짜기 위로 빠르게 지나가고 해는 이미 산 가장자리에 걸려 있었다. 순간 한스는 바닥에 몸을 던져 울고 싶은 충동을 느꼈다. 하지만 우는 대신 헛간에서 손도끼를 가지고 나와 가냘픈 팔로 손도끼를 휘두르며 토끼집을 산산조각 내 버렸다. 나뭇조각이 사방으로 튀고 못은 삐걱거리며 휘었다. 지난해 여름부터 남아 있던 썩은 토끼 사료가 모습을 드러냈다. 그는 토끼와 아우구스트 그리고 어린 시절에 대한 그리움을 전부 부숴 버리기라도 하려는 듯 마구 도끼를 휘둘렀다.

"야, 야, 야, 이게 무슨 짓이냐?" 창문에서 아버지의 목소리가 들렸다. "너 대체 뭐 하는 거냐?"

"땔감을 만들고 있어요."

한스는 더 이상 대답하지 않고 손도끼를 내던져 버렸다. 그런 뒤 마당을 가로질러 골목길로 나가서 강변을 따라 상류 쪽으로 뛰어갔다. 양조장 근처에 뗏목 두 개가 묶여 있었다. 그

전엔 이런 뗏목을 타고 몇 시간씩 강물 위를 떠다니며 놀곤 했다. 더운 여름날 오후에 뗏목을 타고 다니면 나무토막 사이로 철썩거리는 물 때문에 신이 나기도 하고 솔솔 졸음이 오기도 했다. 그는 물 위에 떠 있는 뗏목 위로 뛰어오른 다음 벌렁 드러누워 뗏목이 움직이고 있다고 상상했다. 뗏목은 빠르게, 때로는 느리게 초원, 밭, 마을 그리고 시원한 숲 가장자리를 지나 다리와 수문 밑을 통과했고, 모든 것이 다시 예전으로 돌아간 듯 그려졌다. 카프베르크에서 토끼 먹이를 구하고 강변에 있는 가죽 공장 뜰에서 낚시를 하고, 두통도 근심 걱정도 없던 그 시절로.

한스는 피곤하고 언짢은 기분으로 저녁 식사 무렵에 집으로 돌아왔다. 아버지는 다음 날 시험 장소인 슈투트가르트에 갈 생각에 무척이나 들떠 있었다. 가방에 책은 잘 챙겨 넣었는지, 검은색 양복은 준비해 놓았는지, 가는 길에 문법 공부를 조금 더 하는 것이 좋지 않겠는지, 그리고 기분이 어떤지 열 번도 넘게 물었다. 한스는 단답형으로 퉁명스럽게 대답을 하고 저녁을 먹는 둥 마는 둥 하더니 먼저 자러 들어가겠다고 인사했다.

"잘 자라, 한스. 푹 자! 내일 아침 6시에 깨우마. 사전 챙기는 거 잊지 않았지?"

"네. 사전 잊지 않았어요. 안녕히 주무세요!"

한스는 작은 방으로 들어와 불을 켜지 않은 채 한참 동안이나 우두커니 앉아 있었다. 이 작은 방은 시험을 준비하면서 그가 누린 유일한 축복이었다. 누구의 방해도 받지 않고 자신이 온전한 주인인 방. 이 방에서 저녁마다 피로와 졸음과 두통과 싸워 가며 시저, 크세노폰, 문법책과 사전 그리고 수학 문제와 씨름했다. 끈질기고 완고하고 야심차게 공부에 매달리면서도 때로는 절망감에 휩싸이기도 했다. 하지만 잃어버린 어린 시절의 즐거움보다 더 가치 있는 시간을 보내기도 했다. 뿌듯함과 도취와 승리감으로 가득했던 신기하고 꿈만 같은 시간들이었다. 학교와 시험 등 모든 것을 뛰어넘어 고귀한 존재가 되기를 꿈꾸며 동경했다. 그럴 때면 자신이 볼이 통통하고 온순한 동급생들과는 달리 정말로 우월한 존재라는 뻔뻔하고 행복한 예감에 사로잡히기도 했다. 언젠가는 높은 지위에 올라 동급생들을 내려다보게 되리라는 예감이었다.

한스는 지금도 이 작은 방 안에 더 자유롭고 상쾌한 공기가 차 있다는 듯이 숨을 크게 들이마시고 침대에 걸터앉아 몇 시간 동안이나 꿈과 소망과 예감에 빠져들었다. 하얀 눈꺼풀이 피곤한 소년의 커다란 눈동자를 천천히 덮었다. 그는 곧 눈을 번쩍 떴지만 눈은 다시 스르르 감겼다. 창백한 소년의 얼굴은 가냘픈 어깨 위로 떨어지고 가느다란 두 팔은 힘없이 축 늘어졌다. 그는 옷을 입은 채로 잠이 들었다. 어머니처럼 포근한 잠의 손길이 마구 뛰는 소년의 심장 소리를 가라앉히고 곱상한 이마의 가느다란 주름을 펴 주었다.

정말 전례가 없는 일이었다. 이른 시간인데도 교장이 친히 기차역까지 배웅하러 나온 것이다. 검은색 프록코트를 말끔히 차려입은 아버지 기벤라트는 흥분과 기쁨과 자부심으로 한시도 가만히 서 있지 못했다. 그는 교장과 한스 주위를 총총거리며 맴돌았고 역장과 역무원들로부터 무사한 여행길이 되고 아들이 시험을 잘 보기를 바란다는 인사를 건네받았다. 아버지는 작고 딱딱한 여행 가방을 왼손에 들었다가 오른손에 들었다가 하며 안절부절못했다. 우산은 겨드랑이에 끼웠다가 무릎 사이에 끼웠다가 몇 번이나 떨어뜨리기까지 했다. 그럴 때마다 우산을 집기 위해 가방을 내려놓았다. 그는 슈투트가르트행 왕복 기차표를 끊은 사람이 아니라 마치 미국으로 떠나는 사람처럼 보였다. 아들은 아주 침착해 보였으나 남

모르는 불안감이 소년의 목을 조르고 있었다.

기차가 역에 도착하고 드디어 이들은 기차에 올라탔다. 교장은 손을 흔들었고 한스의 아버지는 담배에 불을 붙였다. 기차가 달리자 골짜기 사이로 마을과 강이 사라졌다. 이 여행은 두 사람 모두에게 고통이었다.

슈투트가르트에 도착하자 아버지는 갑자기 생기를 되찾아 유쾌하고 사교적인 사람으로 돌변했다. 작은 마을에 사는 사람이 며칠 동안 주의 수도에서 지내게 되어 느끼는 환희를 엿볼 수 있었다. 그러나 한스는 점점 더 말이 없어지고 불안해졌다. 도시를 보자마자 심한 중압감에 사로잡혔다. 낯선 얼굴들, 우쭐대듯 늘어선 높고 화려한 건물들, 끝이 보이지 않을 정도로 길게 이어진 도로, 마찻길과 거리의 소음에 한스는 위축되고 괴로웠다.

두 사람은 한스의 숙모 집에서 묵으며 신세를 지게 되었다. 낯선 공간, 숙모의 지나친 친절과 수다, 의미 없이 가만히 오래 앉아 있어야 하는 시간들 그리고 아버지의 쉼 없는 격려에 한스는 완전히 기진맥진해 버렸다. 한스는 낯설고 어색하게 방에 쭈그리고 앉아 있었다. 익숙하지 않은 환경, 숙모의 도회적인 옷차림, 커다란 무늬의 벽지, 탁상시계, 벽에 걸린 그림을 보거나 창문 밖으로 시끄러운 길가를 내다보고 있자니 어찌할 바를 모르는 기분이 들었다. 집을 떠나온 지 벌써 한참이 되어서 힘들게 공부한 모든 지식을 완전히 잊어버린 것 같았다. 오후에 그리스어 불변화사를 다시 한 번 공부해 보려고 했는데 숙모가 산책을 하러 나가자고 했다. 그 순간 한스의 마음속에는 푸르른 잔디밭과 숲의 소리가 떠올라 흔쾌히 따라나서기로 했다. 하지만 얼마 지나지 않아 도시에서 산책하는 것은 시골의 산책과는 다른 종류라는 사실을 깨달았다.

아버지는 시내에 볼일이 있어 한스는 숙모와 단둘이 산책길에 나섰다. 그런데 이미 내려가는 계단에서 고통이 시작되었다. 2층에서 뚱뚱하고 거만해 보이는 부인을 만났는데 숙모는 그 부인에게 무릎을 구부려 인사를 하자마자 곧바로 수다를 늘어놓기 시작했다. 수다는 무려 15분 이상 계속되었다. 한스는 계단 옆 난간에 기대어 계속 서 있었고 그 부인의 개가 한스의 냄새를 맡고 짖어 대기도 했다. 그리고 이 낯선 부인이 코안경 너머로 한스를 여러 번 아래위로 훑어보는 것으로 미루어 보아 자신에 대한 얘기를 하고 있다는 것을 어렴풋이 느낄 수 있었다. 길거리로 나오자마자 숙모는 어떤 상점으로 들어가더니 한참 지나도 나오지 않았다. 한스는 쭈뼛거리며 길가에 서서 지나가는 사람들에게 이리저리 치이기도 하고 부랑아들에게 놀림을 당하기도 했다. 마침내 상점에서 나온 숙모는 한스에게 초콜릿을 내밀었다. 한스는 초콜릿을 좋아하지 않았지만 그래도 예의 바르게 감사 인사를 하며 받았다.

다음 길모퉁이에서 두 사람은 마차에 올라탔다. 사람들로 가득 찬 마차는 계속해서 종을 울리며 이 거리 저 거리를 지나 마침내 넓은 가로수 길과 공원 앞에 도착했다. 그곳에는 분수가 물을 뿜고 있었고 울타리를 친 화단에 꽃들이 피어 있었으며 작은 인공 연못에는 금붕어들이 헤엄치고 있었다. 두 사람은 산책하는 사람들 틈에 끼어 이리저리 걸어 다녔다. 많은 사람들의 얼굴, 가지각색의 우아한 옷차림, 자전거, 휠체어와 유모차 등이 눈에 들어왔다. 사람들의 웅성거리는 말소리가 들렸으며 공기는 따뜻하고 먼지가 가득했다. 마침내 두 사람은 사람들이 앉아 있는 벤치에 나란히 앉았다. 그때까지 거의 쉬지 않고 말을 하던 숙모가 이제 한숨을 내쉬며 한스를 바라보고 다정한 미소를 짓더니, 초콜릿을 먹어 보라고 했다. 그러나 한스는 먹고 싶지 않았다.

"설마 부끄러워서 그러는 건 아니겠지? 그러지 말고 어서 먹으렴!"

한스는 초콜릿을 꺼내 잠시 은박지를 만지작거리다 작게 한 입 베어 먹었다. 초콜릿을 좋아하지 않지만 숙모한테 그렇다고 감히 말할 용기는 없었다. 입에 든 초콜릿을 우물거리며 억지로 삼키려고 애쓰고 있는데 숙모가 군중 속에서 아는 사람을 발견하고 그쪽을 향해 뛰어갔다.

"여기 꼼짝 말고 앉아 있어라. 금방 돌아올게."

한스는 안도의 숨을 내쉬며 그 틈을 타 초콜릿을 잔디밭으로 멀리 던져 버렸다. 그러고는 박자를 맞추어 다리를 흔들며 지나가는 많은 사람들을 구경했다. 그러다 문득 자신이 처량하다는 생각이 들었다. 불규칙동사를 다시 머릿속에 떠올려 보려고 했는데 도무지 떠오르지 않아 소스라치게 놀랐다. 모조리 까먹고 말았다! 당장 내일이 주 선발 고사를 치르는 날인데!

숙모가 돌아와 올해는 118명이 주 시험에 응시한다는 소식을 전해 주었다. 그중 합격자 수는 단 36명이라고 했다. 이 얘기를 들은 한스는 불안에 몹시 사로잡혀 숙모 집으로 돌아오는 길 내내 단 한 마디도 하지 않았다. 집에 온 한스는 두통을 호소하며 식욕마저 잃었다. 너무 절망감에 빠져 있는 모습을 보고 아버지는 한스를 호되게 꾸짖었고 숙모도 그런 모습을 못마땅하게 여겼다. 밤에 한스는 간신히 잠이 들었지만 악몽에 시달렸다. 그는 117명의 다른 응시자들과 함께 고사장에 앉아 있었다. 시험관의 얼굴은 마을 목사와 비슷해 보이다가 어느새 숙모와도 닮아 보였는데, 그의 앞에 초콜릿을 산더미처럼 쌓아 놓고 먹으라고 재촉했다. 한스가 울면서 초콜릿을 꾸역꾸역 먹는 동안 다른 아이들은 차례차례 자리에서 일어나 작은 문을 통해 나갔다. 다른 응시자들은 초콜릿 더미를 전부 먹어 치웠건만 한스 앞에 쌓여 있는 초콜릿은 점점 더 불어나더니 책상과 의자를 뒤덮고 급기야 그를 질식시키기라도 할 테세였다.

다음 날 아침, 한스가 커피를 마시며 시험장에 늦지 않으려고 한시도 시계에서 눈을 떼지 못하고 있던 그 시간에 고향에서는 많은 사람들이 그를 생각하고 있었다. 먼저 제화 장인 플라이크는 아침 수프를 먹기 전에 기도를 했다. 가족과 기능공들 그리고 견습공 두 명이 식탁에 둘러앉아 있었는데 플라이크는 매일 하는 아침 기도에 다음과 같은 말을 덧붙였다. "오, 하나님. 오늘 시험을 치르는 한스 기벤라트에게 손을 내밀어 주소서. 그를 축복하시고 담대함을 주시고 하나님의 거룩한 이름을 전하는 신실하고 귀한 일꾼으로 세워 주시옵소서!"

마을 목사는 한스를 위해 기도하지는 않았지만 아침 식사를 하면서 아내에게 말했다. "드디어 기벤라트가 시험 치는 날이 되었구려. 그 아이는 아주 특별한 사람이 될 거야. 사람들이 주목하게 될 것이고 그러면 내가 그 아이의 라틴어 공부를 도와준 것이 허사로 돌아가지는 않겠지."

한스의 담임 선생은 수업을 시작하기 전에 학생들에게 말했다. "자, 이제 슈투트가르트에서는 주 정부 선발 고사가 시작되었구나. 우리 모두 기벤라트에게 행운을 빌어 주자. 물론 너희 같은 게으름뱅이들 열 명을 합한 것보다 더 똑똑해서 딱히 행운이 필요하지는 않겠지만 말이다." 학생들도 대부분 자리를 비운 한스를 생각하고 있었다. 특히 한스의 합격 또는 불합격을 두고 내기를 건 아이들이 그랬다.

진심 어린 기도와 애정이 담긴 관심은 거리와 상관없이 먼 곳까지 닿기 마련인지라 한스도 고향 사람들이 자신을 응원하고 있음을 느꼈다. 한스는 아버지와 함께 시험장에 들어서며 심장이 두근거렸고 위축되고 놀란 모습으로 조교의 지시를 따랐다. 넓은 시험장은 창백한 소년들로 가득했다. 한스는 마치 고문실에 있는 범죄자가 된 듯한 기분이었다. 잠시 후 교수가 시험장 안으로 들어와 조용히 하라고 지시한 후 라틴어 문장력 문제를 받아쓰도록 낭독했다. 한스는 그제야 안도의 숨을 내쉬었다. 문제가 우스울 정도로 쉬웠던 것이다. 한스는 재빨리 그리고 즐겁게 초안을 완성하고 다시 신중하고 깔끔하게 정리해서 답안을 작성했다. 그는 답안지를 가장 먼저 낸 수험생들 중 한 명이었다.

한스는 숙모의 집으로 돌아가는 중에 길을 잃고 두 시간 동안 더운 시내 거리를 헤맸다. 하지만 평정심을 되찾았기 때문인지 별로 개의치 않았다. 오히려 잠시나마 숙모와 아버지에게서 벗어날 수 있어서 기뻤다. 낯설고 시끄러운 도시의 거리를 돌아다니다 보니 마치 대담한 모험을 하는 것 같다는 생각이 들었다. 길을 묻고 물어 마침내 집에 도착하자 그에게 질문이 쏟아졌다. "시험 어땠어? 잘 봤어? 실력 발휘 잘 하고 온 거야?"

"시험은 쉬웠어요." 한스가 뿌듯하게 말했다. "그 정도는 이미 5학년 때 해석할 수 있었어요."

그러고는 배가 무척 고파 허겁지겁 식사를 했다.

오후는 자유 시간이었다. 그래서 아버지는 한스를 데리고 친척과 친구들을 만나러 다녔다. 그 가운데 한 집에서 검은 옷을 입은 수줍은 소년을 만났는데 그 소년도 선발 고사를 보기 위해 괴핑겐에서 왔다고 했다. 한스와 그 소년은 둘만 있게 되자 서먹서먹해 하면서도 호기심 가득한 눈으로 서로를 쳐다보았다.

"너는 라틴어 시험 어땠어? 쉽지 않았니?" 한스가 물었다.

"엄청 쉬웠지. 하지만 바로 그게 문제야. 시험이 쉬울수록 실수를 하기 마련이니까. 방심해서 말이야. 그리고 어딘가 분명히 함정이 있었을 거야."

"그렇게 생각해?"

"당연하지. 출제자들이 그렇게 멍청할 리는 없잖아."

한스는 조금 놀라면서 생각에 잠겼다. 그러다 조심스럽게 물었다. "너 시험 문제 아직 가지고 있니?"

소년이 노트를 가지고 왔고 두 소년은 함께 문제를 한 단어 한 단어씩 꼼꼼하게 살펴보았다. 괴핑겐에서 온 소년은 라틴어 실력이 뛰어난 듯 보였다. 그 아이는 한스가 한 번도 들어보지 못한 문법 용어를 두 번이나 언급했다.

"내일은 무슨 시험이지?"

"그리스어하고 작문이야."

소년은 한스의 학교에서 몇 명이나 더 시험을 보러 왔는지 물었다.

"다른 애들은 없어." 한스가 대답했다. "나 혼자야."

"와, 우리 괴핑겐에서는 열두 명이나 왔는데! 그중에서 세 명은 정말 똑똑해. 걔들이 상위권을 휩쓸 거라고 다들 기대하고 있어. 작년 수석도 괴핑겐에서 나왔거든. 넌 시험에 떨어지면 김나지움(독일의 인문계 고등학교)에 갈 거니?"

지금까지 그런 생각은 한 번도 해 보지 않았다.

"잘 모르겠어……. 아니, 그럴 것 같지 않아."

"그래? 나는 이번에 떨어지더라도 나중에 꼭 대학에 갈 거야. 우리 어머니가 나를 울름으로 보내겠지."

그 말에 한스는 강한 충격을 받았다. 아주 똑똑하다는 세 명을 포함한 열두 명의 괴핑겐 학생들도 한스를 불안하게 만들었다. 합격을 할 수 있을지 걱정스러웠다.

집으로 돌아온 한스는 책상 앞에 앉아 'mi'로 끝나는 동사들을 다시 한 번 공부했다. 사실 라틴어는 자신이 있어서 전혀 걱정하지 않았다. 하지만 그리스어는 한스에게 조금 독특한 과목이었다. 그는 그리스어를 거의 열광할 정도로 좋아했으나 어디까지나 읽기에 국한된 얘기였다. 특히 크세노폰의 글은 아름답고 감동적이었다. 모든 글이 맑고 멋지고 힘찼으며, 자유로운 정신을 담고 있을뿐더러 이해하기도 쉬웠다. 하지만 문법을 다루고 독일어를 그리스어로 번역해야 할 때면 마치 모순된 법칙과 형태로 이루어진 미로 속을 헤매는 느낌이었고, 그리스어 알파벳조차 읽지 못했던 첫 그리스어 수업에서 느꼈던 것과 같은 공포감에 사로잡혔다.

다음 날 첫 시험 과목은 그리스어였고 이어서 독일어 작문 시험을 치렀다. 그리스어 문제는 꽤 길었고 결코 쉽지 않았다. 독일어 작문 주제도 매우 까다로웠고 자칫하면 혼동할 수 있는 문제였다. 10시쯤 되자 시험장 안이 후덥지근해졌다. 한스는 사용하는 깃펜이 좋지 않아서 답안지를 두 장 망치고 나서야 그리스어 답안을 말끔하게 써서 제출할 수 있었다. 작문 시험 중에는 옆자리에 앉은 뻔뻔한 학생이 쪽지를 들이밀며 답을 알려 달라고 옆구리를 찌르는 바람에 큰 위기를 겪기도 했다. 시험 중에 옆 사람과 대화하는 것은 엄격히 금지된 사항이라 발각되면 시험은 가차 없이 무효 처리를 하게 되어 있었다. 한스는 불안에 떨면서 '나를 가만히 내버려 둬'라고 적은 쪽지를 주고 그 학생에게서 등을 돌려 버렸다.

시험장 안은 너무나 더웠다. 쉬지 않고 시험장 안을 왔다 갔다 하던 감독관 교수는 수건으로 여러 번 얼굴을 닦았다. 입교식 때 입는 두꺼운 양복을 입은 한스도 땀을 흘렸고 머리도 아프기 시작했다. 그는 결국 마지못해 답안지를 제출했다. 틀린 답으로 가득하다는, 이제 시험은 물 건너갔다는 비참한 생각에 빠져서.

식사를 하면서 한스는 아무 말도 하지 않았고 모든 질문에 그저 어깨만 으쓱거렸으며 죄 지은 사람 같은 표정을 지었다. 숙모는 한스를 위로했지만 아버지는 흥분하며 불편한 심기를 드러냈다. 식사를 마친 후 아버지는 아들을 옆방으로 데리고 가서 꼬치꼬치 캐물었다.

"시험을 망쳤어요." 한스가 말했다.

"좀 더 집중을 하지 그랬어? 정신을 바짝 차리고 집중을 했어야지, 젠장!"

한스는 아무 말도 하지 않았지만 아버지가 욕을 하며 야단치기 시작하자 얼굴을 붉히며 대꾸했다. "아버지는 그리스어에 대해서 아무것도 모르시잖아요!"

가장 끔찍한 것은 2시에 치러야 하는 구술시험이었다. 한스는 이 시험이 가장 두려웠다. 이글이글 타는 듯한 거리를 걸어가면서 몹시 비참했고 고통과 두려움과 현기증이 엄습해서 앞이 잘 보이지 않을 지경이었다.

한스는 커다란 초록색 책상에 앉은 시험관 세 명 앞에 앉아서 10분에 걸쳐 라틴어 문장 몇 개를 해석하고 시험관들의 질문에 대답을 했다. 그리고 10분간 또 다른 시험관 세 명 앞에 앉아서 그리스어를 번역하고 그 외에 여러 가지 질문을 받았다. 마지막으로 시험관이 불규칙 부정不定과거에 대한 질문을 했지만 한스는 대답을 하지 못했다.

"이제 그만 나가도 좋습니다. 저기 오른쪽 문으로 나가면 됩니다."

문 쪽으로 걸어 나가던 한스는 불현듯 부정과거형이 떠올랐다. 그는 멈춰 섰다.

"나가 주세요." 시험관이 소리쳤다. "그만 나가 주세요! 아니면 혹시 어디가 불편한가요?"

"아닙니다. 그런데 부정과거형이 지금 생각났어요."

그는 시험장 안을 향해 답을 외쳤다. 시험관 중 한 명이 웃었고 한스는 화끈 달아오른 얼굴로 시험장에서 뛰쳐나왔다. 밖으로 나와 조금 전에 받았던 질문과 자신이 한 대답을 떠올려 보려고 했지만 머릿속은 온통 뒤죽박죽이었다. 커다란 초록 책상, 프록코트 차림의 근엄한 시험관 세 명, 펼쳐져 있던 책 그리고 그 위에 올려놓았던 자신의 떨리는 손밖에 떠오르지 않았다. 맙소사! 내가 대체 무슨 대답을 한 거지? 거리를

걷던 한스는 이곳에 온 지 벌써 몇 주나 된 듯했고 여기서 영
영 벗어날 수 없을 것만 같은 기분이 들었다. 아버지 집의 정
원, 전나무로 뒤덮인 푸른 산, 강가의 낚시터가 아득히 멀리
떨어져 있고 아주 오래전에 본 느낌이 들었다. 아! 오늘 당장
집으로 돌아갈 수만 있다면! 시험을 망쳤으니 여기에 더 이상
머물러 있을 이유가 없었다.

한스는 우유빵을 사 들고 오후 내내 길거리를 배회하고 다
녔다. 아버지의 추궁을 피하기 위해서였다. 그러다가 마침내
집으로 돌아오자 모두들 한스를 걱정하고 있었다. 한스가 지
친 기색이 역력하고 안쓰러워 보여 계란 수프를 먹이고 곧바
로 잠자리에 들게 했다. 이튿날 수학과 종교 과목 시험을 치
르고 나면 드디어 집으로 돌아갈 수 있었다.

다음 날 오전 시험은 아주 수월하게 잘 치렀다. 어제 주요
과목은 그렇게 망쳐 놓고 오늘 시험은 술술 잘 푼 것은 너무나
씁쓸한 아이러니였다. 어쨌든 이제는 집으로 돌아갈 수 있다!

"시험이 끝났으니 이제 그만 집으로 돌아갈게요." 한스가 숙
모에게 말했다.

그의 아버지는 하루 더 머물고 싶어 했다. 다 같이 칸슈타트
로 가서 온천 정원에서 커피를 마셨으면 했다. 하지만 한스는

오늘 혼자라도 집에 갈 수 있게 허락해 달라고 간절히 애원했다. 그래서 아버지는 한스를 역까지 데려다주고 기차표를 건네주었다. 숙모는 한스의 볼에 입맞춤을 하고 가는 도중에 먹을 간식거리를 챙겨 주었다. 기차에 몸을 실은 한스는 지치고 멍한 채로 초록 구릉지를 지나 고향으로 향했다. 검푸른 전나무 숲이 모습을 드러내자 소년은 비로소 기쁨과 해방의 감정을 맛보았다. 가정부 할머니, 자기 방, 교장 선생님, 익숙한 낮은 교실, 모든 것이 그리웠다.

다행히 역에는 호기심에 찬 지인들이 나와 있지 않았다. 그는 짐 보따리를 챙겨 사람들 눈에 띄지 않게 서둘러 집으로 향했다.

"슈투트가르트에서 좋은 시간 보내고 왔니?" 늙은 가정부 안나가 물었다.

"좋았냐고요? 시험을 보는 것이 좋을 거라고 생각하세요? 집으로 돌아와서 그저 기쁠 뿐이에요. 아버지는 내일 오실 거예요."

한스는 신선한 우유를 한 잔 마신 후 창문 앞에 걸린 수영 바지를 낚아채어 밖으로 뛰어나갔다. 하지만 다른 사람들이 수영을 하는 강가 잔디밭 쪽으로는 가지 않았다.

그는 시내에서 멀리 떨어진 바게까지 갔다. 울창한 수풀 사이로 수심이 깊은 물이 잔잔히 흘렀다. 한스는 그곳에서 옷을 갈아입고 조심스럽게 손과 발을 차가운 물에 담갔다. 그런 다음 몸서리를 한번 친 뒤 강물 속으로 첨벙 뛰어들었다. 약한 물살을 가르며 헤엄을 치고 있자니 지난 며칠 동안의 땀과 두려움이 씻겨 나가는 듯한 기분이 들었다. 강물이 그의 가냘픈 몸을 차갑게 감싸는 동안 그의 영혼은 아름다운 고향이 주는 새로운 기쁨으로 가득 찼다. 그는 빠르게 헤엄을 치다가 쉬고 또다시 헤엄을 치면서 기분 좋은 선선함과 노곤함에 빠져들었다. 하늘을 향해 누워 강물의 흐름에 몸을 맡긴 채 둥둥 떠다니며 원을 그리고 날아다니는 날벌레의 소리에 귀를 기울였다. 저녁 하늘에 빠르게 날아가는 작은 제비들이 보였고 해는 서쪽으로 넘어가 산 뒤에서 하늘을 붉게 물들였다. 한스가 다시 옷을 입고 꿈꾸듯 기분 좋게 집으로 어슬렁거리며 걸어갈 때 골짜기에는 이미 어둠이 짙게 깔려 있었다.

한스는 상점을 운영하는 자크만 씨의 정원을 지나갔다. 어렸을 때 이곳에서 친구들과 함께 익지도 않은 자두를 서리했던 기억이 떠올랐다. 그다음 흰 전나무 더미가 쌓여 있는 키르흐너 씨의 목재소를 지나갔다. 예전에 나무 더미 밑에서 낡시에 사용할 지렁이를 잡곤 했었다. 게슬러 감독관의 집 앞도 지나쳐 갔다. 한스는 2년 전에 스케이트를 타면서 그 집 딸인 엠마와 친해지고 싶어 했었다. 동갑내기인 엠마는 이 마을에서 가장 예쁘고 우아한 여학생이었고 한스는 한 번만이라도 엠마와 얘기를 나누거나 손을 잡아 보는 것이 소원이었다. 하지만 그 소원은 끝내 이루어지지 않았다. 그러기에 한스는 너무 부끄러움이 많았다. 그 후 엠마는 기숙학교로 들어가게 되었고 이제는 얼굴조차 가물가물해져 버렸다.

문득 어릴 적 추억들이 아득히 먼 옛날 일처럼 떠올랐다. 그 기억은 지금까지 경험한 무엇보다도 강렬한 빛깔과 기묘한 향기를 담고 있었다. 그 시절에는 저녁 무렵이면 나숄트네에 놀러 갔었다. 그 집 대문 통로에 앉아서 리제 아줌마가 감자 껍질을 벗기며 들려주는 이야기에 귀를 기울이곤 했다. 일요일에는 아침 일찍부터 바지를 걷어 올리고 살짝 양심의 가책을 느끼면서도 둑 아래로 내려가서 가재나 금붕어를 잡으러 다녔는데, 나중에 흠뻑 젖은 일요일 예복 때문에 아버지에게 매를 맞기도 했다!

그때는 의문스럽고 이상한 일들과 사람들이 정말 많았는데 거의 잊고 지낸 지 이미 오래였다. 목이 굽은 구두 수선공인 슈트로마이어라는 사람이 있었는데 그가 부인을 독살했다는 소문이 자자했다. 그리고 지팡이를 들고 배낭을 메고 방방곡곡을 돌아다닌 모험심 강한 '베크 씨'라는 사람이 있었는데 모두들 그에게 항상 '씨'라는 존칭을 썼다. 그가 과거에 엄청난 부자였으며 마차를 비롯해서 말 네 필을 소유하고 있었기 때문이었다. 한스는 이제 이 사람들의 이름 말고는 아는 것이 없었다. 기이한 작은 골목의 세상은 이미 사라져 버렸으며, 생동감 넘치고 경험할 가치가 있는 어떤 다른 것도 그 자리를 대신하지 못하리라는 사실을 어렴풋이 느꼈다.

다음 날도 쉬는 날이었기 때문에 한스는 해가 중천에 뜰 때가지 늦잠을 자고 모처럼 자유를 만끽했다. 점심때는 아버지를 마중하러 나갔다. 아버지는 슈투트가르트에서 보낸 즐거운 시간으로 여전히 행복감에 젖어 있었다.

"시험에 합격하면 네 소원 한 가지를 들어주마." 아버지가 기분 좋게 말했다. "한번 생각해 봐!"

"아니에요, 아니에요." 한스는 한숨을 내쉬었다. "저는 분명히 떨어질 것 같아요."

"쓸데없는 소리 마라! 내 마음 바뀌기 전에 원하는 거나 어서 말해 봐."

"방학 때 다시 낚시를 하고 싶어요. 그래도 될까요?"

"그래, 좋아. 시험에 합격하면 낚시를 허락해 주마."

일요일인 다음 날에는 천둥 번개와 함께 소나기가 퍼부어서 한스는 하루 종일 방에서 책을 읽거나 생각에 잠겼다. 슈투트가르트에서 본 시험 문제를 다시 한 번 곱씹어 보았고, 생각하면 할수록 더 잘할 수 있었는데 이번에는 시험을 제대로 망쳤다는 결론에 이르곤 했다. 합격은 거의 불가능해 보였다. 빌어먹을 두통만 없었다면! 점점 더 두려움에 사로잡힌 한스는 걱정 어린 얼굴로 아버지에게 갔다.

"아버지!"

"왜 그래?"

"드릴 말씀이 있어요. 소원 때문에 말이에요. 낚시는 그냥 안 할게요."

"그래? 그런데 왜 마음이 바뀐 거냐?"

"왜냐하면…… 아, 그냥 여쭤보고 싶은 것이 있어요. 혹시 제가……."

"우물쭈물하지 말고 어서 말해! 뭐야?"

"제가 시험에 떨어지면 김나지움에 가도 되는지 여쭤보고 싶었어요."

아버지 기벤라트는 말문이 막혔다.

"뭐라고? 김나지움이라고?" 아버지는 버럭 소리 질렀다.
"네가 김나지움에 간다고? 누가 너한테 그런 소리를 하더냐?"

"아무도 그런 말은 하지 않았어요. 그냥 혼자 생각해 봤어요."

죽음 같은 공포가 한스의 얼굴에 선명히 드리웠다. 하지만
아버지는 전혀 눈치 채지 못했다.

"저리 가거라." 아버지는 기가 막힌 듯 웃으며 말했다. "당치
도 않은 일이다. 김나지움이라니! 넌 내가 대상인이라도 되는
줄 아는 모양이구나."

아버지가 너무 단호하게 거절하자 한스는 포기하면서 절망
감에 사로잡혀 뒤돌아섰다.

"저 녀석 좀 보게!" 한스 등 뒤에서 아버지가 화를 내며 씩
씩거렸다. "기가 막혀서 원! 김나지움에 가겠다고? 얼씨구,
감히 그런 생각을 하고 있다니."

한스는 30분이 넘도록 창틀에 걸터앉아 깨끗이 닦인 마룻
바닥을 물끄러미 응시했다. 그러면서 상상해 보았다. 신학교
에도, 김나지움에도 그리고 대학에도 가지 못하면 어떻게 될
지를. 아마도 치즈 가게나 사무실에 들어가 견습생으로 일하
게 될 것이다. 그리고 그가 그토록 경멸하며 절대로 되고 싶

지 않았던 평범하고 궁색한 사람으로 평생토록 살아갈 것이다. 예쁘장하고 총명한 한스의 얼굴이 분노와 고통으로 일그러졌다. 한스는 화가 나서 자리에서 벌떡 일어나 침을 뱉더니, 라틴어 작품 선집을 집어 들어 있는 힘껏 벽을 향해 던졌다. 그러고는 빗속으로 뛰쳐나갔다.

월요일 아침 일찍 한스는 다시 학교에 갔다.

"잘 지냈니?" 교장 선생이 악수를 청하며 물었다. "어제 나를 찾아올 줄 알았는데. 시험은 어땠어?"

한스는 고개를 푹 숙였다.

"왜 그래? 시험을 잘 못 본 거야?"

"네. 그런 것 같아요."

"일단 차분히 결과를 기다려 보자!" 교장이 위로를 해 주었다.

"아마도 오늘 오전 중으로 슈투트가르트에서 소식이 오겠지."

오전 시간은 끔찍하게 길었다. 아무 소식도 오지 않았고 한스는 점심을 먹으면서 속으로 흐느끼느라 밥이 제대로 넘어가지 않았다.

오후 2시쯤 교실로 들어가니 담임 선생이 이미 와 있었다.

"한스 기벤라트!" 담임 선생이 큰 소리로 불렀다.

한스가 앞으로 걸어 나오자 그는 손을 내밀었다.

"축하한다, 기벤라트. 주 정부 선발 고사에서 네가 2등으로 합격했구나."

교실 안에 엄숙한 침묵이 흘렀다. 교실 문이 열리더니 교장 선생이 들어왔다.

"축하한다. 소감이 어떠냐?"

한스는 깜짝 놀라고 기뻐서 얼떨떨했다.

"어서, 말 좀 해 보렴."

"이럴 줄 알았으면……" 한스가 갑자기 입을 열었다. "틀림없이 1등도 할 수 있었을 거예요."

"어서 집에 가 봐라." 교장이 말했다. "아버지에게 이 기쁜 소식을 전해 드려라. 학교에는 더 이상 나오지 않아도 된다. 어차피 8일 후면 방학이 시작되니 말이다."

소년은 어리둥절한 채 거리로 나왔다. 길가에 늘어선 보리수와 햇살이 내리쬐는 시장 광장이 눈에 들어왔다. 모든 것이 평소와 다를 게 없었지만 어쩐지 더 아름답고 더 의미 있고 더 즐거움에 가득 차 보였다. 그는 합격했다! 그것도 2등으로! 휘몰아치는 기쁨이 가라앉은 후에는 뜨거운 감사의 마음이 벅차올랐다. 이제 마을 목사를 피해 다니지 않아도 된다. 이제 본격적으로 공부를 할 수 있게 되었다! 이제 치즈 가게

나 사무실에서 일해야 한다고 걱정할 필요가 없다!

그리고 이제 다시 낚시를 할 수 있게 됐다. 한스가 집에 도착했을 때 아버지는 마침 현관문 앞에 서 있었다.

"무슨 일이냐?" 아버지가 무심하게 물었다.

"별일 없어요. 저는 이제 더 이상 학교에 가지 않아도 돼요."

"뭐라고? 어째서?"

"신학교 학생이 되었거든요."

"세상에, 그럼 합격했다는 말이구나?"

한스는 고개를 끄덕였다.

"성적은?"

"2등으로 합격했어요."

한스의 아버지도 그 정도까지는 기대하지 않고 있었다. 그는 할 말을 잊은 채 아들의 어깨만 계속 두드리고 웃으며 머리를 흔들었다. 그러더니 무슨 말을 하려고 입을 열었다. 하지만 아무 말도 하지 못하고 다시 연방 고개만 흔들었다.

"정말 굉장하구나!" 마침내 아버지가 큰 소리로 말했다. 그리고 다시 외쳤다. "정말 굉장하구나!"

한스는 집 안으로 뛰어 들어가서 계단을 올라 다락방으로 갔다. 빈 다락방에 있는 벽장문을 벌컥 열어 온갖 상자와 노끈과 코르크 조각들을 끄집어냈다. 그의 낚시 도구들이었다. 이제 낚싯대만 멋지게 깎아 만들면 되었다. 그는 아버지가 계시는 아래층으로 내려갔다.

"아버지, 주머니칼 좀 빌려주세요!"

"뭐 하려고?"

"나뭇가지를 자르려고요. 낚싯대 만들 거예요."

아버지는 주머니에 손을 넣었다.

"자, 여기." 아버지가 환한 미소를 지으며 말했다. "2마르크를 줄 테니 이제 네 칼을 사도록 해라. 그런데 한프리트의 가게에서 사지 말고 건너편에 있는 대장간에 가서 사라."

한스는 신나게 대장간으로 뛰어갔다. 대장장이는 시험에 관해서 묻고 좋은 소식을 듣더니 한스에게 특별히 더 좋은 칼을 내주었다. 강 하류 브뤼헬 다리 아래쪽에는 아름답고 길쭉한 오리나무와 개암나무가 무성하게 서 있었다. 한스는 한참 동안이나 신중하게 살펴본 후 흠이 없고 탄력이 좋은 가지를 잘라 서둘러 집으로 돌아왔다.

한스는 붉게 상기된 얼굴로 눈을 반짝이며 낚싯대 만드는 일에 즐겁게 몰두하기 시작했다. 나뭇가지를 다듬어 낚싯대를 만드는 일은 낚시를 하는 것만큼이나 즐거운 일이었다. 한스는 오후 내내 그리고 저녁이 될 때까지 낚싯대 만들기에 매달렸다. 흰색, 갈색, 녹색 실을 분류하고 꼼꼼하게 살피고 수선하고 매듭 진 곳과 뒤엉킨 곳을 풀었다. 형태와 크기가 각기 다른 코르크 조각과 깃털 찌를 일일이 살펴보고 새로 만들었다. 다양한 무게의 작은 납덩어리를 두드려서 둥글게 만들고 실을 끼울 수 있게 틈새를 만들었다. 다음은 낚싯바늘 차례였는데 예전에 사용하다 남은 것이 조금 있었다. 일부는 네겹의 검은 재봉실에, 일부는 거트줄에, 그리고 일부는 말총을 꼬아서 만든 끈에 단단히 묶었다. 저녁이 되어서야 모든 작업이 끝났다. 한스는 이제 기나긴 7주의 방학이 절대 지루하지 않을 것이라 확신했다. 낚싯대만 있으면 하루 종일 강에서 얼마든지 혼자서 즐거운 시간을 보낼 수 있기 때문이다.

2

여름방학은 바로 이래야 한다! 산 위로 용담꽃처럼 푸른 하늘
이 펼쳐졌고, 간간이 강한 폭우가 쏟아지는 것을 제외하면 화
창하고 무더운 날이 몇 주간 이어졌다. 강물은 수많은 사암
바위와 전나무 그늘 그리고 비좁은 계곡 사이를 흐르고 있는
데도 따뜻하게 데워져서 저녁 늦게까지 헤엄을 칠 수 있을 정
도였다. 마을 주위에는 건초 냄새와 베어 놓은 풀 냄새가 진
동했다. 좁다란 논두렁은 황금빛과 갈색빛으로 물들었고, 냇
가에는 흰 꽃이 피는 독미나리처럼 생긴 식물들이 사람 키만
큼 무성하게 자라 있었는데 우산 모양의 꽃잎에는 항상 아주

작은 벌레들이 우글거렸다. 속이 빈 줄기를 잘라서 피리나 호루라기를 만들 수 있었다. 숲 가장자리에는 털이 있고 노란 꽃이 피는 우단담배풀이 위엄 있게 줄지어 서 있었다. 부처꽃과 바늘꽃은 가느다랗고 억센 줄기에 매달려 한들한들 흔들렸고 비탈진 언덕을 온통 붉은 자줏빛으로 물들였다. 숲속 전나무 아래에는 높이 자란 디기탈리스가 근엄하고 아름답고 진기한 모습으로 서 있었다. 은빛 털이 난 넓은 잎과 단단한 줄기 그리고 붉은빛을 띤 술잔 모양의 꽃이 높이 달려 있었다. 그 옆에는 온갖 종류의 버섯들이 자라고 있었다. 윤이 나는 붉은 광대버섯, 통통하고 넓적한 그물버섯, 진기한 싸리버섯, 붉고 가지가 난 주름볏싸리버섯, 그리고 색이 없고 병든 것처럼 고개를 떨구고 있는 수정난풀이 자라고 있었다. 숲과 잔디밭 사이에 관목이 무성한 두렁에는 생명력이 강한 금작화가 노랗게 불타올랐고, 붉은 자줏빛의 에리카꽃 지대가 펼쳐졌다. 두 번째 풀 베는 시기를 앞둔 잔디밭은 무성하게 자란 황새냉이, 동자꽃, 샐비어, 채꽃으로 알록달록하게 뒤덮여 있었다. 활엽나무 숲에서는 되새가 쉼 없이 지저귀고 전나무 숲에서는 붉은색 다람쥐가 나무 꼭대기를 열심히 뛰어다녔다. 둑과 담장, 말라 버린 도랑에는 초록색 도마뱀이 따뜻한 온기를 즐기며 숨을 쉬고 반짝거렸다. 그리고 초원 너머로 지칠 줄 모르는 매미들의 노랫소리가 울려 퍼졌다.

이맘때면 마을에는 시골 분위기가 물씬 풍겼다. 건초를 실은 수레를 곳곳에서 볼 수 있었으며 건초 냄새와 낫 다듬는 소리가 길거리와 공기를 가득 채웠다. 이곳에 공장 건물 두 개마저 없었다면 영락없이 시골이라고 여겼을 것이다.

방학 첫날부터 아침 일찍 일어난 한스는 가정부 안나 할머니가 일어나기도 전부터 부엌으로 내려와 애타게 커피를 기다렸다. 한스는 불 지피는 것을 돕고 바구니에서 빵을 가져오고 차가운 우유로 식힌 커피를 허겁지겁 마시고 빵을 주머니에 쑤셔 넣고는 밖으로 뛰어나갔다. 위쪽 철둑에 멈춰 선 한스는 바지 주머니에서 동그란 양철통을 꺼내 열심히 메뚜기를 잡기 시작했다. 기차가 지나갔다. 그곳은 선로가 상당히 가파르기 때문에 기차는 속력을 내지 않고 천천히 움직였다. 차창은 활짝 열려 있었고 승객이 몇 명 타지 않은 기차는 증기와 연기를 길게 내뿜으며 달려갔다. 한스는 기차의 뒷모습을 한참 바라보면서, 흰 연기가 소용돌이를 치다가 곧 햇살이 반짝이는 맑은 아침 공기 속으로 사라지는 것을 지켜보았다. 얼마나 오랫동안 이 모든 것들을 보지 못하고 지내 왔던가!

그는 잃어버린 아름다운 시간들을 두 배로 되찾으려는 듯이, 거리낄 것 없고 걱정 없는 소년 시절로 다시 돌아가려는 듯이 숨을 깊게 들이마셨다.

메뚜기를 잡은 양철통과 새로 만든 낚싯대를 들고 다리를 건너서 정원을 가로질러 수심이 가장 깊은 곳인 말웅덩이 쪽으로 가는 동안, 한스의 심장은 그동안 감춰 왔던 기쁨과 물고기를 낚을 기대감이 차올라 콩닥거렸다. 그곳에는 버드나무에 기대어 어느 곳보다 편하게 방해도 받지 않고 낚시를 할 수 있는 자리가 있었다. 한스는 낚싯줄을 풀어 작은 납덩이를 달고 통통한 메뚜기 한 마리를 사정없이 낚싯바늘에 끼운 다음 강 한복판을 향해 낚싯줄을 힘껏 던졌다.

익숙한 예전 장면들이 다시 연출되었다. 미끼 주변으로 작은 송사리들이 떼를 지어 몰려와 낚싯바늘에서 미끼를 떼어 먹으려고 했다. 미끼는 금세 사라지고 두 번째 메뚜기를 다시 바늘에 꿰었다. 다음으로 또 한 마리, 그리고 네 번째, 다섯 번째 미끼를 연이어 바늘에 끼웠다. 한스는 바늘에 미끼를 끼우는 일에 점점 더 신중을 기했고 납덩이를 하나 더 매달아 낚싯줄을 더 무겁게 만들었다. 그러자 제법 큼직한 물고기가 입질을 시도했다. 물고기는 미끼를 살짝 건드리는 듯하다가 놓고, 다시 건드렸다. 그러더니 미끼를 덥석 물었다. 능숙한 낚시꾼은 낚싯대와 줄을 통해 손가락 끝에 전해지는 느낌만으로도 알 수 있었다! 한스는 낚싯대를 휙 당겨서 조심스럽게 줄을 감기 시작했다. 미끼를 문 물고기가 물 밖으로 모습을 드러내자 한스는 잡힌 물고기가 로치라는 것을 확인했다. 넓적하고 담황색으로 빛나는 몸통과 삼각형 머리, 아름다운 선홍색 배지느러미를 보고 금방 알 수 있었다. 무게가 얼마나 나갈까? 그런데 무게를 미처 가늠해 보기도 전에 물고기가 필사적으로 파닥거리다가 겁에 질린 채 수면 위로 떨어지더니 달아나 버렸다. 물속에서 서너 번 비틀거리고는 깊은 물속으로 은빛 섬광처럼 사라지고 말았다. 미끼를 제대로 물지 않았던 것이다.

이제 한스의 낚시꾼다운 흥분과 집중력이 되살아났다. 그의 눈은 수면에 닿은 가느다란 갈색 낚싯줄을 꼼짝 않고 날카롭게 응시했다. 뺨은 붉게 달아올랐고 움직임은 간결하고 재빠르고 정확했다. 드디어 두 번째 로치가 미끼를 물어서 낚아올렸다. 이어서 불쌍할 정도로 작은 잉어가 잡혔고 연달아 망둥이 세 마리가 잡혔다. 아버지가 좋아하는 망둥이를 잡아서 더욱 기뻤다. 망둥이는 몸통이 통통하고 비늘이 작았으며, 두

툼한 머리에 우스꽝스러운 흰 수염이 달려 있고 눈은 작고 몸통 뒷부분은 날렵했다. 원래는 초록색과 갈색 중간쯤 되는 색인데 육지로 나오면 강청색으로 변했다.

해는 어느덧 중천에 떠 있었고 위쪽 제방의 물거품은 눈처럼 하얗게 빛났으며 수면 위로 따뜻한 바람이 산들산들 불었다. 고개를 들면 무크베르크 산 위로 손바닥 크기만 한 눈부신 구름이 둥실둥실 떠다니는 것이 보였다. 날은 점점 뜨거워졌다. 파란 하늘 한가운데 얌전히 떠 있는 조그만 구름이 한여름날의 열기를 알려 주었다. 구름은 빛을 한껏 머금고 있어서 오래 쳐다볼 수 없을 정도였다. 구름이 없으면 얼마나 더운지 가늠하지 못할 것이다. 파란 하늘이나 반짝거리는 강물만 봐서는 무더위를 알 수 없지만 정오에 거품처럼 하얗고 단단한, 둥실 떠다니는 구름을 보면 갑자기 이글거리는 태양의 열기를 느끼고 그늘을 찾게 되고 땀에 젖은 이마를 손으로 자꾸 훔치게 된다.

한스는 점점 낚시에 집중력을 잃었다. 피곤해지기도 했고 어차피 정오쯤에는 물고기도 거의 잡히지 않았다. 이 시간에는 가장 나이가 많고 덩치 큰 흰 잉어들도 햇볕을 쬐려고 수면 쪽으로 올라온다. 시커멓게 떼를 지어 다니며 물살을 거슬러

수면 가까이에서 헤엄을 치다가 가끔씩 뚜렷한 이유도 없이 깜짝 놀라기도 하는데 이 시간에는 미끼를 건드리지 않았다.

한스는 버드나무 가지 위에 낚싯줄을 걸치고 물속에 드리운 채 바닥에 앉아 초록빛 강물을 바라보았다. 서서히 물고기들이 올라와 수면 위로 검은 등이 보이기 시작했다. 따뜻함에 이끌려 고요하고 천천히 헤엄을 치는 황홀한 물고기 떼였다. 물고기들은 따뜻한 물속에서 얼마나 좋을까! 한스는 장화를 벗고 미지근한 물에 발을 담갔다. 그리고 커다란 주전자에 든 잡은 물고기들을 바라보았다. 그 안에서 물고기들은 이따금 파닥거렸다. 정말 아름다웠다! 흰색, 갈색, 초록색, 은색, 빛나지 않는 금색, 파란색, 그 밖의 여러 빛깔들이 움직일 때마다 비늘과 지느러미에서 반짝거렸다.

주위는 고요했다. 다리 위를 지나는 차 소리도 거의 들리지 않았고 덜컥거리며 돌아가는 물레방아 소리도 이곳에서는 희미하게 들릴 뿐이었다. 제방에서 하얀 거품을 일으키는 부드러운 물소리가 나직하고 시원하게 들렸고 뗏목 말뚝에 부딪히는 물살이 잔잔한 소리를 냈다.

그리스어와 라틴어, 문법과 문체론, 수학과 암기 과목, 그리고 쉬지도 못하고 바쁘게 보낸 지난 1년의 고통스러웠던 모든 일들이 고요하고 따뜻한 시간 속에 조용히 가라앉았다. 한스는 머리가 조금 아팠지만 평소와 같은 심한 두통은 아니었다. 이제 예전처럼 다시 강가에 앉아서 제방에 부딪혀 부서지는 물거품을 바라보았고 낚싯줄을 지켜보았으며 옆에 놓아둔 주전자 안에는 잡은 물고기들이 헤엄치고 있었다. 정말 이루 말할 수 없이 즐거운 순간이었다. 문득 자신이 주 정부 선발 고사에 합격했고 게다가 2등을 했다는 사실이 떠올랐다. 한스는 맨발로 물장구를 치고 바지 주머니에 손을 넣고 휘파람을 불기 시작했다. 사실 휘파람을 잘 불지 못하는 것이 예전부터 고민거리였고 그래서 학교 친구들에게 놀림을 받기도 했다. 겨우 잇새로 작은 소리를 낼 수 있을 정도였지만 혼자서 즐기기에는 충분했고 어차피 지금은 그의 휘파람 소리를 들을 사람도 없었다. 다른 친구들은 지금쯤 교실에 앉아서 지리학 수업을 듣고 있을 것이다. 한스 혼자만 이렇게 한가롭게 자유를 만끽하고 있었다. 그는 학교 친구들을 뛰어넘었고 그들은 이제 그의 발밑에 있었다. 그동안 아우구스트 말고는 친구가 없고 그들의 싸움이나 놀이에 끼려고 하지 않아서 무척이나 놀림을 당했다. 그런데 이제 그 어리석고 바보 같은 녀석들이 그를 선망의 눈으로 바라보게 될 것이다. 그 친구들이 너무 경멸스러운 나머지 한스는 입을 씰룩거리느라 잠시 휘파람을 멈췄다.

한스는 낚싯줄을 감아올리다가 피식 웃음이 나왔다. 낚싯바늘에 미끼는 흔적조차 남아 있지 않았다. 양철통에 남아 있던 메뚜기들을 풀어 주자 메뚜기들은 비실거리며 풀 속으로 기어갔다. 근처에 있는 가죽 공장에서는 이미 점심시간이 시작되었다. 벌써 점심 먹으러 갈 시간이 된 것이다.

점심을 먹으면서 대화는 거의 오가지 않았다.

"고기는 좀 잡아 왔니?" 아버지가 물었다.

"다섯 마리 잡았어요."

"그래? 큰 녀석들은 잡지 않도록 조심해라. 안 그러면 나중에 새끼들까지 다 없어질 수 있으니까."

대화는 더 이상 이어지지 않았다. 날은 무척이나 더웠다. 그래서 식사를 마치자마자 수영을 할 수 없다는 것이 정말 안타까웠다. 그런데 왜 그러면 안 되는 걸까? 밥을 먹자마자 물에 들어가는 것은 건강에 해롭다고들 했다! 항상 뭐든지 건강에 해롭다고 하지. 그러는데도 한스는 예전에 여러 번 식후 곧바로 수영을 하러 갔었다. 하지만 이제는 그러지 않을 것이다. 옳지 않은 행동을 하기에는 너무 커 버렸다. 시험을 치를 때 시험관들조차도 그에게 존칭을 써 주었다!

그리고 사실 정원에 있는 가문비나무 아래에서 한 시간 정도 누워 있는 것도 나쁘지 않았다. 그늘도 충분해서 책을 읽거나 나비를 구경할 수도 있었다. 한스는 그렇게 2시까지 누워 있었고 너무 편해서 자칫 잠이 들 뻔했다. 이제 수영을 하러 갈 때가 됐다! 강가의 잔디밭에는 꼬마들만 몇 명 나와 있었다. 큰 아이들은 지금 모두 학교 교실에 앉아 있었고 한스는 이런 상황을 진심으로 즐겼다. 천천히 옷을 벗고 물속으로 들어갔다. 그는 따뜻함과 시원함을 번갈아 가며 즐기는 맛을 알고 있었다. 수영을 하고 잠수를 하고 물장구를 치다가 강가에 배를 깔고 누워서 금세 마른 살갗에 햇볕이 따갑게 내리쬐는 것을 느꼈다.

꼬마들이 감탄하는 눈빛으로 그의 주위를 어슬렁거렸다. 그렇다, 한스는 유명 인사가 되었다. 생긴 것도 다른 아이들과 달라 보였다. 햇볕에 그을린 가느다란 목 위로 자연스럽고 우아하고 섬세한 머리가 모습을 드러내며 지적인 얼굴과 우월한 눈빛을 띠었다. 전체적으로 마르고 가녀린 체격으로 가슴과 등은 뼈를 셀 수 있을 정도였고 종아리에도 살이 거의 없었다.

한스는 거의 오후 내내 일광욕과 수영을 번갈아 하면서 시간을 보냈다. 4시쯤 되자 같은 반 학생들이 왁자지껄 떠들며 몰려왔다.

"야, 기벤라트! 넌 좋겠다."

한스는 편안하게 기지개를 켰다. "응, 좋아."

"신학교에는 언제 가는 거야?"

"9월에. 지금은 방학이야."

한스는 아이들의 부러움을 즐겼다. 뒤에서 큰 소리로 아이들이 조롱하는 소리가 들리고 누군가 이런 노래를 불렀지만 아무렇지 않았다.

나도 저럴 수 있으면 좋겠네.
숄체 리자베트처럼!
그녀는 낮에도 침대에 누워 있었는데
나는 그럴 수가 없다네.

한스는 그저 웃기만 했다. 그사이 다른 아이들도 옷을 벗었다. 한 아이는 그대로 물속으로 뛰어들었고 어떤 아이들은 우선 조심스럽게 몸에 차가운 물을 끼얹었다. 또 어떤 아이들은 잔디밭에 누웠다. 잠수를 잘하는 아이는 환호를 받았다. 누군가 겁이 많은 아이를 물속으로 밀어 버려서 그 아이는 살려 달라고 비명을 질러 댔다. 아이들은 서로 쫓고 달아나고 뛰어다니고 헤엄쳤으며 잔디밭에 누워 있는 아이들에게 물을 뿌리기도 했다. 첨벙거리는 소리와 아이들이 왁자지껄 떠드는 소리로 시끌벅적했다. 강변은 물에 젖고 발가벗은 하얀 몸들로 가득했다.

한 시간쯤 지나서 한스는 자리를 떴다. 물고기들이 다시 입질을 시작하는 따뜻한 저녁이 되었다. 저녁 식사 시간이 될 때까지 다리에서 낚시를 했다. 그러나 한 마리도 낚지 못했다. 물고기들은 탐욕스럽게 낚싯바늘의 미끼를 쫓아다니면서 먹어 치웠지만 걸려들지는 않았다. 낚싯바늘에 체리를 미끼로 달아 놓았는데 체리가 너무 크고 물렁한 모양이었다. 그래서 나중에 다시 한 번 시도해 보기로 했다.

저녁을 먹는 자리에서 한스는 많은 친지들이 축하를 전하기 위해 찾아왔었다는 이야기를 전해 들었다. 그리고 오늘자 주간 신문을 건네받았다. 신문 '공지 사항'란에 이렇게 쓰여 있었다. '올해 우리 마을에서는 중등 신학교 입학 선발 고사에 단 한 명의 응시자인 한스 기벤라트 군을 내보냈습니다. 그리

고 방금 우리는 기벤라트 군이 2등으로 합격했다는 기쁜 소식을 전달받았습니다.'

한스는 말없이 신문을 접어서 주머니에 넣었다. 하지만 속으로는 너무나 자랑스럽고 기뻐서 감정이 벅차올랐다. 그는 다시 낚시를 하러 나갔다. 이번에는 미끼로 사용할 치즈 조각을 몇 개 챙겨 나왔다. 물고기들이 치즈를 좋아하기도 하고 어둑한 저녁에도 물고기들의 눈에 잘 띄기 때문이었다.

이번에는 낚싯대를 그냥 두고 간단한 손낚시 도구만 챙겼다. 한스가 제일 좋아하는 낚시 방법이었다. 낚싯대와 찌 없이 낚싯줄과 낚싯바늘만 사용해서 낚시를 하는 것이 좋았다. 조금 더 힘이 들기는 하지만 훨씬 더 재미있었다. 미끼의 미세한 움직임도, 물고기가 미끼를 건드리거나 무는 순간도 느낄 수 있었으며 낚싯줄의 떨림만으로도 마치 눈에 보이듯이 물고기의 행동을 관찰할 수 있었다. 물론 이런 낚시 방법을 쓰기 위해서는 노련해야 했다. 능숙한 손과 탐정과도 같은 고도의 주의력이 필요했다.

깊이 깎인 좁다란 골짜기에는 어둠이 일찍 찾아왔다. 다리 아래 강물은 거무스레하고 잔잔하게 흘러갔고 아래쪽에 있는 물레방아에는 이미 불이 켜져 있었다. 다리와 골목에는 떠들썩한 말소리와 노랫소리가 퍼졌고 공기는 조금 후덥지근했다. 강에서는 검은 물고기가 수면 위로 펄쩍 뛰어오르는 광경을 계속 볼 수 있었다. 이런 저녁때면 물고기들은 이상하게 흥분해서 지그재그로 재빠르게 헤엄쳐 다녔고, 수면 위로 뛰어오르기도, 낚싯줄에 몸을 던지며 무작정 미끼를 물어 버리기도 했다. 마지막 치즈 조각까지 다 사용한 한스는 작은 잉어 네 마리를 낚아 올렸다. 내일 마을 목사님에게 갖다 드릴 생각이었다.

  따뜻한 바람이 골짜기 아래를 향해 불었다. 어둠이 짙게 깔렸지만 하늘에는 아직 빛이 남아 있었다. 어둠이 덮인 마을에는 뾰족하고 검은 교회 탑과 성의 지붕만이 우뚝 솟아 있었다. 아주 먼 곳에서 천둥 번개가 치는지 이따금 멀리서 나직한 천둥소리가 들렸다. 한스는 10시쯤 잠자리에 들었다. 머리와 팔다리는 피곤했지만 오랜만에 기분 좋은 노곤함과 졸음을 맛보았다. 아름답고 자유로운 길고 긴 여름방학이 유혹하듯 그의 앞에 펼쳐져 있었다. 마음껏 빈둥거리고 수영하고 낚시를 하고 공상에 잠길 수 있는 날들이었다. 다만 마음에 걸리는 것이 한 가지 있었다. 1등을 하지 못한 것이 못내 아쉬웠다.

이른 아침부터 한스는 잡은 물고기를 들고 목사의 집 현관 앞에 서 있었다. 목사가 서재에서 나왔다.

"오, 한스 기벤라트! 좋은 아침이구나. 축하해. 진심으로 축하한다. 손에 들고 있는 건 뭐냐?"

"그냥 물고기 몇 마리 들고 왔어요. 어제 제가 잡은 거예요."

"그래, 어디 보자! 고맙다. 어서 안으로 들어오렴."

한스는 낯익은 서재로 들어갔다. 사실 일반적인 목사의 서재와는 조금 다른 곳이었다. 화초 향기나 담배 냄새는 전혀 나지 않았다. 책장에는 상당히 많은 책이 꽂혀 있었다. 대부분 새 책이었으며 말끔하게 겉칠이 되어 있고 금박을 입힌 책들이었다. 보통 목사의 서가에서 흔히 볼 수 있는 낡고 찢어지고 휘고 좀먹고 곰팡이 핀 책들은 없었다. 가지런히 꽂힌 책들을 자세히 살펴보면 책 제목에서부터 지나간 시대의 존경받는 위인들의 정신과는 완전히 다른 새로운 정신을 엿볼 수 있었다. 흔히 목사의 서재에서 볼 수 있는 명예로운 소장본들, 이를테면 벵겔, 외팅거, 슈타인호퍼의 책들을 비롯해 뫼리케가 「탑의 수탉」에서 아름답게 찬양한 경건한 시인들의 책은 없거나, 현대적인 작품들 속에 파묻혀 보이지 않았다. 잡지철, 서서 일하는 높은 책상 그리고 종이가 널려 있는 커다란 책상 등 모든 것들이 전체적으로 학구적이고 진지한 분위기를 풍겼다. 이곳에서 많은 연구가 이루어지고 있다는 인상을 받았다. 그리고 실제로도 많은 연구가 이루어졌다. 설교문이나 교리 문답, 성경 공부 같은 것보다는 주로 학술지에 실을 연구나 논문 또는 책 집필을 위한 사전 연구였다. 이 서재에서는 막연한 신비주의나 예감을 품은 사색은 설 자리가 없었다. 또한 학문을 뛰어넘어 사랑과 연민으로 사람들의 갈급한 영혼을 파고들려는 순진한 신학도 여기서는 설 자리가 없었다. 그 대신에 열정적인 성경 비평이 이루어졌고 '역사 속 예수 그리스도'를 찾기 위한 연구가 행해졌다.

결국 신학도 다른 학문과 별반 다르지 않다. 예술 영역의 신학이 있고, 학문이거나 또는 적어도 학문이 되기 위해서 애쓰는 신학이 있다. 그것은 예나 지금이나 마찬가지다. 학자들은 새 가죽 부대에 집중하느라 묵은 포도주를 등한시한다. 반면에 예술가들은 외적으로는 태연하게 잘못된 것 같아 보이는 주장을 하지만 많은 사람들에게 위로와 기쁨을 안겨 준다. 이것은 비평과 창조, 학문과 예술 사이에 늘 존재해 온 불평등한 싸움이다. 이 싸움에서 학문은 누구에게 별다른 도움을 주지도 못하면서 언제나 정당성을 인정받아 왔다. 하지만 예술은 항상 믿음, 사랑, 위로와 아름다움 그리고 영원에 대한 예감의 씨앗을 뿌렸고 항상 좋은 토양을 만났다. 삶은 죽음보다 강하고 믿음은 의심보다 더 큰 권능이 있기 때문이다.

한스는 높은 책상과 창문 사이에 놓인 작은 가죽 소파에 처음으로 앉아 보았다. 목사는 몹시 친절했다. 그는 신학교에 대해서, 그리고 그곳의 생활과 공부에 대한 이야기를 아주 친근하게 들려주었다.

"네가 신학교에서 경험할 가장 새롭고 중요한 일은 바로 신약 성경으로 그리스어를 배우는 거야. 그것을 배우면 완전히 새로운 세계가 열릴 거다. 공부할 것은 많겠지만 그만큼 기쁨도 크단다. 처음에는 그리스어를 배우는 것이 무척 힘들 수 있어. 아티카 그리스어가 아니라 새로운 정신이 만들어 낸 새로운 표현이라서 그래." 목사가 말했다.

한스는 주의 깊게 귀를 기울였고 진정한 학문에 가까워지는 것 같아 내심 뿌듯함을 느꼈다.

"학교에서 이런 새로운 세계를 배우면 그 세계의 매력이 조금 줄어들 수는 있어." 목사가 말을 이었다. "신학교에서는 히브리어를 배우느라 처음에 시간을 많이 잡아먹을지 몰라. 만약 네가 원하면 방학 중에 우리가 그리스어를 조금씩 미리 배위 볼 수도 있어. 그러면 네가 신학교에 들어가서 다른 공부를 할 시간과 체력이 남아 있는 걸 다행으로 여기게 될 거다. 누가복음을 몇 장 같이 읽다 보면 아주 쉽게 그리스어를 배우게 될 거야. 사전은 내가 빌려줄 수 있어. 하루에 한 시간, 길어야 두 시간 정도 공부를 하면 돼. 그 이상은 할 필요 없어. 너는 지금 무엇보다 충분한 휴식을 누려야 하니까. 물론 이건 내 제안일 뿐이다. 너의 즐거운 방학 기분을 망치고 싶은 생각은 없어."

한스는 당연히 제안을 받아들였다. 누가복음을 공부하는 것이 자유라는 푸른 하늘에 나타난 옅은 구름처럼 느껴졌지만 목사의 제안을 거절하기는 어려웠다. 그리고 방학 동안에 놀면서 새로운 언어를 배우는 일은 힘들기보다는 기쁨을 더 안겨 줄 게 분명했다. 신학교에 들어가서 배우게 될 새로운 과목들에 대해서 안 그래도 조금 겁을 먹고 있었고 특히 히브리어가 그랬다.

한스는 꽤 흡족한 기분으로 목사의 집에서 나와 낙엽송 길을 따라 숲 쪽으로 걸어갔다. 어느새 조금 남아 있던 불만까지도 다 사라져 버렸고 생각하면 할수록 목사님과 함께 미리 공부하는 것이 잘됐다는 생각이 들었다. 신학교에 들어가서 동급생들보다 앞서려면 더 야심차고 더 치열하게 공부해야 한다는 것을 너무나 잘 알고 있기 때문이었다. 그는 반드시 남들보다 뛰어나고 싶었다. 왜 그럴까? 한스 자신도 이유는 알 수 없었다. 3년 전부터 한스는 사람들의 관심의 대상이 되었고, 선생님, 목사님, 아버지 그리고 교장 선생님까지 그를 격려하고 자극을 주며 숨 쉴 틈 없이 여기까지 몰고 왔다. 그 긴 시간 동안 학년마다 반이 바뀌어도 한스는 한 번도 1등을 놓치지 않았다. 그래서 항상 선두에 있고 누구의 추격도 용납하지 않는 것이 한스의 자부심이 되었다. 그리고 시험에 대한 두려움은 이제 지나간 일이 되어 버렸다.

당연히 방학은 세상에서 가장 아름다운 것이었다. 한스 말고는 산책하는 사람이 아무도 없는 아침 시간의 숲속은 정말이지 아름다웠다! 가문비나무들이 줄지어 서 있어서 머리 위로 초록빛 아치형 지붕이 끝없이 펼쳐졌다. 산딸기 덤불만 여기저기 있을 뿐 낮은 관목은 거의 없었다. 그 대신에 부드러운 이끼 지대가 넓게 퍼져 있었고 그 위로 낮은 빌베리나무와 에리카꽃이 있었다. 이슬은 이미 말랐다. 곧게 뻗은 줄기 사이로 숲속 아침 특유의 더위가 감돌았다. 햇살의 온기, 이슬의 증기, 이끼 냄새와 송진, 전나무 잎, 버섯의 냄새가 뒤섞여 모든 감각을 살짝 마비시키듯이 자극했다. 한스는 이끼밭 위로 몸을 던졌고 빽빽한 산딸기 덤불에 달린 열매를 따 먹었다. 여기저기서 딱따구리가 나무를 쪼는 소리와 이에 질세라 열심히 울어 대는 뻐꾸기 소리가 들렸다. 시커멓게 우거진 전나무 꼭대기 사이로 구름 한 점 없이 푸른 하늘이 보였다. 멀리까지 늘어선 수천 그루의 나무들은 거대한 갈색 벽을 이루었다. 그리고 이끼 위로 따뜻한 햇살이 반짝거리며 노란 얼룩을 그려 놓았다.

한스는 원래 멀리까지 산책을 다녀올 생각이었다. 적어도 뤼첼 씨의 농장이나 크로쿠스 초원까지는 갔다 올 예정이었다. 그런데 이끼 위에 누워 산딸기를 먹으면서 멍하니 허공을 바라보았다. 왜 이렇게 피곤한지 스스로도 의아했다. 예전에는 서너 시간을 걸어도 끄떡없었다. 다시 힘을 내서 산책을 해 보기로 마음먹었다. 그리고 백 걸음 정도 걸었다. 그런데 어느새 자기도 모르게 다시 이끼 위에 누워서 쉬고 있었다. 누워서 나뭇가지와 꼭대기를 바라보다가 다시 초록색 이끼를 내려다보았다. 이 숲속의 공기가 한스를 정말 피곤하게 만들었다!

점심 무렵 집으로 돌아온 한스는 다시 두통에 시달렸다. 숲속 길을 걸을 때 햇살이 너무 눈부셨는지 이번에는 눈까지 아팠다. 오후 반나절을 집 안에서 불쾌한 기분으로 빈둥거리며 보내다가 물속에 들어갔다 나온 후에야 기운을 차렸다. 이제 목사의 집에 갈 시간이었다.

가는 길에 제화 장인 플라이크를 만났다. 그는 작업실 창가에 놓인 세발의자에 앉아 한스를 불렀다.

"어디 가니? 요즘 통 보이지 않던데?"

"목사님 댁에 가는 길이에요."

"아직도? 시험 다 끝났잖아."

"네. 이제 새로운 걸 배울 차례예요. 신약이요. 신약 성경은 그리스어로 쓰였지만 제가 지금까지 배웠던 것과는 완전히 다른 그리스어예요. 그래서 그걸 배우러 가는 거예요."

제화 장인은 모자를 뒤로 젖히더니 이맛살을 잔뜩 찌푸렸다. 그러고는 깊은 한숨을 내쉬었다.

"한스." 그가 나직한 목소리로 말했다. "너한테 꼭 해 주고 싶은 말이 있다. 지금까지는 네가 시험을 앞두고 있어서 내가 아무 말도 하지 않았지만 이제는 꼭 얘기를 해야겠구나. 마을 목사는 무신론자라는 사실을 너도 알아야 해. 성경은 잘못되었고 거짓이라고 너에게 가르치려고 할 거야. 그 목사하고 신약 성경을 같이 읽고 나면 너도 모르게 믿음을 잃어버리고 말 거야."

"그렇지만 플라이크 아저씨, 저는 그저 그리스어를 배우는 것뿐이에요. 신학교에 들어가면 어차피 배워야 하거든요."

"너는 그렇게 말하겠지. 하지만 경건하고 양심적인 선생님한테 성경을 배우는 것과 하나님을 더 이상 믿지 않는 사람에게 배우는 것은 완전히 달라."

"그렇지만 목사님이 정말로 하나님을 믿지 않는지 확실히 모르잖아요."

"그렇지 않아. 한스, 유감이지만 사실이야."

"그럼 저는 어떻게 해야 하죠? 이미 목사님과 공부하기로 약속을 했는걸요."

"그렇다면 물론 가야겠지. 하지만 만약 목사가 성경은 사람들이 만들어 낸 작품이며 거짓이고 성령에 의해 쓰인 것이 아니라고 하면 그때 나를 찾아오렴. 그리고 다시 얘기를 해 보자꾸나. 알겠니?"

"알겠어요, 아저씨. 하지만 아마 그런 일은 없을 거예요."

"두고 보면 알겠지. 내 말을 명심해라!"

목사가 아직 집에 도착하지 않아서 한스는 서재에서 기다렸다. 금박으로 새긴 책 제목들을 바라보고 있으려니 플라이크 아저씨가 했던 말이 떠올랐다. 마을 목사나 새로운 교리를 추구하는 성직자들에 관한 그런 식의 이야기들은 예전에도 들은 적이 있었다. 하지만 이번에 처음으로 그 이야기에 관심이 생기고 긴장감과 호기심을 느꼈다. 그 문제가 아저씨의 걱정처럼 그렇게 중요하고 끔찍하게 여겨지지는 않았다. 오히려 오래된 대단한 비밀을 파헤쳐 볼 수 있는 기회라는 예감이 들었다. 저학년 때는 신의 존재, 영혼의 소재, 악마와 지옥에 대한 의문으로 인해 이런저런 공상에 빠지기도 했다. 하지만 지난 몇 년간은 치열하게 공부에만 전념하느라 그런 생각들은 잠들어 버리고 말았다. 학교에서 배운 기독교 신앙은 플라이크 아저씨와 대화할 때만 되살아날 뿐이었다. 플라이크 아저씨와 마을 목사님을 비교해서 생각하니 저절로 웃음이 나왔다. 아저씨가 혹독한 세월을 통해 얻게 된 준엄하고 확고부동한 신앙을 한스는 이해할 수 없었다. 그리고 플라이크 아저씨는 똑똑하기는 하지만 단순하고 편협한 사람으로 지나치게 경건주의를 강조해서 사람들한테서 비웃음을 샀다. 기도 모임에서 다른 형제들의 엄격한 재판관 노릇을 하고, 성경의 대단한 해설가로 나서고, 마을을 돌아다니며 전도를 하기도 했다. 그러나 평소에는 소시민으로 살아가는 수공업자로, 다른 사람들과 별반 다르지 않았다. 반면에 목사님은 노련하고 언변이 뛰어난 설교자였을 뿐만 아니라 열정적이고 엄격한 학자였다. 한스는 경외의 눈빛으로 책장을 올려다보았다.

잠시 후 목사가 도착했다. 목사는 프록코트를 벗고 가벼운 검은색 평상복으로 갈아입었다. 그러고는 한스에게 누가복음의 그리스어 본문을 쥐어 준 다음 읽어 보라고 했다. 예전의 라틴어 수업과는 완전히 달랐다. 목사와 한스는 문장을 몇 개만 읽고 그 문장들을 지나치다 싶을 정도로 꼼꼼하게 번역했다. 그런 다음에 목사는 이해하기 쉬운 예를 들어 가며 라틴어 특유의 정신을 매끄럽게 설명했고 누가복음이 지어진 시대와 배경에 대해 들려주었다. 그는 단 한 시간의 수업 시간 동안 한스에게 학습과 독서에 대한 완전히 새로운 개념을 전해 주었다. 한 문장 한 문장, 단어 하나하나에 어떤 수수께끼와 과제가 숨어 있는지 한스는 어렴풋이 짐작할 수 있었다. 아주 옛날부터 수천 명의 학자, 사색가, 연구자 들이 이 문제를 두고 얼마나 노력을 해 왔는지 알 수 있었다. 한스는 마치 자신이 이번 수업을 통해 진리를 탐구하는 사람들의 집단에 받아들여진 것 같은 기분이 들었다.

한스는 사전과 문법책을 빌려 와 집에서 저녁 시간 내내 공부했다. 참다운 학문의 길로 들어서기 위해서 얼마나 많은 수고와 지식의 산을 넘어야 하는지 새삼 깨달았다. 포기하지 않고 난관을 뚫고 가리라 다짐했다. 제화 장인이 한 말은 한동안 한스의 뇌리에서 사라졌다.

며칠 동안 한스는 새로운 공부에 완전히 빠져 버렸다. 매일 저녁 목사의 집으로 찾아갔다. 날이 갈수록 진정한 학문이 더 아름답고, 더 어렵고, 더 공부해 볼 가치가 있다는 생각이 들었다. 이른 아침마다 낚시를 하러 나갔고 오후에는 수영을 하러 가는 것 외에는 집에서 거의 나가지 않았다. 시험에 대한 불안과 승리감 때문에 가라앉았던 야망이 다시 깨어나 그를 가만히 내버려 두지 않았다. 그리고 최근 몇 개월 사이 자주 느껴 온 감정이 머릿속에서 고개를 들기 시작했다. 그것은 두통이 아니었다. 맥박이 빨라지고 격앙된 힘이 그를 몰아치며 급하게 내달리게 만들었다. 그 후에는 어김없이 머리가 아파 왔다. 그러나 미열이 지속되는 동안 책을 읽고 열심히 공부를 했다. 그래서 전에는 읽는 데 15분이 걸리던 크세노폰의 가장 어려운 문장들을 이제는 아주 쉽게 읽어 내려갔다. 사전도 거의 필요 없었고 날카로운 이해력으로 아주 어려운 페이지

들을 빠르고 재밌게 읽을 수 있었다. 고조된 학구열과 지식에 대한 목마름에 더해 뿌듯하게 자신감이 생겼다. 학교와 선생님과 학창 시절은 아주 오래전에 흘러가 버리고 자신만의 길을 걷고 있다는, 지식과 능력의 고지를 향해 가고 있다는 기분이 들었다.

이런 느낌과 동시에 생생한 꿈을 꾸다 잠에서 깨는 일이 잦았다. 밤에 자다가 가벼운 두통 때문에 깨어나 다시 쉽게 잠이 들지 않으면 앞서 나가야 한다는 초조함에 사로잡혔다. 물론 자신이 또래들보다 얼마나 앞서 가고 있는지를 생각하고 또 담임 선생님과 교장 선생님이 자신을 존중해 준 것, 심지어 감탄의 눈빛으로 바라본 것을 생각하면 우월감도 들었다.

교장은 한스의 아름다운 야망을 일깨우고 이끌어 왔다. 그는 소년이 성숙해 가는 모습을 지켜보는 것이 내심 뿌듯했다. 교사들이 감정도 없고 고루하고 영혼이 없는 옹졸한 사람이라고 단정해서는 안 된다! 어떤 아이가 아무리 자극을 해 줘도 별다른 성과가 없던 재능을 어느 순간 터트릴 때, 그 아이가 나무로 만든 칼이나 새총 그리고 활 같은 아이들 장난감을 내려놓고 전진하려는 노력으로 열심히 공부할 때, 거칠고 천진난만하던 아이가 진지한 학습을 통해 섬세하고 거의 금욕적인 소년으로 거듭날 때, 그 아이의 얼굴이 성숙하고 지적으로 변하고, 눈빛이 목표를 향해 더욱 깊어질 때, 그리고 그의 손이 더 하얘질 때, 이를 지켜보는 교사의 영혼은 즐거움과 자부심으로 웃음 짓는다. 교사의 의무와 국가로부터 부여받은 임무는 어린 소년들의 타고난 거친 힘과 욕구를 자제시키고 근절하는 것이며 그 대신에 국가가 인정하는 적절한 이상을 심어 주는 것이다. 지금 행복하게 살아가는 시민들이나 열성적인 관료들도, 학교의 이러한 노력이 없었다면 무분별한 개혁을 부르짖는 개혁가나 쓸데없는 꿈만 꾸는 몽상가가 되었을 것이다!

소년의 내면에는 야만적이고 무질서하고 교양 없는 뭔가가 꿈틀거리고 있다. 이것부터 깨트려 버리지 않으면 안 된다. 위험한 불꽃을 일단 끄고 밟아 없애 버려야 한다. 자연이 창조한 인간은 종잡을 수 없고 예측할 수 없는 위험한 존재다. 미지의 산에서 쏟아져 내려오는 물줄기와 같고 길도 질서도 없는 원시림과도 같다. 원시림의 나무를 베어 내고 정비하고 강제로 제재를 가해야 하듯이 학교도 자연 상태의 인간을 깨부수고 굴복시키고 제재를 가해야 한다. 정부가 인정한 기본법에 따라 인간을 사회의 유용한 일원으로 만들고 잠재력을 일깨우는 것이 학교의 임무다. 그러한 교육은 군대에서의 주도면밀한 양성을 통해 영광스럽게 완성된다.

어린 한스는 더할 나위 없이 훌륭하게 성장했다! 한스는 길거리를 쏘다니거나 노는 것을 일찌감치 스스로 그만두었다. 수업 시간에 멍청하게 웃고 떠드는 법도 없었다. 정원을 가꾸는 일이나 토끼 기르기, 낚시질까지도 그만두었다.

어느 날 저녁 교장은 한스의 집으로 친히 찾아왔다. 그는 황송해 하는 아버지에게 정중하게 인사를 한 후 한스의 방으로 올라갔다. 한스는 누가복음을 읽고 있었다. 교장은 한스에게 다정하게 인사를 건넸다.

"기벤라트 군, 다시 이렇게 열심히 공부를 하고 있다니 정말 기특하구나! 그런데 요즘 왜 한 번도 얼굴을 내비치지 않는 거니? 나는 날마다 너를 기다리고 있었단다."

"저도 찾아뵈려고 했었어요." 한스가 미안한 듯 말했다. "그런데 물고기라도 잡아서 갖다드리고 싶었어요."

"물고기라고? 무슨 물고기 말이냐?"

"잉어 같은 거 말이에요."

"그렇구나. 다시 낚시를 하러 다니는 거냐?"

"네, 가끔이요. 아버지께서 허락해 주셨거든요."

"음, 그렇구나. 재미있니?"

"네, 재밌어요."

"잘됐구나. 너는 충분히 휴식을 즐길 자격이 있어. 그래서 지금 공부하고 싶은 생각은 별로 없겠구나?"

"그렇지 않아요, 교장 선생님. 공부도 하고 싶어요."

"나는 네가 스스로 하고 싶지 않은 일을 강요하고 싶은 생각은 없다."

"저는 정말 공부하고 싶어요."

교장은 몇 차례 숨을 깊이 들이쉬더니 가느다란 수염을 매만지며 의자에 앉았다.

"잘 들어라, 한스." 교장이 말했다. "내가 하고 싶은 말은 이거야. 내 오랜 경험에 의하면 시험에서 좋은 성적으로 합격한 학생들이 성적이 갑자기 떨어지는 일이 종종 발생한단다. 신학교에 들어가면 새로운 과목들을 여럿 공부해야 돼. 그래서 방학 동안에 예습을 하는 학생들이 있기 마련이지. 특히 시험 성적이 좋지 않았던 학생들이 더 열심히 예습을 해. 그래서 그런 학생들이 합격 성적이 좋다고 방학 동안 태만하게 쉰 학생들을 제치고 성적이 급상승하게 되지." 그는 한숨을 내쉬었다. "네가 우리 학교에서 항상 1등을 차지하는 것은 식은 죽

먹기였겠지. 하지만 신학교에 들어가면 다들 특출한 영재이거나 부지런히 공부하는 학생들이기 때문에 그들보다 앞서는 것이 결코 쉽지는 않을 게다. 무슨 말인지 이해하겠니?"

"네, 그럼요."

"그래서 이번 방학 동안에 미리 공부를 좀 해 두면 좋을 것 같다. 물론 적당히 말이지! 너는 지금 맘껏 쉬고 즐길 권리와 의무를 갖고 있으니 말이다. 내 생각에는 하루에 한두 시간 정도가 적당할 것 같구나. 그러지 않으면 감을 잃게 되고 다시 제자리를 찾기까지 몇 주가 걸릴지도 모를 테니까. 네 생각은 어떠니?"

"저는 기꺼이 공부할 생각이 있습니다. 교장 선생님께서 저를 도와주신다면……."

"좋다. 신학교에서는 히브리어 말고도 특히 호메로스(고대 그리스의 시인)가 너에게 새로운 세계를 열어 줄 거다. 지금 미리 기초를 단단히 다져 놓으면 호메로스를 읽을 때 배로 즐겁고 쉽게 이해하면서 읽을 수 있을 거야. 호메로스의 언어는 옛 이오니아 방언으로서 그만의 운율을 담고 있어서 상당히 독특하지. 그래서 호메로스의 작품을 제대로 즐기려면 부지런한 자세로 철저하게 공부를 해 놓아야 한다."

한스는 물론 이런 새로운 세계에도 기꺼이 발을 들여놓을 마음의 준비가 되어 있었고 최선을 다해서 열심히 공부하겠다고 약속했다. 하지만 더 큰 것이 남아 있었다. 교장은 목소리를 가다듬더니 계속해서 친절한 목소리로 말을 이었다.

"솔직히 말하자면, 네가 수학도 조금씩 공부를 했으면 좋겠다. 네가 수학을 못하는 것은 아니지만 지금까지 네가 뛰어나게 잘한 과목은 아니니 말이다. 신학교에 들어가면 대수와 기하를 배울 텐데 미리 조금 공부를 해 가는 것이 좋을 듯싶구나."

"알겠습니다, 교장 선생님."

"알고 있겠지만 나를 찾아오는 건 언제든 환영이야. 네가 잘되는 모습을 지켜보는 것이 나로서는 영광된 일이니까. 수학은 수학 선생님께 개인 과외를 받을 수 있도록 아버지께 허락을 구해 보렴. 1주일에 서너 시간 정도 말이다."

"알겠습니다, 교장 선생님."

다시 본격적으로 공부가 시작되었다. 한스는 어쩌다가 한 시간 정도 낚시를 하거나 산책을 하고 오면 양심의 가책을 느끼며 마음이 편치 않았다. 헌신적인 수학 선생은 평소 한스가 수영을 즐기던 시간을 수업 시간으로 택했다.

대수 공부는 아무리 열심히 해 봐도 즐겁지가 않았다. 한창 뜨거운 오후 시간에 수영을 하지 않고 대신 수학 선생의 집까지 찾아가, 먼지 날리고 모기가 날아다니는 탁한 공기 속에서 무거운 머리를 들고 메마른 목소리로 'a 더하기 b'와 'a 빼기 b'를 되풀이하는 것은 그야말로 고역이었다. 사람을 마비시키고 짓누르는 무언가가 공기 중에 감돌았다. 기분이 안 좋은 날에는 암담함과 절망을 안겨 주기도 했다.

　수학은 한스에게 참 이상한 과목이었다. 수학을 전혀 이해하지 못해 담 쌓고 지내는 학생에 속하지도 않았고 때로는 기발한 풀이 방법을 생각해 내서 기쁨을 느끼기도 했다. 수학에는 변칙과 속임수가 없으며 문제에서 벗어나 다른 영역으로 빠지지 않아도 되는 것이 마음에 들었다. 그와 같은 이유로 한스는 라틴어도 무척 좋아했다. 라틴어는 명료하고 확실하고 정확하며 불분명한 것이 거의 없기 때문이다. 하지만 수학에서는 모든 결과가 맞다고 해도 얻을 수 있는 것이 없었다. 수학 공부와 수업은 마치 평평한 국도를 걸어가는 것과 같은 느낌이 들었다. 항상 앞으로 나아가고 날이 갈수록 어제 미처 몰랐던 것들을 알게 되지만, 갑자기 드넓은 경치를 내려다볼 수 있는 산에 오르는 일은 기대할 수 없다.

교장과 함께 하는 공부는 조금 더 활기가 있었다. 물론 목사는 신약 성서의 고리타분한 그리스어에서도 생동감 넘치는 호메로스의 언어보다 더 매력적이고 참신한 것을 발견해 내는 능력이 있었다. 그렇지만 처음의 어려움만 극복하고 나면 뜻밖의 기쁨과 즐거움을 선사하고 계속해서 유혹하는 것은 결국 호메로스였다. 한스는 비밀스럽고 아름답게 들리는 난해한 시구를 대하면 초조함과 긴장감에 몸이 떨렸고, 재빨리 사전을 뒤져서 고요하고 화사한 정원으로 들어갈 수 있는 열쇠를 찾아내려고 안달했다.

숙제가 다시 많아져서 한스는 저녁 늦게까지 숙제에 몰두하며 책상에 앉아 있었다. 아버지 기벤라트는 열심히 공부하는 아들의 모습을 자랑스러워하며 바라보았다. 자신의 줄기에서 뻗어 나온 가지가 막연히 동경만 했던 높은 곳까지 자라나는 모습이 그의 우둔한 머릿속에도 어렴풋이 살아 있었다.

방학 마지막 주가 되자 교장과 목사는 갑자기 눈에 띄게 다정해지고 한스를 염려하는 모습을 보였다. 한스에게 산책을 하고 오라고 말했고, 수업을 쉬고 상쾌하고 활기찬 기분으로 새로운 생활을 시작하는 것이 얼마나 중요한지 강조했다.

한스는 몇 번 더 낚시를 하러 갔다. 하지만 머리가 아파서 집중을 잘 하지 못한 채 강가에 앉아만 있었다. 수면 위에는 푸르른 초가을 하늘이 비쳤다. 한스는 자신이 왜 한때 그렇게 여름방학을 간절히 기다렸는지 이해할 수 없었다. 이제는 여름방학이 끝나고 완전히 새로운 삶과 공부가 시작되는 신학교에 들어가는 것이 오히려 기뻤다. 낚시에는 흥미가 떨어져서 물고기도 거의 잡지 못했다. 아버지에게 물고기도 못 잡아 온다는 농담을 들은 뒤로는 더 이상 낚시를 하지 않았고 낚시 도구를 싸서 다락방 상자에 도로 집어넣어 버렸다.

방학이 다 끝나 갈 무렵에야 한스는 몇 주 동안이나 플라이크 아저씨를 찾아가지 않았다는 생각이 문득 떠올랐다. 지금이라도 찾아가 봐야겠다고 생각했다. 저녁이었다. 플라이크는 거실 창가에 앉아 아이를 무릎에 안고 있었다. 창문이 열려 있는데도 집 안에는 가죽과 구두약 냄새가 진동했다. 한스는 겸연쩍어하며 제화 장인의 크고 단단한 손과 악수를 했다.

"그래, 어떻게 지냈니?" 플라이크가 물었다. "목사하고 공부는 열심히 했니?"

"네. 매일 찾아가서 많은 것을 배웠어요."

"뭘 배웠는데?"

"주로 그리스어를 배웠고 그 밖에도 이런저런 것들을 많이 배웠어요."

"그런데 나를 찾아오고 싶은 생각은 안 들었구나?"

"오고 싶은 생각은 있었어요, 아저씨. 하지만 올 시간이 없었어요. 목사님과 매일 한 시간씩 공부를 했고, 교장 선생님께도 매일 두 시간 수업을 받았고, 1주일에 네 번은 수학 선생님께 수업을 받으러 가야 했거든요."

"이번 방학 때 말이냐? 말도 안 되는 일이구나!"

"저는 잘 모르겠어요. 선생님들이 그렇게 하는 것이 좋겠다고 말씀하셨어요. 그리고 저도 공부하는 것이 힘들지는 않아요."

"그럴지도 모르지." 플라이크는 소년의 팔을 잡으며 말했다. "공부하는 건 그렇다 치고 팔은 대체 왜 이러니? 그리고 얼굴도 핼쑥하구나. 아직도 두통에 시달리니?"

"가끔이요."

"이건 말도 안 되는 짓이야, 한스. 게다가 이건 죄악이야. 네 나이에는 바깥에서 뛰어놀고 운동도 하고 충분히 잘 쉬어야 한다. 방학이 왜 있겠니? 방구석에 처박혀서 공부나 하라고 방학이 있는 건 아니잖아. 넌 지금 뼈랑 가죽만 앙상하게 남았어."

한스는 웃었다.

"물론 넌 잘 해내겠지. 하지만 이건 너무 지나쳐. 그리고 목사와 했던 수업은 어땠어? 무슨 이야기를 하더냐?"

"여러 가지 이야기를 해 주셨어요. 하지만 나쁜 이야기는 없었어요. 목사님은 정말 박학다식한 분이에요."

"성경을 모독하는 말씀은 없었니?"

"단 한 번도 없었어요."

"그렇다면 다행이구나. 그런데 이 말만은 너에게 꼭 해 주고 싶다. 영혼이 한 번 해를 입는 것보다는 차라리 육체가 열 번 해를 입는 것이 낫다! 너는 나중에 목사가 될 사람인데, 목사는 근사하면서도 어려운 직책이란다. 목사가 되기 위해서는 네 또래 젊은이들과는 달라야 해. 어쩌면 네가 적임자이고 언젠가 영혼을 구제하고 가르치는 사람이 되겠지. 나는 진심으로 네가 그렇게 되기를 바라고 기도할 거야."

플라이크는 자리에서 일어나더니 한스의 어깨에 양손을 올렸다.

"잘 지내라, 한스. 그리고 항상 올바른 길을 가도록 해라! 하나님이 너를 축복하고 지켜 주시기를 빈다, 아멘."

엄숙한 분위기와 기도, 그리고 고상하게 표준어를 구사하는 것이 한스는 왠지 불편하고 어색했다. 목사님도 작별 인사를 이런 식으로 한 적이 없었다.

신학교에 들어갈 준비를 하고 작별 인사를 나누면서 남은 방학은 빠르고도 분주하게 지나갔다. 침구와 옷, 속옷과 책을 담은 상자는 미리 보냈고 이제 가지고 갈 여행 가방을 챙겼다. 어느 서늘한 아침, 아버지와 아들은 마울브론을 향했다. 고향을 떠나, 아버지의 집을 떠나 낯선 학교로 향하는 한스는 기분이 묘하고 마음이 무거웠다.

3

주의 북서쪽으로 가면 숲이 우거진 구릉 지대와 작고 잔잔한 호수 사이에 시토 교단의 마울브론 수도원이 웅장하게 자리 잡고 있었다. 이 오래된 수도원은 견고하게 잘 보존된 크고 아름다운 건물로, 외관도 내부도 훌륭해서 그곳에서 한 번쯤 살아 보고 싶은 충동을 일으키기에 충분했다. 수도원은 수백 년의 세월 동안 고요하고 아름다운 초록의 주변 환경과 기품 있게 어우러져 있었다.

마울브론 수도원을 방문하는 사람은 높은 담장 사이로 그림같이 열려 있는 문을 지나, 넓고 아주 고요한 뜰로 들어서

게 된다. 그곳에는 분수가 물을 뿜고 나이 많은 나무들이 엄숙하게 서 있었다. 앞뜰 양쪽으로는 오래되고 견고한 석조 건물들이 있었다. 뒤로 가면 교회 본당의 전면이 보였다. 본당 현관은 후기 로마네스크 풍으로 '파라다이스'라고 불렸는데, 그 우아하고 황홀한 아름다움은 무엇과도 비교할 수 없었다. 본당의 장중한 지붕 위에는 바늘처럼 뾰족하고 익살스러운 탑이 있었다. 어떻게 그렇게 작은 탑에 종이 매달려 있는지 도무지 알 길이 없었다. 잘 보전된 본당 회랑은 그 자체로도 아름다운 작품이었는데, 거기에는 분수가 있는 아름다운 예배당이 딸려 있었다. 힘차고 우아한 교차궁륭(아치가 교차하여 이루어진 둥근 천장)으로 덮인 성직자 식당, 기도실, 담화실, 평신도 식당, 수도원장의 거처와 교회당 두 개가 모여 있었다. 그림처럼 아름다운 담장, 돌출창, 문, 정원, 물레방아, 저택 등이 중후하고 역사 깊은 건축물들을 밝고 아늑하게 둘러싸고 있었다.

넓은 앞뜰은 고요하고 텅 비어 있었고 나무 그림자만 흔들거렸다. 점심시간이 되면 잠깐이나마 활기를 띠었다. 점심시간이면 수도원에서 젊은이들이 우르르 쏟아져 나왔고 안뜰에서 흩어져 운동을 하거나 서로를 부르는 소리, 대화 소리, 웃음소리가 들렸다. 공놀이를 하다가 시간이 지나면 다들 재빨리 흔적도 없이 담장 너머로 사라지곤 했다. 이곳은 삶과 기쁨을 느낄 수 있는 장소이자 생명과 축복이 있는 곳이었고, 성숙하고 선한 사람들이 즐거운 사상을 가지고 아름답고 밝은 작품을 만들 수 있겠다 싶은 그런 곳이었다.

세상과 동떨어져 언덕과 숲속에 감춰진 이 수도원은 프로테스탄트 신학교의 학생들에게 공간을 내주었다. 감수성 풍부한 젊은이들이 아름답고 고요한 환경에서 공부할 수 있도록 하기 위해서였다. 이곳 학생들은 정신을 분산시키는 도시와 가정의 영향에서 벗어나 일상의 좋지 않은 것들과 격리되어 보호받았다. 그리하여 수년간 여러 과목들과 함께 히브리어와 그리스어 공부를 진정한 삶의 목표로 삼고, 젊은 영혼의 욕망을 순수하고 이상적인 학문을 통한 즐거움에 집중시킬 수 있었다. 더불어 중요한 요소는 기숙사 생활, 자아 훈련, 공동체 의식이었다. 신학생들의 생활비와 학비를 지원하는 재단은 훗날 언제든 이 학교 출신임을 알 수 있는 특별한 정신을 학생들에게 심어 주려고 했다. 이것은 정교하고 확실한 방식으로 인장을 찍는 것에 다름 아니었다. 가끔 학교를 뛰쳐나가는 아이들을 제외하고는 슈바벤 지역의 모든 신학생들에게

서 일생 동안 그런 인장을 확인할 수 있었다.

　수도원의 신학교에 입학할 때 어머니와 함께 온 학생이라면 누구나 평생토록 감사하는 마음과 감동에 젖은 미소를 지으며 그 순간을 기억할 것이다. 한스 기벤라트는 어머니가 계시지 않아서 별다른 감흥 없이 들어왔다. 하지만 다른 어머니들을 바라보며 특별한 인상을 받았다.

　공동 침실들 사이에 붙박이장이 달려 있는 널찍한 복도에는 상자와 바구니가 어지럽게 흩어져 있었다. 부모와 함께 온 아이들은 짐을 풀고 정리하느라 여념이 없었다. 각자 번호가 붙은 옷장을 배정받았고 공부방에는 번호가 매겨진 책상을 배정받았다. 소년과 부모들은 바닥에 무릎을 꿇고 앉아서 짐을 풀었고 조교는 마치 군주처럼 돌아다니며 이런저런 조언을 해 주었다. 모두들 가방에서 꺼낸 옷을 펼쳐 놓고, 셔츠를 개고, 책을 쌓아 올리고, 장화와 실내화를 가지런히 정리했다. 학생들이 가져온 주요 물품은 거의 똑같았다. 필요한 최소한의 속옷 개수와 필수 물품 목록이 정해져 있었기 때문이다. 이름을 새긴 양철 세숫대야를 꺼내 세면장에 가지런히 세워 두었고, 스펀지, 비누통, 빗, 칫솔을 그 옆에 꺼내 놓았다. 그 외에도 각자 램프와 석유통, 식기를 챙겨 왔다.

소년들은 전체적으로 무척 분주하고 들뜬 모습이었다. 아버지들은 흐뭇한 미소를 띤 얼굴로 도와주다가도 회중시계를 힐끗 쳐다보며 지루해 하는 모습이 역력했고 빠져나갈 기회를 노렸다. 반면에 어머니들은 주도적으로 아이들을 살뜰히 챙겼다. 옷과 속옷을 꺼내 일일이 손으로 주름을 펴고 끈을 가지런히 정리해서 깔끔해 보이고 꺼내 입기 편하도록 옷장에 차곡차곡 넣어 주었다. 주의할 점과 충고, 애정 어린 말도 함께 이어졌다.

"새로 산 셔츠는 특별히 조심해서 입어. 3마르크 50페니히나 주고 샀으니 말이야."

"빨랫감은 한 달에 한 번씩 철도편으로 보내라. 급하면 우편으로 보내고. 검은 모자는 일요일에만 쓰도록 해."

뚱뚱하고 푸근해 보이는 어머니가 높은 상자에 앉아 아들에게 단추를 실로 꿰매서 다는 방법을 가르쳐 주고 있었다.

"집이 그리우면 언제든지 편지를 하렴." 다른 곳에서 이런 말도 들렸다. "그래도 크리스마스까지는 얼마 남지 않았잖니."

아름답고 상당히 젊어 보이는 어머니가 옷으로 가득 찬 아들의 옷장을 훑어보면서 속옷과 상의와 바지를 애정 어린 손길로 매만졌다. 정리를 다 마치자 어깨가 넓고 볼이 통통한 아들을 쓰다듬기 시작했다. 아들은 부끄러워서 당황한 듯 미소를 지으며 어머니의 손길을 뿌리치더니 아무렇지 않은 척 바지 주머니에 양손을 찔러 넣었다. 작별은 아들보다 어머니가 더 힘들어하는 듯했다.

다른 아이들의 경우에는 반대였다. 아이들은 짐 정리를 하는 어머니를 멀뚱히 쳐다보며 마음 같아서는 어머니와 함께 집으로 다시 돌아가고 싶은 표정이 역력했다. 모든 아이들은 이별을 두려워하면서도 지켜보는 사람들에 대한 경계심과 남자다워 보이고 싶은 감정 때문에 안타까움과 애착 사이에서 싸우고 있었다. 사실은 소리를 내어 엉엉 울고 싶은 아이들도 일부러 아무렇지 않은 표정을 지으며 태연한 척했다. 어머니들은 그런 모습에 미소를 지었다.

거의 모든 아이들이 짐 꾸러미 안에 필수 품목 외에도 사과를 담은 자루, 훈제 소시지, 빵을 담은 바구니와 같은 물건들을 따로 챙겨 왔다. 스케이트를 가져온 아이들도 상당수였다. 작고 약삭빠르게 생긴 아이가 아주 커다란 햄 덩어리를 아무렇지 않게 대놓고 꺼내서 모든 사람들의 시선을 끌었다.

소년들 중에는 집에서 지내다 온 아이들도 있고, 전에도 기숙학교나 하숙집에서 지낸 경험이 있는 아이들도 있었는데,

그 둘은 쉽게 구분할 수 있었다. 하지만 경험 있는 아이들의 얼굴에서도 흥분과 긴장감을 엿볼 수 있었다.

한스의 아버지는 아들이 짐 푸는 것을 도우며 능숙함과 노련함을 발휘했다. 다른 사람들보다 더 일찍 짐 정리를 끝내고 한스와 함께 지루한 표정으로 우두커니 서 있었다. 주변에서 충고하고 훈계하는 아버지, 위로하고 조언하는 어머니 들을 보고 있자니 기벤라트도 아들에게 삶에 도움이 되는 귀한 덕담을 해 주는 것이 좋겠다는 생각이 들었다. 한참 동안 고민을 하더니 말없이 서 있는 아들 곁으로 다가가 갑자기 장중한 말을 쏟아 내기 시작했다. 한스는 의아해 하며 가만히 듣고만 있었다. 가까이에 서 있던 목사가 아버지의 말이 재미있다는 듯 미소를 짓자 한스는 창피해서 아버지를 한쪽으로 끌어당겼다.

"자, 네가 우리 가문의 명예를 높여 줄 거지? 그리고 선생님들 말도 잘 따라야겠지?"

"네. 물론이죠." 한스가 대답했다.

아버지는 안도의 한숨을 내쉬었다. 그러더니 곧 다시 지루해 하기 시작했다. 한스 역시 어쩔 줄 몰라서 쭈뼛거리며 서 있다가 불안한 호기심으로 창밖을 통해 고요한 회랑을 내려다보았다. 고독이 느껴지는 회랑의 고풍스러운 기품과 평온함은 위층의 떠들썩한 젊은 인생들과 묘한 대조를 이루었다.

한스는 바삐 움직이는 동급생들을 수줍게 바라보았다. 아는 아이는 한 명도 없었다. 슈투트가르트에서 만났던, 괴핑겐에서 온 라틴어 잘하는 친구는 불합격한 모양이었다. 그 아이는 어디에서도 보이지 않았다. 한스는 앞으로 함께 공부하게 될 친구들을 살펴보았다. 소년들이 챙겨 온 물품의 모양과 숫자는 비슷해도 도시 출신과 시골 출신, 부잣집과 가난한 집 아이들을 쉽게 구분할 수 있었다. 물론 부유한 집에서 아들을 신학교에 보내는 것은 드문 일이었다. 부모들의 자부심이나 깊은 통찰력 또는 아이의 재능에 따라 보내는 경우가 있었다. 하지만 교수들이나 고위직 관리들이 본인의 수도원 생활을 추억하며 아들을 마울브론으로 보내는 경우도 적지는 않았다. 마흔 명의 소년들이 입은 검은 재킷의 옷감이나 재단 방식에 차이가 났고 태도나 말투에서 더 큰 차이가 났다. 경직된 팔다리와 깡마른 체격의 슈바르츠발트 출신 소년들, 연한 금발에 입이 큰 고원 지대 출신 소년들, 자유분방하고 활동적인 평야 출신 소년들, 뾰족한 장화를 신고 특이한 억양으로 말하는 세련된 슈투트가르트 출신 소년들이 있었다. 학생

중 5분의 1이 안경을 쓰고 있었다. 슈투트가르트 출신의 가냘프고 귀공자 같은 마마보이는 우아하고 세련된 펠트 모자를 쓰고 고상하게 행동했다. 하지만 별난 옷차림 탓에 첫날부터 아이들의 놀림거리나 짓궂은 장난의 표적이 될 수 있다는 사실을 눈치 채지는 못했다.

자세히 바라보면 이렇게 모인 아이들이 수재들이며 특별히 선발된 아이들이라는 것을 알 수 있었다. 주입식 교육을 받았음을 멀리서도 알 수 있는 평범한 아이들도 있는 한편 예민하고 반항적이고 자기주장이 강한 아이들도 있었다. 이들의 매끈한 이마 뒤에서는 삶의 높은 이상이 아직 잠에서 절반도 깨어나지 않았다. 아마 그중에는 영리하고 끈기 있는 슈바벤 출신의 수재들이 있을 터이다. 그들은 세월이 흐르면 거대한 세상의 주류가 되어, 자신들의 무미건조하고 특별한 생각을 새롭고 강력한 체제의 중심축으로 만들 것이다. 슈바벤 지방은 잘 키워 낸 신학자들을 세상에 내보낼 뿐 아니라 철학적 사색을 할 수 있는 전통적인 능력에 자부심을 가지고 있기 때문이었다. 명망 있는 예언자는 물론 이단 지도자를 배출하기도 했다. 그래서 정치적으로는 그리 대단한 전통이 없는 이 비옥한 지방은 적어도 신학과 철학 같은 정신적인 영역에서는 여전히 세상에 확실한 영향력을 행사하고 있었다. 그 밖에도 이곳 사람들은 예로부터 아름다운 형식과 몽상적인 시를 즐겨 왔기 때문에 훌륭한 시인과 작가도 배출했다.

외형상으로 마울브론 신학교의 시설이나 관습에서 슈바벤 지역의 특징들을 느낄 수는 없었다. 오히려 수도원 시절부터 내려온 라틴어 명칭이나 새로 써 붙인 고전적인 이름들을 볼 수 있었다. 학생들이 배정된 방에 붙은 이름은 '포룸', '헬라스', '아테네', '스파르타', '아크로폴리스'였다. 그리고 맨 끝에 있는 작은 방에 '게르마니아'라는 이름을 붙인 이유는 게르만족의 현실을 가능하면 그리스와 로마 시대의 이상처럼 만들고자 하는 의도가 담겨 있는 것 같았다. 하지만 이것도 외형적으로 그렇게 느껴질 뿐, 사실은 히브리어 이름이 훨씬 더 어울렸을 것이다. 재미있는 우연이겠지만 아테네 방에는 관대하고 말을 잘하는 학생들이 아니라 지기 싫어하는 고지식한 학생들이 주로 배정받았고, 스파르타 방에는 전사와 고행자 같은 학생들이 아니라 유쾌하고 자유분방한 학생들이 배정되었다. 한스 기벤라트는 아홉 명의 소년들과 함께 헬라스 방에 배정이 되었다.

저녁이 되어 새 친구 아홉 명과 함께 처음으로 차갑고 썰렁한 침실에 들어가 좁은 학생용 침대에 몸을 눕히자, 한스는 묘한 기분이 들었다. 천장에는 커다란 석유램프가 매달려 있었는데, 붉은 불빛 아래서 옷을 갈아입고 10시 15분이 되자 조교가 불을 껐다. 학생들은 나란히 누웠다. 침대 사이에는 옷을 걸쳐 놓을 수 있는 의자가 있었고 기둥에는 아침 기상종이 매달린 줄이 묶여 있었다. 이미 친해진 두세 명의 아이들이 서로 귓속말을 주고받다가 이내 조용해졌다. 다른 아이들은 서로 낯을 가리며 각자 의기소침하게 쥐 죽은 듯 침대에 누워 있었다. 이미 잠든 아이들의 깊은 숨소리가 들렸고 어떤 아이가 팔을 들썩거리자 린넨 이불이 바스락거리는 소리가 났다. 아직 잠들지 못한 학생들은 그저 조용히 누워 있었다.

한스는 오랫동안 잠을 이루지 못했다. 옆 침대에 누운 친구의 숨소리가 들렸고 잠시 후 한 침대 건너 옆 침대에서 겁에 질린 이상한 소리가 들렸다. 그 침대에서는 누군가 머리 위로 이불을 뒤집어쓴 채 울고 있었다. 아주 먼 곳에서 들려오는 듯한 흐느낌 소리에 한스도 마음이 흔들렸다. 한스는 향수를 느끼지는 않았지만 조용하고 자그마한 자신의 방이 그리웠다. 거기에 알지 못하는 새로운 것들과 많은 새 친구들에 대한 막연한 두려움이 더해졌다. 자정이 되기 전에 방 안의 아이들은 모두 잠이 들었다. 다들 나란히 누워 볼을 줄무늬 베개에 파묻은 채 곤히 잠들었다. 슬픈 아이, 고집 센 아이, 유쾌하거나 섬세한 아이 할 것 없이 모두 달콤한 휴식과 망각의 잠 속에 빠져들었다.

오래된 뾰족 지붕과 탑, 돌출창, 첨탑, 망루, 아치형 회랑 위로 창백한 반달이 떠올랐다. 달빛은 벽을 두른 주름 장식과 문지방에 머무르다 고딕 양식의 창문과 로마네스크 양식의 문 위로 흘러가, 회랑 분수대의 크고 우아한 수반 안에서 엷은 금빛으로 반짝거렸다. 노란 달빛은 헬라스 방에 딸린 창문 세 개를 통해서도 들어와서 과거에 수도사들에게 그리 했듯이 잠든 소년들의 꿈 곁에 다정하게 머물렀다.

다음 날 작은 예배당에서 입학식이 엄숙하게 거행됐다. 교사들은 프록코트를 차려입고 서 있었고 교장이 인사말을 했다. 학생들은 생각에 잠겨 의자에 구부정히 앉아서 이따금 뒤쪽에 앉아 있는 부모들을 힐끔힐끔 쳐다보았다. 어머니들은 감개무량하게 미소를 지으며 아들들을 바라보았고, 아버지들은 당당한 자세로 교장의 말을 경청하며 진지하고 단호한 표정을 지었다. 아들에 대한 자부심과 기특함 그리고 잘할 것이라는 기대감으로 부모의 가슴은 부풀었다. 이날만큼은 아들을 행여라도 금전적 이익과 맞바꾸겠다고 생각하는 사람은 단 한 사람도 없었다. 마지막으로 학생들이 일일이 호명되어 교장 앞으로 나아가 악수로 환영을 받았다. 이제 이들은 행실을 바르게만 하면, 평생토록 주 정부로부터 일자리와 생계를 보장받을 터이다. 하지만 이러한 선물이 결코 공짜로 주어지지는 않는다는 사실을, 학생들은 물론 아버지들도 미처 생각지 못했다.

학생들에게는 부모님과 헤어지는 순간이 훨씬 더 심각하고 애절한 순간이었다. 부모들은 걸어서, 또는 역마차나 급히 다른 교통편을 마련해서 아이들을 남겨 두고 떠났다. 9월의 온화한 하늘 아래 손수건이 한참 동안이나 휘날렸다. 부모들의 모습이 숲속으로 사라지자 아이들은 말없이 숙연하게 수도원 건물로 돌아왔다.

"자, 이제 부모님들은 다 떠나셨구나." 조교가 말했다.

이제 소년들은 각자 배정된 방에서 함께 생활하게 된 친구들을 본격적으로 알아 가기 시작했다. 잉크병에 잉크를 채우고 램프에 석유를 넣고 책과 공책을 정리하고 새로운 공간에 익숙해지려고 애썼다. 그러면서 서로 호기심 가득한 눈길을 주고받고 대화를 시작했다. 고향과 출신 학교를 묻고 힘겹게

통과한 주 정부 선발 고사를 회상하며 이야기를 나누었다. 책상 주위로 무리를 지어 이야기꽃을 피우고 여기저기서 해맑은 웃음소리가 들렸으며, 저녁쯤 되자 방을 함께 쓰는 학생들끼리는 긴 항해를 마친 여객선 승객들 사이보다 훨씬 더 친해져 있었다.

한스와 함께 헬라스 방에서 지내게 된 학생들 아홉 명 중에는 개성이 강한 소년이 네 명 있었고 나머지 아이들은 대체로 평범해 보였다. 우선 슈투트가르트 출신으로 교수의 아들인 오토 하르트너는 영리하고 차분하면서 자신감에 차 보였고 태도도 나무랄 데가 없었다. 건장한 체격에 옷차림이 단정했으며 야무지고 성실한 모습으로 같은 방 친구들의 감탄을 자아냈다.

카를 하멜이라는 아이는 산악 지대의 작은 마을 이장의 아들이었는데, 그 아이와 친해지려면 꽤 시간이 걸렸다. 모순투성이에다가 냉정한 태도를 웬만해서는 바꾸지 않았기 때문이다. 어쩌다 열정적이고 생기발랄하고 난폭한 행동을 보였지만 오래 지나지 않아 또 자신만의 세계로 들어가 버려서, 그가 조용한 관찰자인지 아니면 단지 숫기가 없는 아이인지 분간할 수 없었다.

눈에 띄지만 복잡하지는 않은 인물로는 헤르만 하일너가 있었다. 슈바르츠발트 지역의 좋은 가문 출신이었다. 입학 첫날부터 그 아이가 시인이며 문학 애호가라는 사실을 알 수 있었고 주 정부 선발 고사에서 작문을 육운각으로 썼다는 소문이 돌았다. 말이 많고 활기찬 아이로, 좋은 바이올린을 가지고 있었다. 감수성과 경솔함이 뒤섞인 미성숙한 젊은이의 본성을 겉으로 드러냈다. 한편 잘 드러나지는 않지만 깊은 내면을 갖고 있기도 했다. 정신적으로나 육체적으로나 나이에 비해 성숙했으며 벌써 자신만의 길을 걸어가려는 시도를 했다.

헬라스 방에서 가장 특이한 인물은 바로 에밀 루치우스였다. 창백한 금발에 키가 작은 아이로, 늙은 농부처럼 끈질기고 부지런하고 무뚝뚝했다. 아직 다 자라지 않은 몸과 생김새에도 불구하고 소년처럼 보이지 않고 더 이상 아무런 변화를 기대할 수 없는 어른 같은 분위기를 물씬 풍겼다. 입학 첫날, 다른 아이들은 지루해 하고 떠들어 대고 적응하려고 애쓰는 동안 그는 조용하고 태연하게 문법책을 펴고는 엄지손가락으로 귀를 틀어막은 채 마치 잃어버린 시간을 만회하려는 듯이 공부에 열중했다.

이 조용한 괴짜의 책략은 시간이 지나면서 서서히 드러나서, 그가 얼마나 교묘한 구두쇠이자 이기주의자인지 탄로가 났다. 하지만 이런 악덕이 너무나 완벽해서 다른 아이들은 그런 그를 존중해 주거나 적어도 그냥 참고 넘어가곤 했다. 루치우스는 물건을 아끼고 돈을 절약하는 데 능수능란했고, 그 술책이 점차 드러나자 모두 놀라 입을 다물지 못했다. 그의 약삭빠른 행동은 아침 일찍 일어나자마자 시작되었다. 항상 세면장을 가장 먼저 이용하거나 맨 마지막에 이용했다. 자신의 물건은 아끼면서 다른 아이들의 수건과 비누를 사용하기 위해서였다. 그래서 그의 수건은 항상 2주 이상 깨끗한 상태로 남아 있었다. 모든 수건은 1주일에 한 번씩 교체해야 한다는 규정이 있었고 월요일 오전이면 조교가 이를 점검했다. 그래서 루치우스는 월요일 아침마다 자기 번호가 새겨진 수건 걸이에 새 수건을 걸어 놓았다. 하지만 점심시간이 지나면 다시 수건을 고이 접어서 사물함에 넣고 그 자리에 헌 수건을 걸어 두었다. 그가 사용하는 비누는 단단해서 거품이 잘 나지 않았지만 덕분에 몇 달씩이나 사용할 수 있었다. 그렇다고 해서 루치우스가 외모를 소홀히 하는 것은 절대 아니어서 항상 깔끔하게 하고 다녔다. 가느다란 금발에 가르마를 타고 잘 빗었으며 속옷과 옷차림도 늘 말끔했다.

세면장에서 다 씻고 나면 아침 식사를 하러 갔다. 아침 식사로는 커피 한 잔과 설탕 한 조각 그리고 빵이 나왔다. 대부분의 아이들은 이런 식단에 만족하지 못했다. 어린 학생들이 여덟 시간을 자고 난 아침에 무척 허기가 지는 것은 당연했다. 하지만 루치우스는 만족했을뿐더러 설탕을 먹지 않고 아껴 두었다가 원하는 친구에게 설탕 두 조각을 1페니히에 팔거나 스물다섯 개를 공책 한 권과 맞바꿨다. 저녁이면 비싼 석유를 아끼기 위해 다른 학생들의 램프에서 새어 나오는 불빛으로 공부를 한 것은 그에게 너무나 자연스러운 일이었다. 그렇다고 루치우스가 가난한 집 자식은 아니었고 오히려 아주 부유한 집안 출신이었다. 사실 아주 가난한 집 아이들은 경제관념이 없고 절약이라는 개념 자체를 모르기 때문에 아끼지 않고 있는 만큼 다 사용하기 마련이었다.

에밀 루치우스는 자신의 소유물이나 구체적인 재화에만 이런 시스템을 적용한 것이 아니라 정신적인 영역에서도 이득을 챙기려고 애썼다. 그는 영리하게도 정신적인 소유는 상대적인 가치가 있다는 사실을 절대 잊지 않았다. 그래서 공부를 해 두면 나중에 좋은 성적을 거둘 수 있는 과목들만 열심히 공부했고 다른 과목들은 중간 정도의 성적을 받는 것으로 만족했다. 그는 자신의 성적을 항상 다른 학생들의 성적과 비교했다. 두 배로 공부한 지식으로 2등이 되기보다는 절반의 노력으로 1등이 되고 싶었다. 그래서 저녁에 다른 학생들이 놀거나 책을 읽으면서 시간을 보낼 때 루치우스는 조용히 혼자서 공부했다. 다른 아이들이 떠들며 노는 소리도 방해가 되지 않았고 오히려 흡족한 눈길로 바라보았다. 다른 아이들도 다 공부를 한다면 자신이 노력한 보람이 없어지기 때문이었다. 이 부지런한 노력파의 잔머리 굴리기와 약삭빠른 행동을 기분 나쁘게 받아들이는 친구는 아무도 없었다.

그러나 행동이 너무 지나치거나 과욕을 부리는 사람들이 항상 그렇듯이 루치우스도 곧 어리석은 짓을 저지르고 말았다. 수도원에서의 모든 수업은 무료였기 때문에 루치우스는 이를 이용해서 바이올린 수업을 받아야겠다는 생각을 했다. 그렇다고 해서 전에 바이올린을 배운 적이 있거나 음감이 좋거나 재능이 있거나 음악을 좋아하는 것도 아니었다! 하지만 그는 라틴어나 수학과 마찬가지로 바이올린도 잘 배울 수 있을 거라 생각했다. 음악이란 나이가 들수록 쓸모가 있고 사람들에게 호감을 얻을 수 있는 좋은 수단이 된다는 이야기를 들은 적이 있었다. 무엇보다 신학교에서는 교습용 바이올린을 제공하기 때문에 돈이 들지 않았다.

음악 담당 교사인 하스는 바이올린을 배우겠다며 찾아온 루치우스를 보고 경악을 금치 못했다. 음악 시간을 통해 그의 노래 실력을 익히 알고 있기 때문이었다. 루치우스의 노래는 학생들에게 커다란 재미를 선사했지만 교사인 그에게는 절망감을 주었다. 그는 바이올린을 배우겠다는 루치우스를 말리려고 노력했지만 결코 만만한 상대가 아니었다. 루치우스는 겸손한 미소를 지으며 배움에 대한 정당한 권리를 내세웠고, 음악을 향한 자신의 크나큰 열정을 설명했다. 결국 루치우스는 가장 안 좋은 교습용 바이올린을 받아 1주일에 두 번씩 교습을 받았고 매일 30분씩 연습을 했다.

루치우스가 연습을 시작하자마자 같은 방 친구들은 원성을 쏟아 냈다. 이번이 처음이자 마지막이라고, 그 끔찍한 소음을 다시는 듣고 싶지 않다고 했다. 그때부터 루치우스는 바이올린을 들고 수도원 안에서 조용히 연습할 수 있는 곳을 찾아 다녔다. 바이올린을 긁어 대는 대로 끽끽거리는 이상한 소리가 새어 나오는 바람에 근처에 있는 사람들은 불안해 했다. 시적인 하일너의 표현에 의하면 고통받는 오래된 바이올린이 온몸으로 살려 달라고 부르짖는 소리 같았다. 그의 실력이 좀처럼 늘지 않자 음악 선생은 신경이 날카로워지고 거칠어졌다. 루치우스는 더욱더 악에 받쳐 연습에 매달렸고, 자신만만한 장사꾼과 같던 얼굴에 근심의 주름살이 생겼다. 그야말로 비극이었다. 참다못한 음악 선생은 결국 그에게 음악적 재능이 전혀 없다고 선언하고 더 이상 가르치는 것을 포기했다. 그러자 배움에 욕심이 많은 루치우스는 이번에는 피아노를 선택해서 또다시 몇 달 동안 배웠다. 그러나 별다른 성과를 거두지 못해 결국엔 의기소침해져서 조용히 포기하고 말았다. 세월이 흘러 음악에 관한 얘기가 나올 때마다 루치우스는 피아노와 바이올린을 배웠다는 사실을 넌지시 드러내며, 사정상 어쩔 수 없이 아름다운 악기들과 멀어지게 되었다고 말하고 다니곤 했다.

이와 같이 헬라스 방에서는 재미있는 친구들 덕분에 웃을 일이 많았다. 문학 애호가인 하일너도 이따금 재미난 장면을 연출했다. 카를 하멜은 빈정거리고 웃기는 관찰자 역할을 맡았다. 하멜은 다른 아이들에 비해 한 살이 많아서 약간 우위에 있었으나 딱히 인정을 받지는 못했다. 변덕이 심했고, 1주일에 한 번씩은 자기 힘을 과시하려고 몸싸움을 벌였는데 거칠고 잔인한 모습까지 보였다.

한스 기벤라트는 그런 하멜을 놀란 눈으로 바라보았다. 그러나 이내 착하고 조용한 룸메이트로서 자기 길을 묵묵히 걸어갔다. 한스는 열심히 공부했다. 거의 루치우스만큼이나 열심히 공부해서 룸메이트들에게 인정을 받았다. 하지만 하일너는 예외였다. 경망스러운 하일너는 가끔씩 한스를 공부벌레라고 놀려 댔다.

저녁때면 기숙사에서 드물지 않게 주먹다짐이 벌어졌지만, 그래도 급격한 성장기에 있는 소년들은 전반적으로 잘 어울려 지냈다. 이제 어른이 되는 데 익숙해지려고 애썼고, 선생님들이 존칭을 써 주는 것이 어색했지만 진지하게 공부에 임하고 좋은 행실로 그에 걸맞도록 행동하려고 했다. 갓 대학생이 된 사람이 중·고등학교 시절을 돌아보듯 그들은 떠나온 라틴어 학교를 우쭐하고 가련한 시선으로 바라보았다. 하지만 이런 인위적인 위엄을 떠는 것이 무색하게도 때론 천진만한 소년 기질이 튀어나와 본색을 드러냈다. 그럴 때면 기숙사에 쿵쾅거리는 발소리와 거친 욕설이 울려 퍼졌다.

학교 교장이나 교사들에게는 처음 공동생활을 시작해서 몇 주가 지난 소년 무리를 지켜보는 일이 상당히 유익하고 귀중한 경험일 것이다. 소년들은 마치 어떤 화학 반응으로 떠돌아다니는 구름이나 먼지처럼 서로 뭉쳤다가 다시 떨어지고 다른 형태를 만들었다가, 결국에는 몇 개의 단단한 모양이 되듯 몇 개의 무리를 이루었다. 처음의 어색하고 낯선 분위기를 극복하고 서로를 어느 정도 알고 나면, 탐색을 하면서 친한 무리를 만들고 싶어하는 무리가 생긴다. 같은 지역 출신이나 같은 학교 출신끼리 무리를 짓는 경우는 드물었고 대부분은 완전히 처음 알게 된 아이들끼리 친해졌다. 도시 아이들은 시골 아이들과, 고산 지대 아이들은 평야 지대 아이들과 친해지며 다양성과 서로를 보완하려는 은밀한 욕구에 따랐다. 젊은 생명체들은 조심스럽게 서로를 탐색했고, 자신과 비슷한 모습을 발견하려 하는 한편 다르고 특별해지려는 욕망을 품었다. 그러면서 어떤 아이들은 처음으로 어린 시절에서 깨어나 개성에 눈뜨기 시작했다. 애정과 질투로 인해 사소한 사건들이 심심치 않게 일어났다. 깊은 우정이 맺어지기도 하고 적대적인 관계가 형성되기도 했다. 친밀해져서 같이 산책을 하는 사이가 되기도, 주먹질이 오가거나 몸싸움을 벌이는 사이가 되기도 했다.

한스는 겉으로는 이런 분위기에 동참하지 않았다. 카를 하멜이 노골적이고 열렬하게 친구가 되자고 다가왔으나 놀라서 피했다. 그러자 하멜은 곧바로 스파르타 방에 있는 친구와 친해져서 한스는 혼자가 되었다. 어떤 강한 충동으로 우정의 세계가 지평선에 나타나는 그리움의 색깔처럼 보였고 그를 조용히 끌어당겼다. 하지만 한스는 수줍어하고 주저했다. 어머니 없이 엄격한 어린 시절을 보냈기 때문에 누군가에게 친밀하게 다가가는 방법을 잊어버렸고 무엇보다 밖으로 드러내는 열정에 대해 두려움을 갖고 있었다. 거기에 남자아이들 특유의 자존심과 야망까지 더해졌다. 한스는 루치우스하고는 달라서 정말로 지식을 추구했지만 루치우스와 마찬가지로 공부에 방해되는 것은 뭐든지 멀리하려고 했다. 그래서 책상 앞에 붙어 앉아서 열심히 공부했지만 친구들이 서로 친하게 지내는 모습을 보면 질투가 나기도 하고 그들의 우정을 동경하기도 했다. 카를 하멜은 친해지고 싶은 적당한 친구가 아니었지만 만약 다른 친구가 다가와서 친해지자고 강하게 끌어당겼다면 한스도 기꺼이 끌려갔을 것이다. 한스는 수줍은 소녀마냥 가만히 앉아서 자기보다 강하고 용감한 누군가 자신을 데리고 가서 행복하게 해 주기만을 기다렸다.

이런 문제 말고도 특히 히브리어 같은 수업 때문에 할 일이 많아서 소년들의 시간은 매우 빠르게 지나갔다. 마울브론을 둘러싼 수많은 작은 호수와 연못에는 창백한 늦가을의 하늘이 비쳤고 잎이 지는 물푸레나무며 자작나무, 떡갈나무가 길게 비쳤다. 아름다운 숲은 초겨울의 춤을 즐겼고 이미 몇 차례 가벼운 서리가 내렸다.

감수성이 풍부한 헤르만 하일너는 마음이 맞는 친구를 사귀려고 시도했지만 실패해서 날마다 외출 시간에 혼자서 외로이 숲속을 거닐었다. 특히 숲속 작은 호수를 좋아했는데 그곳은 갈대밭으로 둘러싸이고 오래된 활엽수들이 서 있는 우울한 갈색 호수였다. 슬프면서도 아름다운 그 조용한 장소가 몽상가인 하일너를 끌어당겼다. 꿈을 꾸듯 조용한 수면에 나뭇가지로 원을 그리거나 레나우(오스트리아 시인 니콜라우스 레나우)의 시집 『갈대의 노래』를 읽었다. 그리고 낮은 호숫가의 갈대밭에 누워 낙엽 떨어지는 소리와 바람에 흔들리며 구슬픈 화음을 내는 앙상한 나뭇가지의 소리를 들으며, 가을에 어울리는 주제인 죽음과 소멸에 대해 생각했다. 그럴 때면 주머니에서 검은색 작은 수첩을 꺼내 연필로 시를 한두 구절 적기도 했다.

10월이 다 끝나 가는 어느 날 점심시간에 한스 기벤라트가 혼자 산책을 하면서 그곳에 갔을 때에도 하일너는 그러고 있었다. 작은 수문의 판자 다리 위에 앉아 무릎에 수첩을 올려 놓고 뾰족한 연필을 입에 문 채 생각에 잠긴 어린 시인 하일 너가 보였다. 그 옆에는 책 한 권이 펼쳐져 있었다. 한스는 천 천히 다가갔다.

"안녕, 하일너! 여기서 뭐 해?"

"호메로스를 읽고 있어. 넌?"

"믿을 수 없어. 난 네가 뭘 하고 있었는지 알고 있어."

"그래?"

"물론이지. 넌 시를 쓰고 있었어."

"그렇게 생각해?"

"당연하지."

"여기 앉아 봐!"

한스는 하일너와 판자 다리 위에 나란히 앉아 수면 위로 다 리를 흔들었다. 갈색 나뭇잎이 차갑고 조용한 공기를 타고 내 려와 갈색 수면으로 내려앉는 것을 지켜보았다.

"이곳은 참 쓸쓸하구나." 한스가 말했다.

"그래, 그렇지."

두 사람은 바닥에 등을 대고 누웠다. 이제 가을 정취가 물씬 풍기는 우듬지는 거의 보이지 않았다. 대신 구름이 조용히 떠다니는 푸른 하늘을 올려다보았다.

"정말 아름다운 구름이구나!" 한스가 기분 좋게 바라보며
말했다.

"그래, 기벤라트." 하일너는 한숨을 내쉬었다. "나도 저런 구
름이 될 수 있다면!"

"그러면 뭐?"

"그러면 우리는 돛단배를 탄 것처럼 하늘을 항해할 수 있겠
지. 숲과 마을과 도시 위로 말이야. 넌 배를 본 적이 있니?"

"아니, 아직 없어. 하일너, 너는?"

"난 당연히 타 봤지. 세상에, 넌 그러면 전혀 이해하지 못할 거
야. 그저 공부, 공부, 공부밖에는 할 줄 아는 게 없으면 말이야!"

"넌 나를 바보로 생각하는구나?"

"그런 말 한 적 없어."

"난 네가 생각하는 것만큼 그렇게 멍청하지 않아. 어쨌든 배
에 대해 하던 얘기나 계속해 봐."

하일너는 몸을 돌리다가 하마터면 물에 빠질 뻔했다. 그는
이제 배를 깔고 엎드려 팔꿈치로 바닥을 짚고 턱을 양손으로
받쳤다.

"방학 때 라인강에서 그런 배를 본 적이 있어." 하일너가 말

을 이었다. "일요일에는 배에서 음악이 흘러나왔고 밤에는 알록달록한 등불도 켜졌어. 불빛은 강물에 비쳤고 우리는 음악을 들으며 강을 거슬러 올라갔어. 사람들은 라인 포도주를 마시고 여자아이들은 하얀 원피스를 입고 있었어."

한스는 아무 말 없이 가만히 듣기만 했다. 그는 눈을 감고 여름밤을 가르는 배와 음악과 붉은 불빛과 흰 원피스를 입은 소녀들을 떠올렸다. 하일너는 이야기를 계속했다.

"그래, 지금하고는 완전히 달랐어. 여기서 그런 걸 누가 알겠어? 여기는 진짜 지루하기 짝이 없는 비겁한 녀석들뿐이야! 그저 악착같이 공부만 하고 자신을 혹사하고 히브리어 알파벳보다 더 가치 있는 것을 모르잖아. 너도 마찬가지야."

한스는 아무 말도 하지 않았다. 하일너는 정말 특이한 녀석이었다. 몽상가, 시인. 하일너에 대해 의아하게 생각한 적이 한두 번이 아니었다. 모두가 알다시피 하일너는 공부를 거의 하지 않았지만 그래도 아는 것이 많았고 근사한 대답을 할 줄 알았으며 그러면서도 그런 지식을 경멸했다.

"우리는 호메로스를 읽고 있지." 하일너가 경멸 어린 투로 말했다. "『오디세이』가 마치 무슨 요리책이라도 되는 것처럼 말이야. 한 시간에 두 구절을 읽으면서 단어 하나하나를 곱씹고 구역질이 날 때까지 조사하잖아. 하지만 수업이 끝날 때가 되면 항상 같은 소리를 하지. '여러분, 시인이 얼마나 섬세한 은유를 사용했는지 아셨죠? 우리는 시인의 창작의 비밀을 들여다볼 수 있었어요!' 하지만 그건 학생들이 불변화사와 부정과거형에 질식해 버리지 않도록 살짝 양념을 치는 것뿐이야. 그런 식으로 배우는 것이라면 호메로스는 나에게 의미 없어. 그리고 도대체 그딴 고대 그리스 것이 우리하고 무슨 상관인 건데? 우리 중 누가 조금이라도 그리스 식으로 살아 보려고 했다가는 당장 쫓겨날걸. 그러면서 우리 방 이름은 헬라스라니! 정말 웃기는 일이지! 그냥 '쓰레기통'이나 '노예 감옥'이나 '실크해트'라고 부르는 게 낫지 않았을까? 고전적인 것들은 전부 다 사기라니까."

하일녀는 허공에 침을 뱉었다.

"너 조금 전에 시를 쓰고 있지 않았니?" 한스가 물었다.

"그래."

"뭐에 대해서 썼는데?"

"이곳의 호수 그리고 가을에 대해서."

"보여 줘!"

"안 돼. 아직 미완성이야."

"그럼 완성되면 보여 줄 거지?"

"그래, 알았어."

둘은 일어나서 천천히 수도원 쪽으로 발걸음을 옮겼다.

"저기 좀 봐 봐. 얼마나 아름다운지 봤어?" '파라다이스'를 지나가자 하일너가 물었다. "홀, 아치형 창문, 회랑, 식당들 말이야. 모두 고딕 양식과 로마네스크 양식이지. 전부 정교한 예술가들의 손으로 만들어진 것이고. 그런데 이게 다 누구를 위한 마법이었을까? 결국 목사가 되려고 하는 불쌍한 서른여섯 명의 아이들을 위한 거잖아. 나라에 돈이 남아도는 모양이야."

오후 내내 한스의 머리에서 하일너 생각이 떠나지 않았다. 하일너는 대체 어떤 사람일까? 한스가 느끼는 걱정이나 소원 같은 것은 하일너에게는 조금도 존재하지 않았다. 그는 자신만의 생각과 언어를 가지고 있었다. 뜨겁고 자유롭게 살았으며 남다른 고뇌가 있었고 자신을 둘러싼 것을 경멸하는 듯 보였다. 오래된 기둥과 담장의 아름다움을 이해하고 있었다. 그리고 자신의 영혼을 시로 표현하는 비밀스럽고 독특한 재주가 있었으며 상상 속에서 자신만의 삶을 만들어 냈다. 활동적이고 자유분방했고 한스가 1년 동안 하는 농담보다도 많은 농담을 하루에 쏟아 냈다. 그러면서도 우울과 슬픔을 마치 낯설고 생소하고 소중한 것인 양 즐겼다.

그날 저녁 하일너는 룸메이트들에게 자신의 유별나고 괴팍한 기질을 드러냈다. 목소리만 크고 소심한 학생인 오토 벵거와 싸움이 붙은 것이다. 하일너는 한동안 가만히 서서 가소롭다는 듯이 내려다보다가 갑자기 따귀를 날렸다. 그러자마자 두 사람은 떼어 내기 힘들 정도로 엉겨 붙었다. 서로 물고, 방향을 잃은 배처럼 부딪치고, 반원을 그리며 돌기도, 떨기도 하고, 헬라스 방 안을 누비며 벽에 부딪혔다가 의자 위로 넘어지고 바닥에 쓰러졌다. 두 친구 모두 말없이 숨을 헐떡이고 침을 흘리고 거품을 물었다. 다른 아이들은 위태로움을 느끼는 얼굴로 서서 지켜보다가 뒤엉킨 둘을 피하고 다리, 책상 그리고 램프를 지켜 냈으며 결과를 흥미진진하게 기다렸다. 잠시 후 하일너가 힘들게 일어나더니 숨을 헐떡거리며 서 있었다. 그의 모습은 상처투성이였고 눈이 빨갛게 충혈되었으며 셔츠 깃이 찢어지고 바지 무릎에 구멍이 나 있었다. 상대가 다시 달려들려고 하자 그는 팔짱을 끼고 서서 거만하게 말했다. "난 더 이상 싸우지 않겠어. 넌 때릴 테면 때려 봐."

오토 벵거는 욕을 내뱉으며 자리를 떴다.

하일너는 책상에 몸을 기대어 램프를 돌려놓고는 바지 주머니에 양손을 넣었다. 그렇게 어떤 생각에 골똘히 잠긴 듯 보였다. 그런데 갑자기 눈에 눈물이 고이더니 점점 더 많은 눈물이 흘러내렸다. 정말 뜻밖의 일이었다. 신학생이 눈물을 흘리는 것은 의심할 여지 없이 가장 창피한 일이기 때문이었다. 그런데 하일너는 눈물을 감출 생각조차 없었다. 그는 방에서 나가지 않고 가만히 서서 창백해진 얼굴을 램프 쪽으로 돌리고 있었다. 눈물을 닦지 않았고 주머니에서 손을 빼지도 않았다. 다른 아이들은 그를 둘러싸고 서서 심술궂은 호기심으로 쳐다보았다. 마침내 하르트너가 하일너 앞에 다가서서 말했다. "이봐 하일너, 넌 창피하지도 않냐?"

울고 있던 하일너는 마치 깊은 잠에서 깨어난 사람처럼 천천히 주위를 둘러보았다.

"창피하지 않냐고? 너희 앞에서?" 그는 경멸하는 투로 크게 말했다. "절대 창피하지 않아, 이 자식들아."

하일너는 얼굴에 흘러내린 눈물을 닦고 짜증 난다는 듯 비웃더니 램프를 입으로 불어서 끄고 방에서 나갔다.

한스 기벤라트는 이 모든 일이 벌어지는 동안 제자리에 서서 당황하고 놀란 채 하일너를 힐끔힐끔 쳐다보았을 뿐이다. 그러다 15분쯤 지난 뒤 사라진 친구를 찾아 나섰다. 하일너는

어두컴컴하고 썰렁한 침실의 낮은 창문턱 위에 미동도 없이
앉아서 회랑을 내려다보고 있었다. 뒤에서 보이는 그의 어깨
와 좁고 뚜렷한 머리가 이상할 정도로 진지하면서도 소년 같
아 보이지 않았다. 한스가 곁에 다가가 창가에 멈춰 섰는데도
하일너는 움직이지 않았다. 한참 지난 후에야 하일너는 고개
도 돌리지 않고 잠긴 목소리로 물었다.

"뭐야?"

"나야." 한스가 머뭇거리며 말했다.

"그래서 용건이 뭐야?"

"아무것도 아니야."

"그래? 그럼 다시 가면 되겠네."

한스는 상처를 받고 정말로 돌아가려고 했다. 그러자 하일
너가 그를 붙잡았다.

"잠깐." 하일너는 일부러 장난스러운 투로 말했다. "그런 뜻
이 아니었어."

둘은 서로의 얼굴을 마주보았다. 아마 그 순간에 처음으로
서로의 얼굴을 그렇게 진지하게 바라본 것 같았다. 각자 소년
다운 고운 얼굴 뒤에 깃들어 있을, 자기만의 특성을 지닌 인
생과 독특한 영혼을 머릿속으로 그려 보려고 했다.

헤르만 하일너는 천천히 팔을 뻗어 한스의 어깨를 잡고 서로의 얼굴이 아주 가까워질 만큼 끌어당겼다. 다음 순간, 갑자기 상대의 입술이 자신의 입에 닿자 한스는 소스라치게 놀랐다.

한스의 심장은 조이는 듯 불안하게 두근거리기 시작했다. 어두운 침실에 단둘이 있는 것과 느닷없는 입맞춤은 왠지 모험적이고 새롭고 어쩌면 위험천만한 일이었다. 만일 이 현장이 누군가에게 발각이 되었다면 어땠을지 생각만 해도 정말 등골이 오싹했다. 이런 입맞춤은 조금 전 하일너가 눈물을 흘린 것보다 훨씬 더 큰 비웃음거리가 되고 수치스러운 일로 여겨질 것이 분명하기 때문이었다. 한스는 아무 말도 할 수 없었다. 피가 머리로 솟구쳤고 마음 같아서는 당장 도망치고 싶었다.

만약 어른이 이 광경을 보았다면, 소년들이 진지하고 작은 얼굴로 서투르고 수줍게 애정을 표시하는 것을 보고 잔잔한 기쁨을 느꼈을지도 모른다. 둘 다 예쁘장하고 전도유망했으며, 아직 반은 소년다운 순수함이 남아 있었지만 반은 젊은이다운 부끄러움과 고집도 엿보였다.

학생들은 점점 공동생활에 익숙해졌다. 이제 서로를 잘 알게 되었고, 각자에 대해 어느 정도 지식과 생각이 생겼으며 많은 친구 관계가 맺어졌다. 같이 히브리어 단어를 공부하는 무리가 있었고, 같이 그림을 그리거나 산책을 하거나 실러의 작품을 읽는 무리도 있었다. 또 라틴어는 잘하지만 수학을 못하는 학생은 라틴어는 못하지만 수학을 잘하는 친구와 짝을 이루어 서로 도우며 좋은 결실을 맺기도 했다. 그런가 하면 다른 방식의 계약과 물건 공유를 토대로 한 관계도 있었다. 햄을 많이 가지고 있어서 부러움을 샀던 아이는 슈탐하임에서 온 과수원집 아들과 친구가 됨으로써 그 아이가 가져온 맛있는 사과를 맘껏 먹을 수 있었다. 어느 날 햄을 먹다가 목이 말랐던 아이가 사과를 가진 아이에게 햄을 주며 사과를 달라고 제안했다. 두 친구는 머리를 맞대고 앉았고 진지한 대화가 오갔다. 햄이 다 떨어지면 곧 다시 집에서 햄을 보내 줄 수 있고, 사과도 아버지의 과수원에 충분히 저장해 놓아서 봄이 될 때까지도 받아 먹을 수 있다는 이야기였다. 그렇게 해서 맺어진 돈독한 관계는 더 이상적이고 열정적인 다른 관계보다도 오래 지속되었다.

일부 학생들만 외톨이로 남았다. 루치우스가 그런 학생 중

하나였는데 그는 예술을 향한 탐욕스러운 열정에 한창 빠져 있었다.

전혀 어울리지 않는 친구 관계도 있었다. 가장 어울리지 않는 짝으로 헤르만 하일너와 한스 기벤라트가 꼽혔다. 경박한 학생과 성실한 학생, 시인과 공부벌레의 조합이었다. 둘 다 가장 똑똑하고 재능이 많다는 평이었지만 하일너는 천재라는 반쯤은 조롱 섞인 평가를, 한스는 모범생이라는 평가를 받았다. 그러나 다른 학생들이 이 두 친구를 귀찮게 하거나 참견하는 일은 없었다. 각자 자기 친구들과 관계 맺기에 바쁘고 끼리끼리 어울리는 것을 즐겼기 때문이다.

다들 이렇듯 개인적인 관심사와 경험을 추구하면서도 학업을 등한시하지는 않았다. 학교가 가장 큰 악장으로서 선율을 담당했고 루치우스의 음악이나 하일너의 시, 친구 관계, 다툼이나 간혹 발생하는 주먹다짐은 악장 사이에 잠깐 끼어드는 재미있고 부수적인 변조에 불과했다. 무엇보다 히브리어가 가장 힘들었다. 이 이상하고 오래된 여호와의 언어는 거칠고 메마른, 그런데도 살아 있는 신비한 나무 같았다. 학생들의 눈앞에 낯설고 울퉁불퉁하고 난해하게 우뚝 솟아 자라난 나무. 신기한 가지가 눈에 띄었고, 향기가 나는 묘한 빛깔의 꽃을 피워 놀라움을 자아냈다. 가지와 구멍, 뿌리에는 무섭거나 친근한 수천 년 먹은 정령이 살고 있었다. 환상 속의 무서운 용, 순수하고 사랑스러운 동화 속 요정, 아름다운 소년이나 차분한 눈빛의 소녀, 싸움을 즐기는 부인들, 주름살투성이의 근엄하고 깡마른 노인의 모습이 깃들어 있었다. 루터의 성경본에서 아득하고 모호하게 느껴졌던 말들이 이 거친 본래의 언어에서는 비로소 생명과 목소리를 얻었다. 오래되어서 어렵지만 강인하고 어마어마한 생명력을 가지고 있었다. 적어도 하일너에게는 그랬다. 그는 모세 오경(구약 성경의 처음 다섯 권으로 창세기, 출애굽기, 레위기, 민수기, 신명기를 가리킴)을 시도 때도 없이 저주했지만, 단어 전부를 이해하고 절대 틀리는 법 없이 끈기 있게 공부하는 다른 학생들보다 그 속에서 더 많은 생명과 영혼을 발견하고 더 많이 흡수했다.

이에 비해 신약 성경은 더 온화하고 명료하고 마음에 와 닿았다. 신약 성경의 언어는 그렇게 오래되지 않아 깊고 풍부한 느낌은 덜했지만 젊고 열정적이고 이상을 꿈꾸는 정신으로 가득 차 있었다.

그리고 『오디세이』가 있었다. 힘 있고 듣기 좋으며 격정적이고 균형 있게 흘러가는 이 작품의 시구에서는, 마치 물의 요정의 하얗고 포동포동한 팔과 같이 지금은 사라져 버린 견실하고 행복했던 인생들의 소식과 생각들이 떠올랐다. 때로는 금방이라도 단단하게 손에 잡힐 듯 뚜렷한 윤곽을 보이다가 또 때로는 이내 아름다운 꿈이나 예감처럼 아른거리기도 했다. 이에 비하면 역사가 크세노폰이나 리비우스는 명함도 내밀지 못하거나 겸손하게 미미한 빛으로서 멀찌감치 서 있을 뿐이었다.

한스는 하일너가 모든 사물을 바라보는 눈이 자신과 얼마나 다른지 알고는 새삼 놀랐다. 하일너에게는 상상의 색채를 덧입힐 수 없는 추상적인 것은 존재하지 않았다. 상상할 수 없는 것에는 흥미를 갖지 못하고 내팽개쳐 버렸다. 수학은 그에게 음흉한 수수께끼를 간직한 스핑크스와 같았다. 싸늘하고 악의의 찬 눈빛으로 희생양을 꼼짝 못하게 사로잡는 것 같아서 그는 그 괴물을 멀찍이 피해 다녔다.

두 사람의 관계는 상당히 독특했다. 둘의 우정은 하일너에게는 즐거움이자 사치였고, 편안하거나 때로는 변덕스럽게 느껴지는 것이었지만 한스에게는 자부심으로 지키는 보물이자 무겁게 짊어져야 하는 커다란 짐이기도 했다. 한스는 원래 저녁 시간에는 항상 공부를 하며 지냈다. 하지만 이제는 공부에 싫증이 난 하일너가 거의 날마다 한스를 찾아와 책을 빼앗아 버리고 함께 놀기를 바랐다. 한스는 이 친구를 좋아하면서도 저녁마다 또 찾아올까 봐 마음을 졸였다. 그리고 학업에 뒤처지지 않기 위해서 공부하는 시간에 두 배로 더 집중해서 열심히 했다. 그런데 그렇게 열심히 공부하는 것에 대해 하일너가 이론적으로 비판을 하기 시작하자 괴로웠다.

"그건 날품팔이하는 거나 다름없어." 하일너는 말했다. "너는 공부가 즐겁거나 하고 싶어서 하는 게 아니잖아. 단지 선생님이나 네 아버지가 두려워서 하는 거라고. 1등이나 2등을 한다고 해서 네가 얻는 게 뭐야? 나는 비록 20등이지만 너희 같은 공부벌레들보다 결코 더 멍청하지 않아."

한스는 하일너가 교과서를 다루는 모습을 처음 봤을 때 경악을 금치 못했다. 언젠가 한번 강의실에 책을 두고 온 적이 있어서 다음 지리 수업을 준비하려고 하일너에게 지도책을 빌렸다. 그런데 책의 모든 페이지에 연필로 낙서가 되어 있어서 질겁했다. 이베리아 반도의 서쪽 해안에 괴상한 사람의 옆모습을 그려 넣었는데 코는 포르투에서 리스본까지 이어졌고 피니스테레 곶 주변에는 곱슬곱슬한 머리카락을 그려 넣었으며 세인트 빈센트 곶에는 덥수룩한 수염의 뾰족한 끝을 그려 넣었다. 책장마다 이런 식이었다. 지도의 하얀 뒷면에는 캐리 커처가 그려져 있거나 대담하고 장난스러운 시가 적혀 있었다. 잉크 얼룩도 여기저기 번져 있었다. 책을 신성하고 귀한 보물처럼 다루는 것을 당연시했던 한스는 이렇게 책을 함부로 다루는 것이 마치 신성 모독 같으면서 한편으로 영웅적인 범법 행위처럼 느껴지기도 했다.

남들이 보기에는 착한 기벤라트가 하일너에게 그저 편안한 장난감, 이를테면 일종의 애완용 고양이 같을지도 몰랐고 한스 자신도 간혹 그렇게 느낄 때가 있었다. 하지만 하일너는 한스가 필요했기에 그에게 애정을 느꼈다. 하일너는 자신의 마음을 털어놓을 수 있고 자기 말에 귀를 기울여 주는, 또 감탄의 눈길로 자신을 바라봐 주는 친구가 필요했다. 학교와 인생에 대해 과격한 얘기를 하더라도 묵묵히 들어 주는 그런 친구가 필요했다. 그리고 우울할 때 위로해 주고 자신의 머리를 올릴 수 있게 무릎을 내주는 친구가 필요했다. 그와 같은 천성을 가진 사람들이 대체로 그렇듯 젊은 시인 하일너도 뚜렷한 이유가 없는 우울감에 시달렸다. 한편으로는 어린아이의 영혼과 조용히 작별하느라 그랬고 다른 한편으로는 목적도 없이 넘쳐나는 힘과 예감과 욕망 때문이었다. 또 남자가 되어

가는 과정에서 나타나는, 이해할 수 없는 어두운 충동들 때문이기도 했다. 그럴 때마다 하일너는 동정받고 위로받고 싶다는 병적인 욕구를 느꼈다. 어릴 적에는 어머니의 사랑을 듬뿍 받았고 아직은 여자와 사랑을 나눌 만큼 성숙하지 않기 때문에 착한 친구가 그에게 위로가 되어 주었다.

저녁때가 되면 종종 극도로 우울한 모습으로 하일너는 공부하고 있는 한스를 찾아가서 같이 기숙사로 가자고 꾀어내곤 했다. 서늘한 홀이나 높고 어두운 예배당을 나란히 서성거리기도 하고 추위에 떨며 창가에 앉아 있기도 했다. 하일너는 서정시와 하이네의 작품을 읽는 젊은이답게 온갖 불평불만을 늘어놓았다. 그는 조금은 유치한 슬픔의 구름 속에 갇혔다. 한스는 그런 하일너를 완전히 이해할 수는 없었지만 강한 인상을 받았고 심지어 때로는 그 슬픔에 전염되기도 했다. 감수성 예민한 문학소년 하일너는 특히 날씨가 흐릴 때 우울감이 자주 찾아왔다. 늦가을에 비구름으로 하늘이 어두침침하고 구름 뒤로 어슴푸레 달이 비치는 밤이면 하일너의 탄식과 신음은 극에 달했다. 그러면 그는 오시안(3세기경 고대 켈트족의 전설적인 시인이자 용사로, 그의 시는 우울한 낭만적 정서를 담고 있음)의 분위기에 흠뻑 젖어 몽롱한 우수에 빠져들었고, 그런 우울함을 한숨과 이야기와 시에 담아 애꿎은 한스에게 쏟아 냈다.

친구의 우울과 탄식에 시달려 괴로운 한스는 남는 시간에는 초조하게 공부에 매달렸지만 점점 힘이 들었다. 예전의 두통이 다시 찾아온 것은 그리 놀랍지 않았다. 하지만 무기력하게 그냥 멍하니 앉아 있는 시간이 점점 많아지고 꼭 필요한 공부를 위해서조차 자신을 채찍질해야 하는 것이 무척 걱정스러웠다. 특이한 친구와의 우정 때문에 지쳐 가고 지금껏 순수했던 본성이 병들고 있음을 어렴풋이 느꼈다. 그러나 하일너가 우울하고 슬퍼하면 할수록 한스는 친구가 불쌍했고 그 친구에게 없어서는 안 되는 중요한 사람이라는 자부심이 생겼다.

한스가 보기에 하일너의 그런 병적인 우울감은 지나치고 건강하지 못한 충동에서 비롯한 것으로, 자신이 신뢰하고 감탄하는 하일너의 본성이 아니었다. 하일너가 자신의 시를 낭송하거나 시인의 이상에 대해서 말하거나 실러와 셰익스피어의 독백을 과장된 몸짓으로 낭독하면, 한스는 마치 친구가 자신에게는 없는 마법적인 재능을 발휘하는 것만 같았다. 신과 같은 자유를 누리고 불같은 열정으로 움직이고 호메로스의 전령처럼 날개가 달린 신발을 신고 떠다니는 것만 같았다. 그 전까지 한스는 시인들의 세계에 대해 알지 못했고 중요하게 생각하지도 않았다. 그런데 이제 처음으로 아름답고 유려한 언어, 사람을 홀리는 그림과 알랑거리는 시구의 허위적인 힘을 느꼈다. 한스의 내면에서는 새롭게 열린 이 세계에 대한 숭배가 친구를 향한 감탄과 어우러져 하나의 감정으로 자라났다.

어느덧 폭풍이 몰아치고 어둠이 깊어지는 11월이 찾아왔다. 램프를 켜지 않은 채 공부할 수 있는 시간은 얼마 되지 않았다. 칠흑 같은 밤에는 폭풍이 산 위로 거대한 먹구름을 몰고 와서 신음하듯이, 혹은 싸우듯이 견고한 수도원 건물을 마구 두드려 댔다. 이제 나뭇잎은 모두 떨어졌다. 나무가 우거진 지대에서 나무의 왕으로 통하는, 힘세고 마디가 굵은 떡갈나무에서만 시들어 가는 나뭇잎들이 다른 나무들보다 큰 소리로 투덜거리고 있었다. 깊은 우울감에 빠진 하일너는 이제 한스와 함께 있지 않고 멀리 떨어진 연습실에서 혼자 바이올린을 연습하거나 다른 친구들에게 시비를 걸곤 했다.

어느 날 저녁, 하일너가 연습실에 갔는데 열정적인 루치우스가 보면대(음악을 연주할 때 악보를 펼쳐 놓는 대) 앞에 서서 연습에 몰두해 있었다. 하일너는 짜증을 내며 나갔다가 30분 후에 다시 왔다. 루치우스는 여전히 연습에 빠져 있었다.

"이제 그만 좀 하지 그래." 하일너가 볼멘소리를 냈다. "다른 사람들도 연습을 해야지. 네가 바이올린을 긁어 대는 소리는 듣기 괴로워 죽을 지경이라고."

루치우스는 물러날 생각이 없었고 하일너는 화가 치밀어 올랐다. 루치우스가 아무렇지 않게 다시 바이올린 긁는 소리를 내자 하일너는 보면대를 발로 걷어차 버렸다. 악보가 사방으로 날렸고 보면대가 넘어가면서 바이올린을 켜는 루치우스의 얼굴을 쳤다. 루치우스는 악보를 주우려고 몸을 숙였다.

"교장 선생님한테 다 이를 거야." 루치우스가 단호하게 말했다.

"마음대로 하셔." 하일너가 화를 내며 소리쳤다. "그리고 네가 개처럼 걷어차였다는 얘기도 꼭 전해." 그러고는 곧바로 행동으로 옮기려고 했다.

루치우스는 재빨리 옆으로 피해서 문 쪽으로 달아났다. 하일너는 그를 뒤쫓았고 급기야 복도와 홀, 계단과 현관 그리고 수도원의 가장 먼 측랑까지 소란스럽고 열띤 추격전이 벌어졌다. 측랑에는 교장의 고요하고 우아한 서재가 있었다. 하일너는 교장의 서재 문 바로 앞에서 달아나던 루치우스를 따라

잡았는데 루치우스는 이미 노크를 했고 문이 열려 있는 상태에서 예고한 대로 하일너가 그를 발로 걷어찼다. 그래서 문을 닫을 새도 없이 교장의 신성한 서재 안으로 폭탄처럼 튕겨 들어갔다.

이것은 전례가 없는 일이었다. 다음 날 아침 교장은 청소년들의 타락에 관한 장황한 설교를 늘어놓았다. 루치우스는 교장의 말을 경청하고 갈채를 보냈고 하일너는 독방에 갇히는 중징계를 받게 되었다.

"수년간 이곳에서 이런 일은 한 번도 본 적이 없습니다." 교장은 하일너에게 호통을 쳤다. "10년이 지난 후에도 이번 일을 생생히 기억할 수 있도록 해 주겠어요. 다른 학생들에게는 하일너 학생이 따끔한 반면교사가 될 겁니다."

학생들은 겁을 먹고 하일너를 힐끔힐끔 쳐다보았다. 하일너는 창백한 얼굴에 반항의 눈빛으로 교장의 시선을 피하지 않았다. 아이들은 그런 하일너를 보고 내심 감탄했다. 그러나 훈화가 끝나고 모두들 왁자지껄 복도로 몰려 나갈 때 그는 마치 나병 환자처럼 홀로 남겨졌다. 이 순간 그의 편에 서기 위해서는 용기가 필요했다.

한스 기벤라트도 그의 곁에 가지 않았다. 하일너의 편에 서는 것이 자신의 의무라고 생각하면서도 그러지 못하는 비겁함 때문에 괴로웠다. 그는 슬픔과 수치심과 죄책감을 느끼면서 창가로 가 고개를 숙이고 있었다. 친구를 찾아가고 싶은 마음이 굴뚝같았고 남들 눈에 띄지 않고 찾아갈 수 있다면 뭐라도 하고 싶었다. 하지만 독방 감금이라는 중징계에 처해진 학생은 수도원에서는 오랫동안 낙인찍힌 것이나 다름없었다. 처벌받은 학생은 이제부터는 특별 감시 대상이 되고 그와 어울리는 것은 위험한 일일뿐더러 평판도 나빠질 것이 분명했다. 주 정부가 학생들에게 베푼 은혜에 걸맞게 매섭고 엄격한 훈육이 따랐으며 이런 사항은 이미 입학식에서도 언급한 바 있었다. 한스도 이를 잘 알고 있었다. 그는 친구로서의 도리와 성공하겠다는 야망 사이에서 갈팡질팡하다가 결국 굴복하고 말았다. 한스가 생각하는 이상적인 목표는 두각을 나타내고 시험을 잘 봐서 이름을 떨치고 중요한 역할을 맡는 것이었다. 감상적이거나 위험한 행동으로 눈 밖에 나고 싶지는 않았다. 한스는 불안해 하며 구석에 틀어박혀 있었다. 초반에는 용기를 낼 수도 있었지만 시간이 갈수록 점점 힘들어졌고 우물쭈물하는 사이에 이미 배신자가 되어 있었다.

하일너도 눈치 채고 있었다. 감수성 예민한 그는 아이들이 자신을 피하는 사실을 느끼고 당연하다고 여겼다. 하지만 한스만큼은 믿고 있었다. 지금 느끼는 아픔과 분노에 비하면 그동안 느껴 왔던, 뚜렷한 실체 없는 비애는 공허하고 우스울 뿐이었다. 그는 잠깐 동안 기벤라트 옆에 멈춰 섰다. 창백하고 거만한 얼굴로 한스에게 나직이 말했다. "너는 비열한 겁쟁이야. 기벤라트, 나쁜 자식!" 그러고는 바지 주머니에 양손을 찔러 넣고 휘파람을 불며 가 버렸다.

젊은 학생들에게 다른 생각과 다른 할 일이 많다는 것은 다행이었다. 그 사건이 일어나고 며칠 뒤 갑자기 눈이 내리더니 혹한의 겨울 날씨가 찾아와서 눈싸움을 하고 스케이트를 탈 수 있었다. 또 다들 문득 크리스마스와 방학이 멀지 않았다는 것을 깨닫고는 그에 대한 이야기를 나누기에 바빴다. 하일너에 대한 관심은 멀어졌다. 그는 조용하지만 반항적으로 고개를 빳빳이 든 채 거만한 얼굴로 돌아다니며 아무하고도 말을 하지 않았고 가지고 다니는 공책에 시를 적어 놓았다. 검은색 방수포로 된 공책 표지에는 '수도사의 노래'라는 제목이 적혀 있었다.

떡갈나무, 오리나무, 너도밤나무와 버드나무에는 서리와 얼어붙은 눈이 환상적인 모양으로 고즈넉이 매달려 있었다.

연못에는 맑은 얼음이 얼어 서걱거리는 소리가 났다. 회랑 앞 뜰은 고요한 대리석 정원처럼 보였다. 즐겁고 들뜬 분위기가 기숙사 방마다 가득했으며 엄격하고 깐깐한 교수 두 사람마 저도 크리스마스를 앞둔 설렘에 온화한 모습을 보이고 들뜬 마음을 감추지 못했다. 학생들이나 교사들이나 크리스마스에 무심하게 반응하는 사람은 아무도 없었고 하일너의 얼굴에서 도 분노와 괴로움이 조금씩 사라졌다. 루치우스는 어떤 책과 어떤 신발을 방학 때 가지고 갈지 고민했다. 집에서 온 편지 들에는 아름답고 기대감에 들뜨게 하는 내용이 담겨 있었다. 뭘 제일 바라는지 묻고, 언제 빵을 구울 예정이라거나 깜짝 놀랄 일이 있다는 예고, 다시 만날 기쁨 등에 대한 것이었다.

방학이 시작되기 전, 전체 학생들 특히 헬라스 방 학생들은 작게나마 즐거운 사건을 겪었다. 저녁에 열리는 크리스마스 파티에 교사들을 초대하기로 했는데 가장 큰 방인 헬라스 방 에서 열릴 예정이었다. 축하의 말, 두 차례의 시 암송, 플루트 독주 그리고 바이올린 이중주가 예정되어 있었다. 그리고 프 로그램에 재미있는 순서도 넣는 것이 좋겠다는 의견이 나왔 다. 그에 대한 여러 제안이 나오고 의논도 했지만 좀처럼 의 견이 하나로 모아지지 않았다. 그때 카를 하멜이 지나가는 말로 에밀 루치우스의 바이올린 독주가 가장 웃기고 재미있을 것 같다고 했다. 결국 이 의견이 채택되었다. 그래서 가엾은 루치우스는 애원과 약속과 협박 끝에 결국 무대에 서기로 했다. 그렇게 해서 교사들에게 보낸 공손한 초대 글에, 식순 중 특별한 순서로 〈고요한 밤〉, 바이올린을 위한 가곡, 실내악의 거장 에밀 루치우스 연주'가 들어갔다. 루치우스가 평소 구석진 방에서 열심히 연습을 한 덕분에 얻은 칭호였다. 교장과 교수, 지도 교사, 음악 교사, 수석 조교가 초대되어 파티에 참석했다.

루치우스가 하르트너에게 빌린 검은색 연미복을 입고, 깔끔하게 머리를 단장한 모습으로 수줍은 미소를 지으며 무대에 등장했다. 그러자 음악 교사의 이마에는 땀방울이 맺혔다. 루치우스가 청중을 향해 인사를 하며 몸을 숙일 때부터 재밌었다. 가곡 〈고요한 밤〉은 루치우스의 손가락을 거치며 괴롭고 고통스러운 노래로 변해 버렸다. 그는 두 번이나 다시 시작했고 멜로디를 제멋대로 늘리고 쪼갰다. 발로 박자를 맞추는 모습은 추운 겨울에 일하는 나무꾼처럼 보였다. 교장은 음악 교사를 향해 재미있다는 표정을 지으며 고개를 끄덕였다. 그러나 음악 교사는 화가 나서 얼굴이 창백해져 있었다.

루치우스의 세 번째 시도가 시작되고 이번에도 연주를 이어 가지 못하고 중간에 막히자 루치우스는 결국 바이올린을 내린 채 청중을 향해 사과의 말을 했다. "잘 안 되네요. 지난 가을에 바이올린을 배우기 시작했거든요."

"괜찮아요, 루치우스 군." 교장이 말했다. "노력하는 모습을 보여 주어서 감사합니다. 앞으로도 그렇게 계속 열심히 배우길 바랍니다. 역경을 넘어서 별까지(Per aspera ad astra, 라틴어 경구)!"

12월 24일에는 새벽 3시부터 침실마다 활기가 넘치고 시끌벅적했다. 창에는 얼음꽃이 두껍게 피었고 세숫물은 얼어 버렸으며 수도원 안뜰에는 살을 에는 듯한 찬바람이 몰아쳤지만 아무도 개의치 않았다. 식당에는 커다란 커피 주전자에서 김이 모락모락 피어올랐다. 외투와 목도리로 꽁꽁 싸맨 학생들은 시커멓게 무리를 지어 희미하게 반짝이는 하얀 들판과 고요한 숲을 가로질러 멀리 떨어진 역을 향해 걸어갔다. 모두들 크게 웃고 떠들고 우스갯소리를 하면서도 저마다 감춰 둔 소원과 기쁨과 기대로 가득 차 있었다. 주 전체에 걸쳐, 도시든 시골이든 한적한 농장이든 크리스마스 분위기가 물씬 풍기는 따뜻한 집에서 부모와 형제자매들이 그들을 기다리고 있었다. 학생 대부분은 먼 곳에서 지내다가 집으로 돌아가서 보내는 첫 번째 크리스마스였고, 가족들이 사랑과 자부심을 가득 품고 그들을 기다리고 있다는 것을 알고 있었다.

눈으로 뒤덮인 숲 한가운데 자리 잡은 작은 역에서 학생들은 매서운 추위에 떨며 기차가 오기를 기다렸다. 어느 때보다 모두가 한마음이 되어 사이좋고 즐겁게 시간을 보냈다. 하일너만 홀로 아무 말 없이 서 있었다. 기차가 도착하자 하일너는 다른 친구들이 기차에 다 올라탈 때까지 기다렸다가 혼자서 다른 칸에 탔다. 한스는 다음 역에서 기차를 갈아탈 때 하일너를 다시 한 번 보았다. 순간적으로 창피함과 후회의 감정이 올라왔지만, 이내 고향으로 간다는 흥분과 기쁨에 묻혀 버렸다.

집에 도착하자 아버지는 자랑스럽고 뿌듯한 미소를 지으며 한스를 반겨 주었다. 책상에는 선물 꾸러미가 가득 쌓여 있었다. 하지만 제대로 된 크리스마스 파티는 열리지 않았다. 노래와 흥겨운 분위기도 없고, 어머니도 없고, 크리스마스트리도 없었다. 아버지는 파티를 제대로 즐기는 법을 알지 못했다. 하지만 자랑스러운 아들을 위해 이번에는 아낌없이 선물들을 준비했다. 그리고 한스도 이런 차분한 분위기에 익숙한 터라 아쉬운 마음은 없었다.

　모두들 한스의 안색이 좋지 않다고, 너무 마르고 창백하다고 걱정했고 수도원에서 식사가 너무 형편없이 나오는 건 아닌지 걱정스럽게 물었다. 그는 그렇지 않다고 열심히 설명하고 아주 잘 지내고 있지만 가끔 두통이 있는 것뿐이라고 안심시켰다. 마을 목사는 자신도 어린 시절에 두통에 자주 시달렸다며 위로했고 그러자 다들 마음을 놓았다. 강물은 꽁꽁 얼었고 크리스마스 연휴 동안 스케이트 타는 사람들로 가득했다. 한스는 새 옷을 차려입고 초록색 신학생 모자를 쓰고 거의 하루 종일 밖에서 시간을 보냈다. 그는 고향 동창생들이 선망하는 더 높은 세계에 올라서 있었다.

4

4년 동안의 신학교 생활에서는 보통 학년마다 한 명 이상의 학생이 중간에 떠나갔다. 때로는 누군가 죽어서 애도의 노래와 함께 장례를 치르고 친구들이 호위를 하여 고향으로 보냈다. 스스로 뛰쳐나가는 학생도 있었고 심한 잘못을 저질러 퇴학을 당하는 학생도 있었다. 또 드문 일이기는 하지만 고학년에서는 청춘의 고뇌에 빠져 자신을 향해 권총의 방아쇠를 당기거나 물속으로 뛰어들어 암흑의 탈출구로 도망치는 것을 선택하는 경우도 있었다.

한스 기벤라트의 학년에서도 학생 몇 명이 떠났는데 묘한 우연인지 모두 헬라스 방에서 지내던 학생들이었다.

같은 방을 사용하는 학생 가운데 금발에 키가 작고 소심한 힌딩거라는 학생이 있었는데 아이들은 그를 힌두라는 별명으로 불렀다. 힌딩거는 알고이 지방의 어느 마을 출신으로 재단사의 아들이었다. 무척 조용한 아이라서 사라지고 나서야 존재감을 드러냈지만 그렇다고 많은 얘기가 오간 것은 아니었다. 그는 절약심이 투철한 실내악의 거장 루치우스와 옆자리 짝이었다. 그래서 다른 아이들보다 루치우스와 조금 더 친하게 지냈을 뿐, 그 밖에 다른 친구는 없었다. 그가 사라지고 나서야 헬라스 방 아이들은 나서는 법이 없고 착했던 힌딩거가 시끄러운 방 생활에서 휴식 같은 친구였고 다들 그를 좋아했다는 사실을 깨달았다.

그는 1월의 어느 날 로스 호수로 스케이트를 타러 가는 아이들 틈에 끼어 있었다. 스케이트가 없어서 그냥 구경하러 따라간 것이었다. 금세 추위를 느낀 힌딩거는 몸을 녹이기 위해 호숫가 주변을 동동거리며 돌아다녔다. 그러다가 꽤 멀리까지 가게 되어 들판을 헤매다 다른 작은 호수에 이르렀다. 그 호수는 따뜻한 물이 솟아올라서 표면에 살얼음만 살짝 얼어 있었다. 그는 갈대를 헤치며 그곳으로 들어갔다. 힌딩거는 몸집이 조그맣고 가벼웠지만 강기슭 가까운 곳에서 그만 빠지고 말았다. 한동안 몸부림을 치고 소리를 질렀지만 결국 아무도 모르는 사이에 어둡고 차가운 물속으로 가라앉아 버렸다.

사람들은 오후 첫 수업이 시작되는 2시가 되어서야 힌딩거가 없다는 사실을 알아차렸다.

"힌딩거는 어디 있습니까?" 수업 담당 교사가 물었다.

아무도 대답을 하지 못했다.

"헬라스 방에 가서 찾아보세요!"

거기서도 힌딩거를 찾을 수 없었다.

"좀 늦게 올 모양이네요. 일단 수업을 시작합시다. 오늘은 74페이지 일곱 번째 절을 공부할 차례예요. 하지만 다시는 이런 일이 없었으면 합니다. 수업 시간을 잘 지키도록 합시다!"

3시를 알리는 종이 울렸는데 힌딩거가 여전히 모습을 드러내지 않자, 교사는 슬슬 걱정이 되어 이 사실을 교장에게 알렸다.

교장은 곧장 교실로 찾아와서 몇 가지 질문을 하더니 조교와 수업 담당 교사를 비롯해서 학생 열 명으로 이루어진 수색조를 만들어 힌딩거를 찾아보라고 지시했다. 남아 있는 학생들은 쓰기 연습을 하고 있으라고 했다. 4시쯤 되자 담당 교사가 노크도 없이 교실로 들어와서 교장에게 귓속말로 보고를 했다.

"조용!"

교장의 말에 학생들은 숨을 죽인 채 앉아서 교장을 주목했다.

"여러분의 친구 힌딩거 군은 연못에 빠져 익사한 것으로 보입니다." 교장은 나직한 목소리로 말을 이었다. "이제 여러분이 함께 찾는 것을 도와줘야 합니다. 마이어 교수님이 여러분을 인솔할 테니, 지시에 잘 따르고 절대로 개인행동은 하지 말기를 바랍니다."

학생들은 놀란 얼굴로 수군거리며 교수를 따라 나섰다. 마을에서 온 어른 몇 명이 밧줄, 판자, 막대기를 들고 서둘러 뛰어가는 무리에 합류했다. 날은 몹시 추웠고 해는 이미 숲의 가장자리까지 기울어 있었다.

마침내 작고 뻣뻣하게 굳은 소년의 주검이 발견되었다. 눈 덮인 갈대밭에서 소년을 들것에 눕혔을 때는 이미 어둠이 짙게 깔려 있었다. 학생들은 겁먹은 새들처럼 불안한 눈으로 시체를 내려다보았고 새파랗게 얼어서 굳은 손가락을 문질러 댔다. 익사한 친구의 시체가 들것에 실려 가고 말없이 그 뒤를 따라 눈 덮인 숲길을 걸어가면서 아이들의 가슴에는 불현

듯 공포가 엄습했다. 포식자의 기척을 느낀 사슴처럼 죽음의 공포를 느꼈다. 슬픔과 추위에 떠는 무리 속에서 한스 기벤라트는 우연히 예전 친구 하일너와 나란히 걷게 되었다. 울퉁불퉁한 들판에서 동시에 넘어질 뻔하면서 함께 걷고 있음을 깨달았다. 죽음의 광경에 압도당해 허무함이 모든 이기심을 사라지게 했는지, 어쨌든 한스는 친구의 하얗게 질린 얼굴을 가까이서 보자 설명할 수 없는 깊은 아픔을 느끼고 갑자기 그의 손을 덥석 잡았다. 하일너는 언짢아하며 손을 뿌리치더니 기분 나쁜 표정으로 고개를 돌려 버렸다. 그러고는 다른 자리를 찾아 행렬의 가장 뒷줄로 사라졌다.

모범생 한스의 가슴은 고통과 수치심으로 마구 뛰었다. 꽁꽁 언 들판을 비틀거리며 걸어가는 동안 추위에 새파랗게 언 뺨 위로 하염없이 흘러내리는 눈물을 주체할 수 없었다. 그제야 깨달았다. 결코 잊을 수 없고 아무리 후회한들 되돌릴 수 없는 죄와 소홀했던 일이 있음을. 그리고 저 앞에 들것에 실려 있는 사람이 재단사의 아들이 아니라 친구 하일너이며 자신의 배신에 대한 고통과 분노를 다른 세계로 가져가는 것 같은 느낌이 들었다. 성적이나 시험, 성공이 기준이 아니라 양심의 깨끗함과 더러움이 기준이 되는 그런 세계.

그사이에 일행은 국도에 이르러 빠르게 수도원에 도착했다. 교장을 선두로 모든 교사들이 나와서 죽은 힌딩거를 맞이했다. 살아 있었다면 이런 황송한 예우를 받게 될 생각만으로도 그는 달아났을 것이다. 교사들은 학생이 죽으면 살아 있을 때와는 완전히 다른 눈으로 바라보기 마련이었다. 평소에는 아무렇지 않게 학생들에게 상처를 주면서도 이런 순간만큼은 모든 생명과 젊음이 절대 돌이킬 수 없는 소중한 것이라는 사실을 깨달았다.

그날 저녁, 그리고 그 뒤 며칠 동안에도 눈에 보이지 않는 시체의 존재는 마법처럼 작용했다. 학생들의 모든 말과 행동을 부드럽게 만들고 차분하게 가라앉히고 베일로 감쌌다. 그 짧은 기간 동안 다툼, 분노, 소음, 웃음은 마치 요정이 수면 위에서 사라지듯이 자취를 감추었다. 두 명 이상의 학생이 모여 익사한 친구에 대해 이야기를 할 때면 항상 그의 별명이 아닌 완전한 이름을 불러 주었다. 죽은 친구를 힌두라는 별명으로 부르는 것은 예의가 아니라고 느꼈기 때문이다. 평소에 조용하고 별다른 존재감 없이 무리 속에 있던 힌두는 죽음으로써 커다란 수도원을 자신의 이름으로 가득 채웠다.

이튿날 힌딩거의 아버지가 도착했고 아들이 누워 있는 방

144

에 몇 시간 동안이나 홀로 머물렀다. 그러고 나서 교장과 차를 마신 뒤 '사슴' 여관에서 하룻밤을 묵었다.

이어 장례식이 치러졌다. 관은 기숙사 건물에 놓여 있었고 알고이 지방에서 온 재단사 아버지가 곁에 서서 모든 과정을 지켜보았다. 그는 전형적인 재단사답게 무척 야위고 날카로워 보였으며 초록빛이 도는 검은색 프록코트와 통이 좁고 남루한 바지를 입고 있었고 손에는 낡은 모자를 들고 있었다. 작고 여읜 얼굴은 슬픔으로 가득했고 바람 앞의 작은 촛불처럼 쇠약해 보였다. 그는 교장과 교수들 앞에서 계속 당황하면서도 공손하게 행동했다.

관을 메는 사람들이 관을 드는 마지막 순간, 슬픔에 잠긴 아버지는 다시 한 번 앞으로 나와 어쩔 줄 몰라 하며 조심스럽고 애정 어린 손길로 관 뚜껑을 어루만졌다. 그는 눈물을 애써 참으며 커다랗고 조용한 방 한가운데 서 있었다. 마치 겨울의 앙상한 나무처럼 외롭고 아무 희망도 없는 듯이 덩그러니 서 있어서 보는 이들의 안타까움을 자아냈다. 목사는 아버지의 손을 잡고 곁을 지켰다. 멋지게 휘어진 모자를 쓴 목사는 맨 앞에서 관을 따라갔다. 계단을 내려가 수도원 안뜰의 오래된 문을 통과해서 하얗게 눈 덮인 들판을 지나 교회의 낮은 담 쪽으로 걸어갔다. 학생들이 무덤 옆에서 찬송가를 불렀는데 대부분의 학생들은 지휘를 하는 음악 선생님의 손을 바라보는 것이 아니라 외로이 서 있는 체구 작은 재단사를 쳐다보았다. 그는 추위에 떨며 슬픈 모습으로 눈밭에 서서 고개를 숙인 채 성직자와 교장과 학생 대표가 낭독하는 조사를 들었고, 찬송가를 부르는 학생들을 향해 멍하니 고개를 끄덕였다. 왼손으로 프록코트 주머니에 들어 있는 손수건을 만지작거렸지만 꺼내지는 않았다.

"만약 저 자리에 그분이 아니라 우리 아버지가 서 있었다면 어땠을까 상상해 봤어." 오토 하르트너가 나중에 말을 꺼냈다. 그러자 모두 그의 말에 공감했다. "그래, 나도 똑같은 생각을 했어."

장례식이 끝난 후 교장은 힌딩거의 아버지와 함께 헬라스 방으로 찾아왔다.

"여러분 중에서 힌딩거 군과 각별히 친하게 지낸 학생 있습니까?" 교장이 방에 모여 있는 학생들에게 물었다.

처음에는 아무도 대답하지 않았다. 힌두의 아버지는 불안하고 비참한 눈빛으로 어린 학생들을 쳐다보았다. 그때 루치우스가 나섰고 힌딩거의 아버지는 그의 손을 덥석 잡았다. 그렇게 한동안 아무 말 없이 그저 고개만 끄덕이더니 밖으로 나갔다. 그러고는 길을 떠났다. 그는 하루 종일 기차를 타고 하얀 눈으로 덮인 겨울 왕국을 달려 집에 도착해 부인에게 그녀의 사랑하는 아들이 어디에 묻혔는지 설명할 것이다.

　수도원을 덮고 있던 마법은 얼마 지나지 않아 풀렸다. 교사들은 다시 호통을 치기 시작했고 다시 거칠게 문을 열고 닫는 소리가 들렸으며 헬라스 방에서 사라진 학생은 거의 잊혔다. 일부 학생들은 참담한 사건 현장인 연못에 오래 서 있었던 탓에 감기에 걸려 의무실에 누워 있거나 털 실내화를 신고 목에 목도리를 둘둘 감고서 돌아다녔다.
　한스 기벤라트의 목이나 발은 아무 탈 없이 온전했으나 그날 이후로 표정이 더 심각해 보이고 나이가 부쩍 들어 보였다. 그의 안에서 무언가 달라졌다. 소년에서 청년이 되었고 영혼이 다른 세계로 옮겨 간 것 같았다. 그의 영혼은 그 세계에서 불안하게 두려움에 떨며 쉴 곳을 찾지 못했다. 그것은 죽음의 공포라든가 착한 힌두를 향한 슬픔 때문이 아니었다. 오로지 자신이 하일너에게 저지른 배신을 문득 깨달았기 때문이었다.

하일너는 다른 학생 두 명과 함께 의무실에 누워서 따뜻한 차를 마셨다. 힌딩거의 죽음에 대한 느낌을 정리하고 훗날 시로 옮길 준비를 할 수도 있었다. 하지만 그럴 수 있을 것 같아 보이지 않았다. 비참하고 고통스러워 보였고 같이 누워 있는 친구들과도 거의 말을 하지 않았다. 감금형을 받은 이후 계속 혼자 지내게 되면서, 감수성이 풍부하고 소통을 즐기던 하일너는 상처를 입고 씁쓸해졌다. 교사들은 하일너를 불만투성이에 반항적인 학생으로 규정하고 그를 엄하게 감시했고, 학생들은 그를 피해 다녔으며 조교는 그에게 조롱 섞인 친절을 베풀었다. 그가 벗 삼은 셰익스피어, 실러, 그리고 레나우만이 그를 둘러싼 억압적이고 굴욕적인 세계와는 다른 위대하고 훌륭한 세계를 보여 주었다. 처음에는 그저 고독하고 우울한 분위기가 물씬 풍겼던 그의 시집 『수도사의 노래』는 서서히 수도원과 교사, 그리고 동급생들을 향한 신랄한 증오가 섞인 모음집으로 변했다. 하일너는 외로움 속에서 고난당하는 순교자의 기쁨을 발견했고 이해받지 못하는 것에서 만족을 느꼈다. 세상을 한없이 모멸하는 수도사의 시를 쓰며 마치 자신이 어린 유베날리스(고대 로마의 시인으로 황제와 귀족, 사회상에 대한 풍자시로 유명함)가 된 듯한 기분이 들었다.

장례식이 끝나고 1주일 정도가 지나자 두 학생은 완쾌되고 하일너만 병상에 남았다. 그때 한스가 찾아왔다. 한스는 어색하게 인사를 하고 침대 가까이 의자를 끌어당기고 앉아 아픈 하일너의 손을 잡았다. 하일너는 언짢은 듯 몸을 벽 쪽으로 돌려 버렸다. 하지만 한스는 개의치 않았다. 손을 꽉 잡고 옛 친구가 쳐다보도록 만들었다. 하일너는 짜증을 내며 입술을 삐죽 내밀었다.

"원하는 게 뭐야?"

한스는 잡은 손을 놓지 않았다.

"내 말을 좀 들어 봐." 한스가 말했다. "나는 그때 너무 비겁해서 곤경에 처한 너를 모른 척했어. 하지만 너도 나를 잘 알잖아. 학교에서 상위권을 유지하고 최종 1등이 되는 것이 나의 유일한 목표였다는 것을 말이야. 너는 그런 나를 공부벌레라 놀렸고 어쩌면 네 말이 맞는지도 몰라. 하지만 그것이 내가 생각하는 이상적인 목표였고 다른 것은 안중에도 없었어."

하일너는 눈을 감았고 한스는 아주 조용한 목소리로 계속해서 말을 이었다. "정말 미안해. 네가 다시 내 친구가 되고 싶은지 모르겠지만 나를 꼭 용서해 줬으면 좋겠어."

하일너는 아무 말 없이 계속 눈을 감고 있었다. 그의 마음속에 있는 모든 선한 것과 기쁜 것들이 친구를 향해 미소를 지어 보였지만 그는 씁쓸하고 외로운 역할에 익숙해져서 한동안 그 가면을 계속 쓰고 있었다. 한스는 쉽게 물러나지 않았다.

"꼭 용서를 해 줘야 해, 하일너! 네 주위를 계속 이렇게 맴도느니 차라리 꼴찌가 되는 것이 속 편하겠어. 네가 원한다면 우리는 다시 친구가 될 수 있고 우리가 다른 애들한테는 신경도 쓰지 않는다는 것을 보여 줄 수 있어."

그러자 하일너가 한스의 손을 힘차게 누르면서 눈을 떴다.

며칠 후 하일너도 건강을 되찾고 병상에서 일어났다. 그리고 수도원 안에서는 새롭게 다져진 이들의 우정에 관심이 집중됐다. 하지만 두 친구는 서로에게 속해 있다는 묘한 행복감과 말없이도 비밀스럽게 통한다는 일체감을 만끽하며 놀랍고 행복한 몇 주를 보냈다. 예전과는 달랐다. 몇 주 동안 서로 떨어져 있었던 것이 두 사람을 변화시켰다. 한스는 더 부드럽고 따뜻하고 열정적인 사람이 되었고, 하일너는 강하고 남자다워졌다. 두 친구는 지난 시간 동안 서로를 많이 그리워했기 때문에 재결합은 위대한 경험이자 귀한 선물처럼 느껴졌다.

조숙한 두 소년은 설렘 가득한 수줍음과 함께 우정을 나누었고 자신들도 모르는 사이에 첫사랑의 달콤한 비밀 같은 것을 미리 맛보았다. 이들의 우정에는 성숙해 가는 남자들 특유의 짜릿한 매력이 있었고 다른 아이들에 대한 저항감이 양념처럼 더해졌다. 다른 아이들은 하일너를 싫어하고 한스를 이해하지 못했으며 대부분은 아직 어린애들 같은 우정을 나누고 있었다.

한스는 우정에 열정적이고 행복하게 매달릴수록 학교와는 점점 더 멀어졌다. 새로운 행복감이 갓 담은 포도주처럼 한스의 피와 생각을 짜릿하게 지배했고 리비우스는 물론 호메로스도 중요성과 광채를 잃어 갔다. 교사들은 지금까지 흠잡을 곳이 전혀 없는 학생이었던 기벤라트가 문제 학생으로 변해 가고 수상쩍은 하일너에게 나쁜 영향을 받고 있다는 것을 알아차리고 경악했다. 위험한 청소년기 초기에 조숙한 소년에게 나타나는 특이한 현상만큼 교사들이 공포스럽게 느끼는 것도 없었다. 교사들은 그렇잖아도 예전부터 하일너의 천재적인 기질을 두려워하고 있었다.

예로부터 천재와 교사 사이에는 깊은 골이 존재했다. 천재들이 학교에서 보이는 모습은 교사들에게 처음부터 끔찍하게 여겨졌을 것이다. 교사들에게 천재란, 교사들을 전혀 존중하지 않는 아이들이었다. 열네 살부터 담배를 피우고 열다섯 살에 사랑에 빠지고 열여섯 살에 술집에 드나들고 금지된 책을 읽으며 발칙한 글을 쓰는, 교사들에게 조롱 섞인 눈빛을 보내고 교무 일지에 '선동꾼'이나 '독방 감금 대상자'로 기록되는 학생들이었다. 교사라면 자신의 학급에 천재 한 명보다는 둔재 여러 명이 있는 것을 더 좋아했다. 자세히 들여다보면 그것은 당연한 일이었다. 교사의 임무는 특출한 인물을 키워 내는 것이 아니라 라틴어와 수학을 잘하는 성실한 인간을 양성하는 것이기 때문이었다.

그럼 교사와 학생 중에 어느 쪽이 더 심한 고통을 받을까? 어느 쪽이 상대에게 폭군 행세를 하거나 괴롭히는 것일까? 또한 둘 중 누가 상대의 영혼과 삶을 피폐하게 만드는가? 이 문제를 따지다 보면 누구나 분노와 수치심을 느끼며 자신의 젊은 시절을 되돌아보게 될 것이다. 하지만 그것은 우리가 상관할 바가 아니다.

다행히 진짜 천재들의 경우에는 거의 대부분 상처가 아물고 학교와는 상관없이 좋은 작품을 만드는 사람이 된다. 그리고 나중에 죽어서 후광에 둘러싸여 새로운 세대의 교사들로부터 훌륭한 작품을 남긴 고귀한 본보기라고 칭송을 받는다.

학교마다 규율과 자유로운 정신이 다툼을 벌이는 광경은

반복되고, 주 정부와 학교는 매년 등장하는 깊고 가치 있는 정신들의 뿌리를 꺾어 버리려고 애를 쓴다. 교사들한테 특히 미움을 받고 처벌받고 도망치고 내쫓겼던 학생들이 나중에 국민들의 보배가 된다. 그러나 그중 일부는 조용히 반항을 하다가 병들어 그냥 사라져 버린다.

눈에 띄는 두 학생에게서 위험을 감지하자마자, 교사들은 전통 있는 학교의 원칙에 따라 두 배의 사랑이 아닌 두 배의 엄격함을 가했다. 다만 교장은 히브리어를 가장 열심히 공부하는 학생인 한스를 자랑스럽게 여겨 왔던 만큼, 서투른 구제책을 모색했다. 교장은 한스를 자신의 집무실로 불렀다. 그림같이 아름다운 그 방은 오래된 사택에 있었다. 전설에 따르면 가까운 크니틀링겐에 살았던 파우스트 박사가 이 방에서 엘핑거 포도주를 즐겨 마셨다고 한다.

교장은 편협하지 않은 사람으로 통찰력과 뛰어난 실무 능력을 갖추고 있었다. 자신이 아끼는 학생들에게는 호의로 반말을 사용하기도 했다. 교장의 가장 큰 결점은 허영심이 지나치게 강하다는 것이었다. 그래서 연단에서 자주 과시하는 기교를 부리곤 했다. 또한 그는 자신의 권력과 권위가 조금이라도 의심받는 것을 참지 못했다. 어떤 이의도 용납하지 않았고 자신의 실수도 절대 인정하는 법이 없었다. 그래서 줏대가 없거나 말수가 없는 학생들은 교장과 잘 지낸 반면에 주관이 뚜렷하고 솔직한 학생들은 교장 대하기를 힘들어했다. 교장은 자기 말에 아주 조금이라도 토를 달면 발끈하기 때문이었다. 그는 격려하는 눈빛과 자상한 말투로 아버지 역할을 하는 데 고수였고 지금도 그런 모습으로 한스를 대했다.

"어서 와서 여기 앉아요, 기벤라트 군." 교장은 수줍게 집무실로 들어오는 한스의 손을 강하게 잡고 친절하게 말했다. "할 이야기가 좀 있어요. 괜찮다면 내가 편하게 말을 놔도 될까?"

"물론입니다, 교장 선생님."

"기벤라트 군, 자네 성적이 최근에 조금 떨어졌다는 것을 자네도 잘 알고 있겠지. 적어도 히브리어 과목에서 말이지. 자네가 히브리어를 가장 잘하는 학생이었는데 갑자기 성적이 떨어지니 몹시 안타깝네. 히브리어를 공부하는 데 흥미가 떨어진 건가?"

"그렇지 않습니다, 교장 선생님."

"곰곰이 잘 생각해 보게! 얼마든지 있을 수 있는 일이니까. 혹시 다른 과목에 특별히 더 집중해서 그런 건가?"

"아닙니다, 교장 선생님."

"정말인가? 그렇다면 다른 원인을 찾아봐야겠군. 혹시 자네는 뭔가 짚이는 게 있나?"

"잘 모르겠어요……. 과제를 항상 잘 해 갔고……."

"당연히 그렇겠지. 그렇지만 겉으로는 같아 보여도 속은 다른 법이지. 당연히 항상 과제를 잘 해 갔겠지. 그건 자네 의무니까. 하지만 전에는 더 열심히 했었지. 훨씬 더 열심히 했고 흥미를 가지고 공부에 임했지. 그런데 갑자기 왜 공부에 흥미를 잃었는지 궁금하네. 혹시 아픈 데라도 있나?"

"아닙니다."

"혹시 머리가 아픈가? 안색이 좋아 보이지 않네."

"네, 가끔 두통이 있어요."

"하루에 공부해야 하는 양이 자네한테 벅찬가?"

"전혀 그렇지 않습니다."

"아니면 개인적인 독서를 많이 하고 있나? 솔직하게 말해 보게!"

"아닙니다. 저는 책을 거의 읽지 않습니다, 교장 선생님."

"그렇다면 정말 이해가 가지 않는군. 뭔가 원인이 있는 게 분명한데 말이지. 앞으로 열심히 공부하겠다고 약속해 줄 수 있겠나?"

한스는 교장이 내민 오른손에 자기 손을 얹었다. 교장은 진지한 표정으로 한스를 쳐다보았다.

"그럼, 그래야지. 다만 너무 지치지 않도록 조심하게. 안 그러면 수레바퀴 아래 깔려 버리고 말 테니까."

교장은 한스의 손을 꼭 잡았고 한스는 안도의 한숨을 내쉬며 문 쪽으로 걸어갔다. 그때 교장이 한스를 불러 세웠다.

"한 가지 더 묻겠네, 기벤라트 군. 자네가 하일너하고 다시 자주 어울려 다닌다지?"

"네, 상당히 친하게 지내고 있습니다."

"다른 친구들보다 더 가깝게 지내는 것 같더군. 맞지?"

"그렇습니다. 하일너는 제 친구입니다."

"어쩌다가 친구가 되었지? 자네하고 하일너 군은 성격이 완전히 다른 것 같은데."

"저도 잘 모르겠어요. 어쨌든 하일너는 제 친구입니다."

"내가 자네 친구를 탐탁지 않게 여긴다는 것을 자네도 잘 알고 있겠지. 하일너 군은 불만투성이에다가 차분하지 못한 학생이야. 재능이 많은 학생일지는 모르지만 공부를 열심히 하지도 않고 자네한테 좋지 않은 영향을 주고 있네. 그 친구하고는 조금 거리를 두는 것이 좋겠어. 어떻게 생각하는가?"

"그럴 수 없습니다, 교장 선생님."

"그럴 수 없다고? 대체 이유가 뭔가?"

"하일너는 제 친구이기 때문입니다. 친구를 그냥 내버려 둘 수는 없습니다."

"음, 하지만 다른 친구들하고 조금 더 가깝게 지낼 수 있지 않을까? 하일너한테서 좋지 않은 영향을 무방비로 받고 있는 사람은 자네뿐일세. 그리고 그 결과가 이미 눈에 보이잖아. 대체 그 친구의 어떤 점에 특히 끌리는 건가?"

"저도 잘 모르겠습니다. 하지만 저희는 서로를 좋아하고 제가 하일너를 버리는 것은 비겁한 행동이라고 생각합니다."

"그렇군. 내가 강요할 수는 없는 일이지. 그렇지만 차츰 그 친구한테서 멀어지기를 바라네. 그렇게 된다면 내가 아주 기쁠 것 같아."

교장의 마지막 말에는 조금 전의 온화함은 온데간데없었다. 한스는 이제 나갈 수 있었다.

그때부터 한스는 다시 공부에 매진했다. 그런데 예전처럼 수월하게 진도가 나가지 않았다. 너무 뒤처지지 않을 만큼만 간신히 쫓아갈 뿐이었다. 한스 역시 부진한 성적이 하일너와의 우정 때문이라는 것을 알고 있었다. 하지만 그 때문에 손해를 본다거나 방해받는다는 생각은 하지 않았다. 오히려 자신이 놓쳤던 모든 것을 채워 주는 보물이라는 생각이 들었다. 예전의 의미 없고 의무적인 삶과는 비교할 수도 없는 고귀하고 따뜻한 삶이었다. 한스는 마치 사랑에 빠진 젊은 연인 같았다. 위대한 영웅처럼 행동할 수는 있지만 매일의 지루하고 보잘것없는 일들은 하고 싶지 않았다. 그래서 한스는 한숨을 내쉬며 멍에를 졌다. 하일너처럼 대충 공부하고 필요한 것만 재빠르게 머릿속에 집어넣는 것을 한스는 이해할 수 없었다.

하일너가 거의 매일 저녁 불러냈기 때문에 한스는 아침에 한 시간 일찍 일어나서 마치 적을 대하듯이 히브리어 문법과 씨름했다. 호메로스와 역사 시간 말고는 이제 즐거운 것은 없었다. 한스는 호메로스를 이해하기 위해 어둠을 더듬는 식으로 그 세계를 파고들었다. 역사 속 영웅들은 그에게 더 이상 이름이나 숫자로 존재하지 않았다. 이글거리는 눈빛과 살아 있는 붉은 입술을 지닌 채 바라보았고 얼굴과 손에도 저마다 특색이 있었다. 어떤 인물은 붉고 두툼하고 거친 손, 다른 인물은 고요하고 차갑고 딱딱한 손, 또 다른 인물은 가늘고 따뜻하고 혈관이 비치는 손을 가지고 있었다.

그리스어로 된 복음서를 읽을 때도 한스는 때로 인물들의 생생한 현실감에 놀라고 거의 압도당했다. 마가복음 6장에서 예수가 제자들과 함께 배에서 내리는 장면에 이런 구절이 있었다. '그들이 배에서 내리자 사람들은 예수를 즉시 알아보았다.' 이 부분을 읽으며 한스는 예수가 배에서 내리는 모습을 보았고 체구나 얼굴을 보고 알아본 것이 아니라 크고 반짝이는, 깊이 있는 사랑이 담긴 눈빛과 가느다랗고 아름다운 갈색 손의 움직임을 통해 알아보았다. 그 손은 섬세하고 강한 영혼이 깃든 듯 보였다. 물결이 출렁거리는 해안과 묵직한 뱃머리가 한순간 눈앞에 나타났다가 한겨울의 입김처럼 모든 장면이 사라져 버렸다.

이와 비슷한 일들은 종종 찾아왔다. 책에 등장하는 인물이나 이야기의 어떤 부분이 탐욕스럽게 튀어나오고 되살아나서 살아 있는 사람과 눈을 맞추고 싶어 했다. 한스는 이를 받아들이면서도 놀랐다. 순간적으로 나타났다가 금세 또 사라지는 인물들 때문에 자신에게 묘한 변화가 생긴 것 같았다. 검은 땅을 마치 유리처럼 들여다보는 듯했고 하나님이 자신을 바라보는 것 같았다. 이런 근사한 순간들은 홀연히 찾아왔다가 아무 일 없었다는 듯 자취를 감추었다. 마치 낯설고 신성해서 말을 건네거나 더 머물다 가라고 요청할 수 없는 순례자

혹은 친절한 손님처럼 사라졌다.

한스는 이런 경험들을 혼자서 간직한 채 하일너에게도 얘기하지 않았다. 하일너는 전에 앓던 우울증이 점점 심해져 신경질적이고 날카롭게 바뀌었고 수도원, 교사, 친구, 날씨, 인간의 삶, 그리고 하나님의 존재에 대해 비판을 쏟아 냈다. 가끔 싸움을 벌이거나 갑자기 엉뚱한 장난을 치기도 했다. 이미 한 번 격리된 적이 있고 다른 아이들과 대립하는 관계였기 때문에 경솔한 자만심을 가지고 그 대립을 더욱 적대적인 관계까지 몰아갔다. 한스 기벤라트는 그런 그를 말리지 않았고 같이 휩쓸렸다. 그래서 두 친구는 눈에 띄었고 다른 학생들이 꺼리는 외딴 섬처럼 되어 버렸다. 한스는 시간이 갈수록 이런 상황에 대해 그리 마음이 불편하지는 않았다. 은근한 두려움을 불러일으키는 교장만 없다면 정말 좋겠다고 생각했다. 교장은 한때 총애하던 학생을 이제는 냉랭하게 대했고 일부러 소홀히 대하는 것이 눈에 뻔히 보였다. 결국 한스는 교장의 전공과목인 히브리어에 완전히 흥미를 잃고 말았다.

40명의 학생들 대다수가 몇 달 사이에 신체적·정신적으로 변화하는 모습을 지켜보는 것은 흥미로운 일이었다. 많은 학생들이 몸집이 날렵해지고 키가 훌쩍 자랐으며 작아진 옷 밖으로 손목과 발목이 훤히 드러났다. 얼굴에는 사라져 가는 소년다움과 수줍게 드러나기 시작하는 남성 사이의 어중간한 모습이 나타났다. 신체적으로는 아직 성장기의 완전한 골격은 이루지 못했지만 모세 오경을 공부할 때만큼은 매끈한 이마 위에 어른 같은 의젓함이 일시적으로나마 드러났다. 이제 볼이 통통한 학생은 거의 찾아볼 수 없었다.

한스 또한 많이 변했다. 키와 깡마른 체격은 이제 하일너와 비슷했지만 나이는 하일너보다 더 들어 보였다. 부드러웠던 이마 선이 뚜렷해지고 눈은 더욱 움푹 들어가고 안색이 좋지 않았으며, 팔다리와 어깨에는 뼈가 앙상하게 드러났다.

스스로 학교 성적에 대한 불만이 쌓일수록 한스는 하일너의 영향 아래 친구들과 단절되고 더욱 멀어졌다. 더 이상 모범생이나 장래의 수석으로서 친구들을 내려다볼 수 없게 되었기에 이제 자부심은 그에게 전혀 어울리지 않았다. 하지만 누군가 그런 사실을 언급하거나 해서 그런 자신을 뼈저리게 느낄 때는 상대를 결코 용납할 수 없었다. 특히 뛰어난 학생인 하르트너와 건방진 오토 벵거와는 여러 번 다툼이 있었다. 어느 날 오토 벵거가 또다시 비웃고 약을 올리자 한스는 그만 이성을 잃고 주먹을 휘둘렀다. 결국 심한 몸싸움이 벌어졌다.

벵거는 겁쟁이였지만 한스같이 약한 상대는 쉽게 이길 수 있기에 인정사정없이 덤벼들었다. 하일너는 근처에 없었고 다른 아이들은 가만히 서서 구경하면서 한스가 맞는 것을 내심 통쾌하게 여겼다. 한스는 온몸에 시퍼렇게 멍이 들고 코피를 흘렸고, 갈비뼈가 욱신거리며 아팠다. 그는 수치와 고통과 분노로 밤새 한숨도 자지 못했다. 하일너에게는 그 일을 알리지 않았고 한스는 그때부터 다른 아이들과 완전히 단절된 채 같은 방 친구들과도 말을 거의 하지 않았다.

봄이 되자 점심 무렵에 자주 비가 내렸고 일요일에도 자주 비가 내렸으며, 해가 길어지면서 수도원 생활에도 새로운 변화와 움직임이 나타났다. 피아노를 잘 치는 학생과 플루트를 부는 학생 두 명이 속한 아크로폴리스 방에서는 저녁에 정기 연주회가 두 차례 열렸다. 게르마니아 방에서는 희곡 독서 동아리를 만들었고 경건주의자 몇 명은 성경 공부 모임을 만들어서 저녁마다 주석이 달린 칼버판 성경을 한 장씩 읽었다.

하일너는 게르마니아 방 독서 동아리에 가입 신청을 했으나 거절당했다. 그는 몹시 격분했고 분풀이로 성경 공부 모임을 찾아갔다. 그곳에서도 환영받지 못했지만 하일너는 막무가내로 모임에 들어가서 점잖은 신도 소모임의 경건한 대화에 끼어들었다. 뻔뻔한 말과 신성 모독적인 말로 불화를 일으키고 시비를 걸었다. 그러다 이내 싫증을 느꼈지만 비꼬며 성경 말투를 사용하는 입버릇은 오래도록 남아 있었다. 하지만 학생들은 새로운 일들을 벌이고 새로운 모임을 만드느라 여념이 없어서 그에게 관심을 보이는 사람은 거의 없었다.

유능하고 재치 있는 스파르타 방 학생이 가장 많이 화제에 올랐다. 그는 개인적인 명성을 떨치는 것도 좋았지만 방에 활기를 불어넣고 온갖 재미있는 일로 단조로운 학교생활에 기분 전환할 기회를 만드는 것을 중요하게 생각했다. '둔스탄'이라는 별명으로 불리는 그는 관심을 끌고 명성을 얻을 수 있는 기발한 방법을 찾아냈다. 어느 날 아침, 학생들이 침실에서 나와 세면장으로 갔을 때 문에 종이가 붙어 있는 것을 발견했다. 종이에는 '스파르타에서 보낸 여섯 편의 풍자시'라는 제목 아래 눈에 띄는 학생들의 어리석은 행동이며 장난, 그리고 우정을 풍자한 2행시가 적혀 있었다. 한스와 하일너도 일격을 당했다. 수도원 학생들은 엄청나게 열광하며 극장 입구로 몰려가듯 문 앞으로 우르르 몰려들었다. 마치 여왕벌이 비행을 앞둔 시기의 벌떼처럼 모여서 웅성거리고 재잘거렸다.

다음 날 아침, 방문마다 풍자시와 경구를 적은 종이가 가득

붙었다. 반박, 동조 또는 새로운 공격을 담은 글들이었다. 그러나 이런 소동을 일으킨 장본인은 여기에 다시 끼어들 만큼 어리석지 않았다. 헛간에 불씨를 던지겠다는 소기의 목적을 달성했으니 이제 손을 털고 구경만 할 뿐이었다. 며칠 동안 거의 모든 학생들이 풍자시 전쟁에 가담했고 2행시를 머릿속에 구상하며 돌아다녔다. 평소와 다름없이 자기 할 일에만 몰두하는 루치우스만 예외였다. 결국 교사들이 이 일을 알게 되었고 선동적인 장난을 계속하는 것을 금지했다.

하지만 영리한 둔스탄은 앞선 성공에 만족하지 않고 그사이 또 다른 거사를 준비했다. 그는 곧 신문 창간호를 발행했다. 이 신문은 작은 판형으로 초고 종이에 헥토그래프(아날린 염료를 사용하여 문서를 복사하는 19세기의 복사 방법) 등사기로 복사했다. 이 신문을 발행하기 위해 몇 주에 걸쳐 자료를 수집했다. 신문 제목은 〈호저豪豬(산미치광이라고도 하는 포유류로, 부드러운 털과 뻣뻣한 가시털이 빽빽이 나 있고 목에는 긴 갈기가 있음)〉였는데 대체로 풍자적인 내용을 담고 있었다. 창간호의 백미는, 여호수아서(구약 성경의 12 역사서 가운데 첫 번째 책)의 저자가 마울브론의 신학생과 나눈 우스꽝스러운 가상 대화였다.

신문은 대성공을 거두었고 둔스탄은 아주 바쁜 편집자이

자 발행인다운 표정을 짓고 행동을 했다. 그는 예전 베네치아 공화국의 유명한 풍자 시인이었던 아레티노만큼이나 유명세를 떨쳤다. 거기다 헤르만 하일너가 열정적으로 편집에 참여하고 재치와 능력을 발휘해서 둔스탄과 함께 신랄한 풍자가 담긴 기사를 쓰기 시작하자 모두 놀라움을 감추지 못했다. 이 작은 신문은 약 4주 동안 수도원 전체를 흥분의 도가니로 만들었다.

한스 기벤라트는 친구가 하는 대로 내버려 두었다. 한스 자신은 그 일에 동참할 마음도 재능도 없었다. 한스는 최근 하일너가 다른 일에 몰두하느라 저녁 시간을 주로 스파르타 방에서 보낸다는 사실을 뒤늦게 깨달았다. 한스는 낮에는 활기 없이 돌아다녔고 별다른 흥미 없이 공부를 했다. 그러던 어느 날, 리비우스를 배우는 수업 시간에 이상한 일이 벌어졌다.

교수가 한스를 호명하며 번역해 보라고 했다. 한스는 가만히 앉아 있었다.

"무슨 일입니까? 왜 일어나지 않는 겁니까?" 교수가 화를 내며 물었다.

한스는 미동도 하지 않았다. 의자에 꼿꼿이 앉은 채 고개를 약간 숙이고 눈은 반쯤 감고 있었다. 교수의 호통 소리에 꿈에서 반쯤 깨어났지만 그 소리가 아득히 먼 곳에서 들려오는 듯했다. 옆자리에 앉은 학생이 자신을 세게 치는 것을 느꼈다. 하지만 그와는 상관없는 일이었다. 그는 사람들에게 둘러싸여 있었고, 다른 손들이 그를 건드리고 다른 목소리들이 그에게 말을 걸고 있었다. 가깝고 나직하고 깊은 그 목소리들은 말을 하는 것이 아니라 샘물 소리처럼 깊고 부드러운 소리를 들려주었다. 그리고 수많은 눈들이 그를 쳐다보았다. 낯설고 불길한 예감이 깃든 크고 반짝이는 눈이었다. 어쩌면 그 눈들은 한스가 조금 전에 리비우스의 책에서 읽은 로마 민중의 눈일 수도 있었고, 어쩌면 언젠가 꿈이나 그림에서 본 모르는 사람들의 눈일 수도 있었다.

"기벤라트!" 교수가 소리를 질렀다. "지금 자는 겁니까?"

한스는 천천히 눈을 뜨더니 놀라서 교수를 쳐다보고 고개를 저었다.

"자고 있었군요! 아니라면 우리가 어느 부분을 읽고 있었는지 말해 줄 수 있겠지요? 자, 어딥니까?"

한스는 손가락으로 책의 한 부분을 가리켰다. 어디를 배우고 있었는지는 정확하게 알고 있었다.

"그렇다면 이제 자리에서 일어나 주시겠습니까?" 교수가 냉

소적으로 말했다. 한스는 자리에서 일어났다.

"지금 뭐 하는 겁니까? 날 똑바로 쳐다보세요!"

한스는 교수를 쳐다보았다. 하지만 교수는 그의 눈빛이 마음에 들지 않는지 어이없다는 듯이 고개를 저었다.

"어디 아픈 겁니까, 기벤라트 군?"

"아닙니다, 교수님."

"자리에 앉으세요. 그리고 수업이 끝나면 내 방으로 오세요."

한스는 자리에 앉아서 펼쳐져 있는 리비우스 책을 향해 몸을 숙여 집중했다. 정신이 말짱했고 모든 것을 이해하고 있었지만 그와 동시에 내면의 눈은 천천히 멀어져 가는 낯선 형상들을 좇고 있었다. 그 형상들은 아주 멀리 안개 속으로 사라질 때까지 계속해서 반짝거리는 눈망울로 그를 쳐다보았다. 이와 함께 교수의 목소리와 학생들이 문장을 번역하는 소리, 그리고 강의실의 모든 작은 소음이 점점 더 가깝게 들리더니 마침내 평소와 다름없이 생생하고 현실감 있게 들렸다. 책상, 강단, 칠판은 늘 그렇듯 그 자리에 있었고 벽에는 나무로 된 커다란 컴퍼스와 삼각자가 걸려 있었다. 그리고 주위에 앉아 있는 아이들이 호기심과 장난기가 가득한 눈으로 그를 쳐다보고 있었다. 한스는 깜짝 놀랐다.

"수업이 끝나면 내 방으로 오세요"라고 말하는 소리를 들었다. 맙소사! 대체 무슨 일이 일어난 걸까?

수업이 끝나고 교수는 한스에게 오라고 손짓을 했고, 구경하는 학생들 사이로 그를 데리고 나갔다.

"아까 대체 왜 그랬는지 이제 말해 줄 수 있겠어요? 자고 있었던 건 아니라고요?"

"아닙니다."

"그러면 내가 아까 호명했을 때 왜 일어나지 않은 겁니까?"

"모르겠습니다."

"내 말을 못 들은 거 아닙니까? 귀가 잘 안 들립니까?"

"아닙니다. 교수님이 말씀하시는 걸 들었습니다."

"그런데도 일어나지 않았다는 말입니까? 그리고 나중에는 눈빛도 아주 이상했어요. 도대체 무슨 생각을 하고 있었던 겁니까?"

"아무 생각도 하지 않았습니다. 저는 일어나려고 했습니다."

"그런데 왜 일어나지 않았죠? 역시 몸이 어딘가 불편했던 건가요?"

"그런 것 같지 않습니다. 저도 왜 그랬는지 잘 모르겠습니다."

"두통이 있었나요?"

"아닙니다."

"그럼 됐어요. 그만 나가 보세요."

식사 시간 전에 한스는 다시 호출을 당해 기숙사 방으로 갔다. 교장과 마을 의사가 그를 기다리고 있었다. 의사가 한스를 진찰하고 이런저런 질문을 했지만 특별한 이상은 발견되지 않았다. 의사는 호탕하게 웃더니 대수롭지 않은 증세라는 진단을 내렸다.

"경미한 신경증 증상입니다, 교장 선생님." 의사가 가볍게 웃으며 말했다. "일시적인 신경쇠약, 일종의 가벼운 현기증입니다. 매일 바깥바람을 쐴 수 있도록 해야 합니다. 그리고 두통에는 물약을 몇 가지 처방해 주겠습니다."

그때부터 한스는 매일 식사 후 한 시간씩 바깥 활동을 해야 했다. 한스도 이에 대한 불만은 없었다. 그런데 산책을 하러 나갈 때 하일너와 함께 가는 것을 교장이 강력하게 금지한 것은 불만이었다. 하일너는 격분하며 욕을 했지만 받아들일 수밖에 없었다. 그래서 한스는 항상 혼자 산책을 나갔고 그 시간을 나름대로 즐기게 되었다. 어느덧 봄이 찾아왔다. 아름답게 굴곡진 언덕 위에는 초록빛이 싹트기 시작하여 가볍고 잔잔한 파도처럼 넘실거렸다. 나무들은 날카로운 윤곽과 갈색 그물 같은 겨울의 모습을 벗어 던지고 어린 잎사귀들과의 놀이를 즐겼다. 싱그러운 초록색 파도처럼 끝없이 넘실거리며 자연의 빛깔을 되찾아 갔다.

과거에 라틴어 학교에 다니던 시절의 한스는 지금보다 봄을 더 활기차고 호기심 가득한 눈으로 세심하게 관찰했었다. 돌아오는 철새들을 관찰하며 갖가지 새 종류를 눈여겨보았고 나무에 꽃이 피는 순서를 유심히 보았으며 5월이 되면 낚시를 시작했다. 그런데 지금은 새의 종류를 구분하거나 돋아나는 싹을 보고 관목을 알아맞히는 것 따위는 하지 않았다. 그냥 전체적인 변화와 여기저기에서 피어나는 색깔들을 지켜보고, 새로 피어난 잎사귀의 냄새를 맡고 부드럽고 온화해진 공기를 느끼고 놀라워하며 들판을 거닐 뿐이었다.

그러다 보면 금세 지쳤고 누워서 자고 싶은 마음이 굴뚝같았다. 자신을 실제로 둘러싸고 있는 것과는 다른 것들이 계속 보였다. 그것이 무엇인지 알지 못했고 굳이 알려고 애쓰지도 않았다. 그것은 밝고 부드럽고 묘한 꿈 같았다. 마치 그림처럼, 낯선 나무들이 줄지어 서 있는 것처럼 그를 둘러싸고 있었다. 그러나 정작 무슨 일이 일어나지는 않았다. 그냥 바라보기만 하는 그림들이었는데 그림을 바라보고 있는 것도 나름대로의 체험이었다. 다른 환경과 다른 사람들에게 빠져드는 것이었다. 부드럽고 밟기 편안한 낯선 땅 위를 걷는 느낌이었고 가볍고 상쾌하고 섬세하고 몽상적인 것이 가미된 낯선 공기를 들이마시는 느낌이었다. 이런 그림 대신에 때로는 가벼운 손길이 그의 몸을 부드럽게 쓰다듬는 것 같아, 어둡고 따뜻하고 흥분되는 기분에 휩싸일 때도 있었다.

한스는 책을 읽거나 공부를 할 때 집중하기 위해서 무척 애를 써야 했다. 흥미가 없는 부분은 그림자처럼 손에서 스르르 빠져나갔고 히브리어 단어는 수업 시간 30분 전에 외워 두어야 수업 시간까지 잊지 않고 기억할 수 있었다. 그리고 구체적인 형상이 또렷이 나타나는 순간이 자주 일어났다. 책을 읽고 있으면 거기에 묘사된 모든 것들이 갑자기 눈앞에 나타나서 주변 사물보다 더 생생하게 살아 움직였다. 한스는 자신의 기억력이 더 이상 아무것도 흡수하지 않고 날이 갈수록 더 둔하고 불안정해지는 것을 느끼며 절망했다. 한편 오래전 기억들이 무섭도록 생생하게 나타나 그를 불안하게 짓눌렀다. 수업 도중에 아니면 책을 읽다가 갑자기 아버지나 가정부 안나 할머니, 또는 예전 학교의 선생님이나 친구들이 떠오를 때가 있었다. 그들은 한스 눈앞에 나타나 한동안 그의 집중력을 완전히 앗아 갔다. 슈투트가르트에서 지냈던 장면들, 주 정부 선발 고사를 봤던 장면들, 방학 중에 있었던 일들이 계속해서 다시 나타나기도 했다. 낚싯대를 들고 강가에 앉아서 햇살 받은 강물의 수증기 냄새를 맡는 자신의 모습을 보기도 하고 동시에 그런 순간들이 아득히 먼 옛일처럼 느껴지기도 했다.

후텁지근하고 어두운 어느 날 저녁이었다. 한스는 하일너와 함께 기숙사 안을 어슬렁어슬렁 돌아다니며 자신의 집, 아버지, 낚시, 학교에 대해 이야기했다. 하일너는 눈에 띄게 말이 없었다. 한스의 이야기를 들으며 가끔 고개만 끄덕이고 하루 종일 갖고 놀던 작은 자를 허공에 대고 휘둘렀다. 한스도 차츰 말이 없어졌다. 어느새 밤이 되었고 두 친구는 창문틀에 걸터앉았다.

"한스?" 하일너가 결국 입을 열었다. 불안하고 흥분된 목소리였다.

"왜?"

"아무것도 아니야."

"어서 말해 봐."

"갑자기 생각이 난 건데…… 네 입에서 너에 관한 이야기가 나와서 말인데……."

"뭔데 그래?"

"있잖아, 너는 한 번도 여자애들을 쫓아다녀 본 적 없어?"

순간 정적이 흘렀다. 둘이서 이런 얘기를 한 적은 한 번도 없었다.

한스는 이런 얘기를 하는 것이 두려웠지만 이 신비로운 주제가 마치 동화 속 정원처럼 그를 끌어당겼다. 얼굴이 빨갛게 달아오르고 손가락이 떨리는 것을 느꼈다.

"딱 한 번." 한스가 속삭이듯 말했다. "그때는 아직 순진한 어린애였어."

또다시 정적이 흘렀다.

"……그러는 너는, 하일너?"

하일너는 한숨을 내쉬었다.

"어휴, 관두자! 이런 얘기를 꺼내는 게 아니었어. 다 쓸데없는 얘기야."

"아냐, 그렇지 않아."

"……나는 좋아하는 애가 있어."

"네가? 정말이야?"

"우리 고향에. 이웃집 여자애야. 이번 겨울에 그 애한테 키스를 했어."

"키스를 했다고?"

"그래. 날이 어둑해졌을 때였어. 저녁에 빙판 위에서 걔가 스케이트를 벗는 것을 내가 도와줬어. 그러다가 내가 키스를 했지."

"그 여자애는 아무 말도 안 했어?"

"아무 말도 없이 그냥 도망가 버렸어."

"그래서 어떻게 됐어?"

"그래서 어떻게 됐냐고? 아무 일도 없었어!"

하일너는 다시 한숨을 내쉬었고 한스는 금단禁斷의 정원에서 나타난 영웅을 보듯이 친구를 쳐다보았다.

그때 취침 종이 울렸고 잠자리에 들 시간이었다. 불이 꺼지고 사방이 조용해진 후에도 한스는 한참 동안이나 멀뚱멀뚱 깨서 하일너가 여자아이에게 키스한 것에 대해 생각했다.

다음 날 한스는 더 자세히 물어보고 싶었지만 왠지 쑥스러웠다. 하일너는 한스가 더 이상 묻지 않자 그 얘기를 다시 꺼내지 않았다.

한스의 학교생활은 점점 더 힘들어졌다. 교사들은 불쾌한 표정을 지으며 이상한 눈초리로 한스를 보기 시작했으며, 교장은 어둡고 화난 얼굴로 그를 대했다. 동급생들도 한스 기벤라트의 성적이 떨어지고 이제는 1등이 되려는 목표를 포기했다는 것을 일찌감치 눈치 챘다. 학교생활에 별 관심이 없는 하일너만 이를 눈치 채지 못했다. 그리고 한스 자신도 이런 모든 일과 변화들을 대수롭지 않게 그냥 받아들였다.

하일너는 어느새 신문 편집 일에도 싫증을 느끼고 친구 한스에게 완전히 돌아왔다. 금지령에도 불구하고 한스가 매일 산책을 나갈 때 여러 번 따라 나섰고, 함께 햇살을 맞으며 누워 꿈을 꾸거나 시를 낭송하거나 교장에 관한 우스갯소리를 했다. 한스는 날마다 하일너가 연애 뒷이야기를 계속 해 주기를 바랐으나 시간이 지날수록 물어보기가 더 어려웠다. 두 사람은 친구들 사이에서 어느 때보다 더 미움을 받았다. 하일너가 〈호저〉에 악랄한 농담을 써 댄 바람에 그 누구의 신뢰도 얻지 못했기 때문이다.

그렇지 않아도 신문은 그 무렵 폐간되어 버렸다. 애초에 겨울에서 봄까지의 지루한 몇 주를 잘 넘기기 위해서 발행된 신문이었기 때문에 그만하면 꽤 오래 버틴 셈이었다. 이제 아름다운 계절이 시작되었으니 식물 채집이나 산책 또는 그 밖의 야외 활동 같은 즐길 거리가 널려 있었다. 점심시간마다 수도원 안뜰은 체조를 하거나 레슬링을 하거나 달리기 시합, 공놀이를 하는 학생들의 함성 소리와 활기로 가득했다.

그러던 어느 날 엄청난 사건이 일어났다. 사건의 주인공은 헤르만 하일너였다.

교장은 하일너가 자신이 내린 금지령을 우롱하면서 거의 매일 한스의 산책에 따라 나선다는 사실을 알게 되었다. 교장은 이번에는 한스를 부르지 않고 오래전부터 눈엣가시였던 하일너만 집무실로 따로 불렀다. 교장이 반말을 하자 하일너는 즉시 반발했다. 교장은 자신의 명령을 어긴 것을 추궁했다. 그러자 하일너는 자신은 한스 기벤라트의 친구이며 아무도 두 사람 사이를 막을 권리가 없다고 대꾸했다. 상황은 심각해졌고, 그 결과 하일너는 몇 시간 동안 독방에 갇히는 벌을 받았다. 앞으로 절대로 한스와 외출해서는 안 된다는 금지령도 떨어졌다.

그래서 한스는 다음 날부터는 공인된 산책을 다시 혼자서 하게 되었다. 그는 2시에 산책에서 돌아와 다른 학생들과 함께 교실로 들어갔다. 수업이 시작될 때쯤 학생들은 하일너가 없다는 사실을 알게 되었다. 예전에 힌두가 사라졌을 때와 똑같은 상황이었지만 이번에는 아무도 하일너가 늦게라도 나타나리라 생각하지 않았다. 3시가 되자 모든 학생들과 교사 세 명이 실종된 학생을 찾아 나섰다. 조를 짜서 서로 흩어져서 찾아다녔고 숲속에서 그의 이름을 불렀다. 교사 두 명을 비롯한 일부 학생들은 하일너가 스스로 목숨을 끊었을 가능성도 배제할 수 없다고 생각했다.

5시경에는 인근의 모든 경찰서에 전보가 들어갔고 저녁에는 하일너의 아버지에게 속달 우편을 보냈다. 늦은 저녁까지도 아무런 흔적을 발견하지 못했고 밤이 늦도록 모든 침실에서 속삭이고 쑥덕거리는 소리가 끊이지 않았다. 학생들 사이에서는 하일너가 물속으로 뛰어들었을 것이라는 추측이 가장 신빙성 있게 받아들여졌다. 또 하일너가 그냥 집으로 돌아갔을 거라고 생각하는 아이들도 있었다. 하지만 실종된 하일너가 수중에 돈을 갖고 있을 리가 없다는 사실이 밝혀졌다.

모두들 한스가 이 사건에 대해 알고 있을 거라고 생각했다. 하지만 한스는 아는 바가 전혀 없었고 누구보다도 놀라고 많이 걱정하고 있었다. 밤에 침실에서 다른 아이들이 서로 묻고 추측하고 되는대로 지껄이고 농담하는 소리를 들으며 한스는 이불을 푹 덮어쓰고 친구를 향한 걱정과 두려움 때문에 고통스러운 시간을 보냈다. 하일너가 다시 돌아오지 않을 것이라는 예감이 그의 가슴을 옥죄어 끔찍한 고통을 느끼다가 결국 지쳐서 잠이 들었다.

그 시간, 하일너는 수 마일 떨어진 작은 숲 속에 누워 있었다. 너무 추워서 잠을 잘 수는 없었지만 마음 깊이 자유를 만끽했다. 마치 비좁은 우리에서 빠져나온 것처럼 팔다리를 쭉뻗었다. 그는 점심때 걷기 시작해서 크니틀링겐에서 빵을 샀다. 그 빵을 지금 뜯어 먹으면서 아직은 봄이라 잎이 듬성듬성한 나뭇가지 사이로 깜깜한 밤하늘과 별과 빠르게 지나가는 구름을 올려다보았다. 어디로 가든 상관없었다. 끔찍한 수도원을 빠져나온 것만으로도 충분히 만족스러웠고, 교장에게 그의 명령이나 금지령보다 자신의 의지가 더 강하다는 것을 보여 줬기 때문이었다.

사람들은 다음 날에도 하루 종일 하일너를 찾아다녔지만 허사였다. 하일너는 어느 마을 근처 들판에 쌓인 짚더미 사이에서 이튿날 밤을 보냈다. 아침에 숲속으로 들어갔다가 저녁에 다시 마을로 들어가려다가 경관에게 붙잡혔다. 경관은 그에게 다정한 농담을 던지며 시청으로 데려갔다. 하일너는 특유의 유쾌함과 친밀함으로 시장의 마음을 사로잡았고, 시장은 하일너를 하룻밤 재워 주려고 자신의 집으로 데리고 가서 잠자리에 들기 전에 햄과 계란을 실컷 먹였다. 그리고 그 다음 날 급히 달려온 아버지의 손에 인계했다.

도망자가 붙잡혀 오자 수도원은 그야말로 흥분의 도가니였다. 하일너는 고개를 빳빳이 들고 있었고, 짧고 기발했던 탈주 여행을 후회하는 기색이라고는 전혀 보이지 않았다. 잘못을 뉘우치고 용서를 구하라는 요구도 거절했다. 교사회의 특별징계위원회에 회부돼서도 겁을 먹거나 고분고분한 모습은 조금도 보이지 않았다. 교사들은 그를 계속 학교에 다니게 하고 싶었지만 그는 이미 도를 넘어 버렸다. 결국 하일너는 불명예스러운 퇴학 처분을 받았고 저녁에 아버지와 함께 수도원을 영영 떠나게 되었다. 친구 한스하고는 간단한 악수 정도로 작별을 할 수밖에 없었다.

교장은 극도로 반항적이고 비행적인 이번 사건과 관련해서 거창하고 장황한 연설을 늘어놓았다. 하지만 슈투트가르트 상부 관청에 보내는 보고서에는 훨씬 더 부드럽고 객관적이고 약한 표현을 썼다. 학생들은 퇴학당한 문제아와의 편지 교류를 금지당했지만 한스 기벤라트는 그저 미소를 지을 뿐이었다. 하일너와 그의 도주 이야기가 몇 주 동안이나 학생들 사이에 가장 큰 화젯거리가 되었다. 하일너가 떠나고 시간이 흐르자 그에 대한 전반적인 평가가 달라졌고, 한때 두려워하며 멀리하던 도망자를 이제는 마치 자유를 찾아 날아간 독수리처럼 여기기도 했다.

이제 헬라스 방에는 빈 책상이 두 개가 되었고 두 번째로 사라진 학생은 처음에 사라졌던 학생만큼 그렇게 빨리 잊히지는 않았다. 교장은 두 번째 학생도 어서 조용히 잊히기를 바랐다. 하일너도 수도원의 평화를 깨는 일은 더 이상 하지 않았다. 한스는 하일너의 편지를 기다리고 또 기다렸지만 끝내 소식은 오지 않았다. 하일너는 사라져 버렸고 그의 존재와 도주 사건은 점차 과거의 이야깃거리가 되어 결국은 전설로 남았다. 그 열정적인 소년은 그 후에도 기발한 장난을 치고 탈선을 하다가 인생의 쓴맛을 본 후, 영웅이 되지는 못했어도 당당한 남자로 성장했다.

남은 한스는 하일너의 도주를 알고 있었을 것이라는 의심을 계속 받았고 교사들은 그에 대한 호의를 완전히 거두어 버렸다. 어떤 교사는 한스가 수업 중에 여러 질문에 답하지 못하자 이렇게 말하기도 했다. "그 잘난 친구 하일너하고 같이 떠나지 그랬어요?"

교장도 한스를 방치했고 바리새인들이 세리를 보듯 경멸에 찬, 또는 딱하다는 눈길로 그를 바라볼 뿐이었다. 한스 기벤

라트는 이제 완전히 눈 밖에 났고, 나병 환자처럼 다들 멀리
하는 학생이 되고 말았다.

5

한스는 먹이를 저장해 둔 햄스터처럼 이전에 습득한 지식으로 얼마 동안은 근근이 버텼다. 그러나 곧 바닥이 드러나면서 괴로운 나날이 시작되었고, 짧고 무기력하게나마 새롭게 시작해 보려고 노력했으나 번번이 절망하며 허탈한 웃음을 지을 수밖에 없었다. 이제는 헛되이 자신을 들볶는 것을 그만두기로 했다. 모세 오경에 이어 호메로스, 크세노폰과 대수학을 차례로 포기해 버렸다. 교사들 사이에서 자신에 대한 평가가 '우'에서 '미'로, '미'에서 '양'으로, 그러다 결국 '가'로 단계적으로 떨어지는 것을 그냥 덤덤히 지켜보았다. 다시 주기적으

로 찾아오는 두통에 시달리지 않을 때면 하일너를 생각하거
나 눈을 뜬 채 가벼운 몽상에 빠지기도 했으며 몇 시간씩 비
몽사몽 졸기도 했다. 점점 더해 가는 교사들의 질책에는 선량
하고 비굴한 미소로 대응했다. 젊고 친절한 비드리히 선생만
이 한스의 이런 넋 잃은 미소를 안타깝게 여겼고 길 잃은 소
년을 안쓰러워하며 따뜻하게 대해 주었다. 다른 교사들은 한
스에게 화를 내거나, 경멸 어린 눈빛으로 무시하면서 벌을 주
거나, 잠든 그의 야망을 조롱 섞인 말로 자극해서 깨워 보려
고 했다.

"기벤라트 군, 혹시 지금 잠든 게 아니라면 이 문장을 좀 읽
어 보라고 제가 감히 부탁드려도 되겠습니까?"

교장은 고상하게 분노를 표출했다. 자만심에 찬 교장은 자
기 시선의 위력에 대단한 자부심을 가지고 있었는데, 권위적
이고 위협적으로 눈을 부릅뜰 때마다 한스가 그저 비굴한 미
소로 대응하자 점점 불안해지면서 화가 치밀어 올랐다.

"그렇게 멍청하게 웃지 마세요. 지금 울어도 시원찮을 판인데!"

제발 정신 차리고 더 노력하라는 아버지의 편지가 그래도
한스에게 깊은 인상을 남겼다. 교장이 아버지에게 편지를 보
냈고 편지를 받은 아버지는 놀라 사색이 되었다. 아버지가 한

스에게 보낸 편지는 올곧은 아버지가 구사할 수 있는 모든 격려와 도덕적인 훈계 문구들을 집약한 것이었다. 그리고 의도하지는 않았지만 편지에서 아버지의 눈물 어린 애절함을 엿볼 수가 있어서 한스는 아들로서 마음이 아팠다.

교장부터 아버지 기벤라트, 교수들과 지도 교사들에 이르기까지, 소년들을 지도하는 의무에 충실했던 어른들은 자신들의 소망을 가로막는 장애물이 한스의 내면에 깃들어 있음을 발견했다. 고집스럽고 무기력한 성향을 강압적으로라도 바른 길로 되돌려서 바로잡아야 한다고 생각했다. 한스를 안타깝게 생각하는 지도 교사를 제외하고는 아무도 눈치 채지 못했다. 가냘픈 소년의 넋 잃은 미소 뒤에, 꺼져 가는 한 영혼이 물에 빠진 채 두려워하며 주위를 두리번거리고 있다는 사실을. 그리고 학교와 아버지와 몇몇 교사들의 야망 때문에, 부서지기 쉬운 소년이 이 지경까지 떠밀려 왔다는 것을 아무도 생각하지 않았다. 한스는 왜 가장 예민하고 위태로운 소년기에 매일 밤늦도록 공부해야 했던 것일까? 왜 키우던 토끼를 빼앗기고 라틴어 학교 친구들과 일부러 떨어져야 했을까? 왜 낚시와 한가로운 산책을 금지당하고, 어른들의 천박하고 소모적인 야망에서 비롯한 공허하고 이기적인 이상을 주입당한 것일까? 그리고 심지어 시험이 끝난 후에 마땅히 누렸어야 할 방학마저도 즐길 수 없었을까? 혹사당한 망아지는 이제 길바닥에 쓰러져 더 이상 쓸모없게 되어 버렸다.

여름이 시작될 무렵 한스를 진찰한 마을 의사는 또다시 성장기에 나타나는 신경쇠약 증세라고 설명했다. 방학 때 잘 쉬고 잘 먹고 숲에서 충분히 산책을 하면 좋아질 것이라고 했다.

그러나 안타깝게도 상황은 방학 때까지 기다려 주지 않았다. 방학을 3주 앞두고 한스는 오후 수업 시간에 교수에게 심한 꾸중을 들었다. 교수가 계속해서 꾸짖는 동안 한스는 의자 위로 털썩 주저앉아 몸을 덜덜 떨기 시작하더니 한참 동안 흐느껴 울어서 결국 수업이 중단되었다. 한스는 반나절 동안 침대에 누워 있었다.

그 다음 날 수학 시간에는 교사가 한스에게 앞으로 나와서 기하학 도형을 그리고 증명을 해 보라고 시켰다. 한스는 앞으로 나갔지만 칠판 앞에서 현기증을 느꼈다. 분필과 자를 손에 들고 무의미한 선을 그리다가 결국 분필과 자를 떨어트렸다. 떨어진 것을 줍기 위해 허리를 굽히다가 무릎을 꿇고 바닥에 주저앉아 버렸고 다시 일어나지 못했다.

마을 의사는 자기 환자가 이 지경이 된 것을 보고 상당히 화가 났다. 환자에게 당장 요양이 필요하다고 조심스럽게 말하고 신경과 전문의에게 진찰을 받아 보라고 권유했다.

"조만간 무도병舞蹈病(얼굴·손발·혀 따위가 뜻대로 되지 않고 저절로 심하게 움직여, 마치 춤추는 듯한 모습이 되는 신경병) 증세도 나타날 겁니다." 마을 의사가 교장의 귀에 대고 속삭였다. 교장은 고개를 끄덕이며, 못마땅하고 짜증스러운 표정을 아버지같이 걱정하는 표정으로 바꾸는 것이 적절하다고 생각했다. 표정을 바꾸는 것쯤은 어렵지 않은 일이었고 그에게 잘 어울렸다.

교장과 의사는 한스의 아버지에게 각자 편지를 써서 소년의 주머니에 넣어 주고 그를 집으로 돌려보냈다. 교장의 분노는 이제 심각한 걱정으로 바뀌었다. 그러잖아도 얼마 전의 하일너 사건 때문에 걱정하는 교육청에서 이번의 불미스러운 일에 대해서는 어떻게 생각할 것인가? 교장이 이번 사건에 대해서는 연설을 하지 않자 모두들 놀랐다. 교장은 한스가 떠나기 전까지 섬뜩할 정도로 친절하게 대해 주었다. 그는 한스가 요양을 마치고 다시 돌아오지 못하리라는 것을 잘 알고 있었다. 만약 건강을 회복한다고 하더라도 이미 학업이 많이 뒤떨어진 학생이 몇 주 또는 수개월 동안 빠진 공부를 따라잡는 것은 불가능했다. 교장은 한스를 따뜻하게 격려하며 "다시 만납시다"라고 인사했지만, 헬라스 방에 들어가 비어 있는 책상 세 개를 볼 때마다 마음이 착잡했다. 그는 재능 있던 두 학생이 사라진 원인의 일부가 자신에게도 있지 않을까 하는 생각을 애써 억눌렀다. 하지만 대담하고 높은 도덕성을 갖춘 남자로서 이런 쓸모없고 어두운 의심을 마음속에서 떨쳐 내는 것은 어렵지 않았다.

작은 여행용 가방을 들고 떠나는 학생의 등 뒤로 교회, 문, 지붕과 탑이 있는 수도원의 모습은 서서히 사라졌고 숲과 언덕도 점점 멀어졌다. 대신에 바덴 주의 경계에 있는 비옥한 과수원들이 모습을 드러냈고 이어서 포르츠하임이, 조금 후에 슈바르츠발트의 검푸른 전나무 숲이 펼쳐지기 시작했다. 숲속 많은 계곡 사이로 물이 흘렀고 뜨거운 여름 태양이 내리쬐는 숲은 푸르고 시원하고 그늘져 보였다.

소년은 풍경이 계속 변하면서 점점 고향의 정취가 짙게 풍기는 차창 밖 광경을 즐거운 마음으로 바라보다가 고향 마을이 점점 가까워지자 문득 아버지가 떠올랐다. 아버지를 볼 생각을 하니 두려움이 엄습했고 잠시나마 느꼈던 여행의 즐거움은 온데간데없이 싹 가셨다. 시험을 보러 슈투트가르트행

188

기차에 올라탔던 일과 입학을 위해서 마울브론으로 여행하던 일들이 떠오르면서 그때 느꼈던 긴장감과 걱정과 설렘이 되살아났다. 다 무엇을 위해서 했던 일이란 말인가? 교장과 마찬가지로 한스도 다시 학교로 돌아가지 못하리라는 것을 알고 있었고 이제 신학교와 대학 진학, 그리고 그 모든 야심찬 소망들이 끝나 버렸음을 알고 있었다. 사실 그리 슬프지는 않았다. 다만 실망한 아버지와 마주해야 하는 두려움과 아버지의 기대를 저버렸다는 생각에 마음이 무거웠다. 한스는 지금 푹 쉬고 실컷 자고 울고 꿈을 꾸고 모든 괴로웠던 일들에서 벗어나는 것 말고는 원하는 것이 없었다. 하지만 아버지의 집에서는 그럴 수 없을 것 같은 두려움이 엄습했다. 기차가 목적지에 거의 도착할 때쯤 심한 두통이 몰려와서 더 이상 창밖을 내다보지 않았다. 예전에 신나게 뛰어놀던 언덕과 숲이 있는 가장 좋아하는 곳을 지나고 있는데도 그랬다. 그래서 하마터면 익숙한 고향의 기차역을 지나칠 뻔했다.

우산과 여행 가방을 든 한스는 마침내 그를 바라보는 아버지와 마주했다. 교장이 마지막으로 보낸 편지에 아버지는 잘못된 아들에 대한 실망과 분노가 당혹스러운 두려움으로 바뀌는 것을 느꼈다. 아버지는 한스가 극도로 쇠약해져서 처참한 몰골을 하고 있으리라 생각했다. 물론 살이 빠지고 허약해 보이기는 했지만 그래도 굳건히 두 발로 서 있는 것을 보고 조금이나마 안심했다. 하지만 제일 두려운 것은 의사와 교장이 편지에서 언급했던 신경성 질환이었다. 지금까지 가족 중에 신경과 관련된 질환을 앓은 사람은 없었고, 그런 환자들은 대개 이해받지 못하고 놀림을 당하거나 경멸 섞인 동정을 받는다는 것을 알고 있었다. 그런데 자신의 아들인 한스가 그런 병을 가지고 고향으로 돌아온 것이다.

첫날, 한스는 아버지가 자신을 보자마자 비난을 퍼붓지 않아 기뻤다. 그런데 자신을 조심스럽고 걱정스럽게 대하는 것이, 그리고 그렇게 하기 위해서 무던히 애를 쓰고 있는 것이 보였다. 또한 아들을 이상하게 살피는 듯한 눈빛으로, 호기심 가득한 눈길로 쳐다보면서 감정을 억누르고 가식적인 말투로 대하는 것을 눈치 챘다. 한스는 점점 더 움츠러들었고 자신의 상태에 대한 막연한 두려움으로 괴로웠다.

날씨가 좋을 때면 숲에서 몇 시간씩 누워 있었는데 그러고 나면 상태가 한결 좋아졌다. 꽃과 딱정벌레를 보고 새소리에 귀를 기울이고 야생 동물의 발자국을 따라가다 보면 옛날 소년 시절의 행복이 그의 상처받은 영혼을 희미하게나마 어루

만져 주었다. 하지만 항상 순간적일 뿐이었다. 대부분의 시간에는 주로 이끼 위에 힘없이 벌렁 드러누워서 무거운 머리로 무엇인가 생각해 보려고 애를 썼지만 소용이 없었고, 꿈들이 그를 다른 세계로 데리고 가곤 했다.

한번은 이런 꿈을 꾸었다. 친구 헤르만 하일너가 죽어서 들것에 실려 있는 모습을 보았다. 그에게 다가가려고 했지만 교장과 교사들이 그를 제지했고 다시 다가가려고 할 때마다 아프게 때렸다. 그 자리에는 신학교 교수들과 지도 교사들뿐만 아니라 라틴어 학교 교장과 슈투트가르트 시험관들까지도 있었는데 모두 화난 얼굴을 하고 있었다. 그러다가 갑자기 모든 것이 변했다. 들것에는 물에 빠져 죽은 힌두가 누워 있고 높은 실크해트를 쓴 이상한 모습의 그의 아버지가 구부정한 다리로 서서 슬퍼하고 있었다.

이런 꿈도 꾸었다. 도망친 하일너를 찾아 숲속을 돌아다니고 있었다. 하일너가 멀리서 나무 사이로 걸어가는 모습이 계속 보였지만 이름을 부르려고 할 때마다 사라지고 없었다. 그러다가 마침내 하일너는 멈춰 서서 가까이 다가온 한스에게 말했다. "내가 좋아하는 여자애가 있어." 그러더니 과도하게 큰 소리로 웃고는 수풀 속으로 사라졌다.

언젠가는 마른 체구의 잘생긴 남자가 배에서 내리는 모습을 보았다. 고요하고 성스러운 눈과 아름답고 평화로운 손을 지닌 남자였다. 한스는 그에게 다가갔다. 그런데 그 순간 모든 것이 사라져 버렸다. 그것이 무엇이었을까 곰곰이 생각해 보다가 문득 예전에 봤던 복음서의 한 구절이 떠올랐다. '그들이 배에서 내리자 사람들은 예수를 즉시 알아보았다.' 여기서 마지막 단어가 어떤 동사 변화형인지 생각했고 이 동사의 현재형, 부정형, 완료형, 미래형은 어떻게 되는지, 또 단수일 때와 복수일 때 어떻게 변하는지 생각하다가 막히자 갑자기 두려움에 식은땀이 났다. 다시 정신이 들면 머릿속이 온통 상처투성이가 된 기분이었고 얼굴에 자신도 모르게 체념과 죄책감이 깃든 넋 나간 미소가 떠올랐다. 그러자 곧장 교장의 목소리가 들렸다. "그런 멍청한 미소는 왜 짓는 겁니까? 지금 웃음이 나옵니까!"

가끔 상태가 좋아지는 날도 있었지만 전반적으로는 호전되지 않았고 오히려 악화되는 듯 보였다. 예전에 그의 어머니를 진료하고 사망 진단을 내리기도 했고 지금도 아버지가 가벼운 통풍 때문에 가끔 진료를 받곤 하는 주치의는 심각한 표정을 지으며 날이 갈수록 소견 밝히기를 주저했다.

한스는 비로소 자신이 라틴어 학교를 다니던 2년 동안에는
친구가 한 명도 없었다는 사실을 깨달았다. 당시의 동기생들
중 일부는 다른 곳으로 떠났고 일부는 견습생이 되어 돌아다
니는 모습을 보았다. 하지만 그들 중 아무하고도 관계가 없었
고 아무도 그에게 신경을 쓰지 않았다. 예전 학교 교장하고는
두 번 정도 다정한 대화를 나누었고 라틴어 교사와 목사도 길
에서 만나면 고개를 끄덕이며 다정하게 인사를 했다. 하지만
이제 한스는 그들에게는 아무런 상관이 없는 사람이었다. 한
스는 더 이상 온갖 것들을 담을 수 있는 그릇도 아니었고, 다
양한 씨앗을 뿌릴 수 있는 밭도 아니었다. 한스에게 시간과
정성을 쏟을 이유가 더 이상 없었다.

   마을 목사가 한스에게 조금 더 관심을 가져 주었더라면 좋
았을 것이다. 하지만 무엇을 해 줄 수 있었을까? 그가 줄 수
있는 것은 학문, 또는 적어도 학문을 추구하는 자세 정도였을
것이다. 그런데 그런 건 이미 예전에 한스에게 다 전해 준 것
이었기 때문에 더는 줄 것이 없었다. 그는 일부 목사들과 달
리 라틴어 실력을 의심받는 목사도 아니었고 누구나 아는 뻔
한 설교를 하는 목사도 아니었다. 그렇다고 힘이 되어 주는
다정한 말을 듣기 위해 사람들이 힘든 시기에 찾아가는 그런

목사도 아니었다. 아버지 기벤라트 역시 한스에 대한 분노와 실망감을 아무리 감추려고 애를 써도 친구 같은 아버지가 되어 주거나 위로가 되지는 못했다. 한스는 버림받고 소외당한 기분이 들었다. 작은 정원에 앉아 볕을 쬐거나 숲에 누워서 몽상이나 괴로운 생각에 빠졌다. 책을 읽는 것은 별 도움이 되지 않았다. 책을 펴기가 무섭게 머리와 눈이 아프기 시작했다. 또 수도원 시절의 유령과 당시의 불안감이 되살아나 그를 숨 막히는 끔찍한 꿈속으로 몰고 가서는 이글거리는 눈빛으로 옭아맸다.

이와 같이 괴로움과 고독에 싸여 있는 아픈 소년에게 또 다른 유령이 거짓된 위로자로 나타나 점점 친해지더니, 없어서는 안 될 존재로 자리 잡았다. 그것은 바로 죽음에 관한 생각이었다. 총을 구하거나 숲속 어디에 목을 매달 수 있는 밧줄을 설치하는 것은 쉬운 일이었다. 산책을 할 때마다 이런 생각들이 한스를 따라다녔고 그는 한적하고 조용한 장소를 물색한 끝에 죽기 좋은 곳을 찾아내어 죽음의 장소로 결정했다. 그 뒤로 그곳을 자주 찾아가서 사람들이 언젠가 여기서 죽어 있는 자신을 발견하는 상상을 하며 묘한 쾌감을 즐겼다. 밧줄을 매달 나뭇가지도 이미 정해 놓았고 얼마나 단단한지도 시험해 보았다. 더 이상 그를 가로막는 것은 없었다. 그리고 쓰다가 쉬기를 반복하며 아버지에게 보내는 짧은 편지와 헤르만 하일너에게 보내는 장문의 편지를 완성했다. 이 편지들은 나중에 시체 옆에서 발견될 것이다.

만반의 준비를 하고 이제 안심해도 된다는 생각이 들자 한스의 기분은 한결 좋아졌다. 목을 매달 나뭇가지 아래 앉아 있으면 가슴을 짓누르던 압박감은 사라지고 즐겁고 편안한 시간이 찾아왔다. 왜 이제껏 그 나뭇가지에 목을 매달 생각을 못 했는지 자신도 알 수 없었다. 이제 결심을 굳혔고, 죽음은 결정된 일이었으며 그런 생각을 하니 마음이 편안했다. 먼 길을 떠나는 여행자처럼 마지막 날의 아름다운 햇살과 고독한 꿈들을 만끽하고 싶었다. 만반의 준비가 되어 있기 때문에 언제든 떠날 수 있었다. 익숙한 환경에서 자발적으로 조금 더 머물고 그의 위험한 결심을 전혀 모르는 사람들의 얼굴을 마주하자니 씁쓸한 쾌감이 느껴졌다. 의사와 마주칠 때마다 속으로 생각했다. '당신은 놀라 자빠지겠지!'

운명은 한스가 암울한 계획을 즐기도록 두었고 죽음의 잔으로부터 매일 쾌감과 생명력을 몇 방울 맛보는 것을 지켜보았다. 물론 이렇게 망가진 젊은 존재 하나쯤은 있으나 마나 할지도 모르지만, 그래도 자신의 길을 끝까지 걸어가야 하며 쓴맛과 단맛을 다 보기 전에는 인생의 무대에서 사라져서는 안 되는 것이다.

벗어날 수 없는 고통스러운 상념들은 점점 잦아들었고, 그 대신 맥없이 자포자기하려는 게으른 감정이 찾아왔다. 한스 는 몇 시간이나 며칠을 그냥 멍하니 흘려보냈고 무심하게 파 란 하늘을 바라보았다. 때로는 몽유병 환자나 어린아이처럼 보이기도 했다. 한번은 축 처지고 나른한 기분으로 정원의 전 나무 아래 앉아서, 언젠가 라틴어 학교에서 배웠던 옛 시구를 자기도 모르게 계속 흥얼거렸다.

아, 난 너무 피곤해.
아, 난 너무 지쳤어.
지갑에 돈이 하나도 없고
주머니 속에도 돈이 없네.

기억에 남아 있는 옛 멜로디를 흥얼거리며 아무 생각 없이 스무 번이나 반복했다. 창가에 서 있던 아버지는 한스가 자꾸 흥얼거리는 소리를 듣고는 깜짝 놀랐다. 감성이 메마른 아버지로서는 이렇게 경박하고 우둔한 노래를 전혀 이해할 수 없었다. 그는 한숨을 쉬며, 이런 노래를 부르는 것은 가망 없는 정신 쇠약을 보여 주는 것이라 여겼다. 그때부터 아버지는 아들을 더 불안한 눈길로 지켜보았고 한스도 이를 알아차리고 괴로워했다. 하지만 아직은 미리 봐 둔 그 단단한 나뭇가지에 밧줄을 매지는 않았다.

어느덧 무더운 계절이 찾아왔다. 주 선발 고사를 치르고 여름방학을 보낸 지도 벌써 1년이 지났다. 한스는 가끔 그때를 떠올렸지만 어느 정도 무감각해졌는지 특별한 감흥은 없었다. 마음 같아서는 다시 낚시를 하고 싶었지만 아버지에게 허락을 구할 용기가 없었다. 물가에 서 있을 때마다 몹시 괴로웠다. 그래서 아무도 보고 있지 않으면 강가에 오랫동안 서서 소리 없이 헤엄치는 검은 물고기들의 움직임을 뜨거운 눈길로 바라보곤 했다.

저녁이면 수영을 하러 강 상류 쪽으로 올라갔는데 그럴 때마다 게슬러 감독관의 집 앞을 지나쳤다. 그 집 딸 엠마 게슬러가 집으로 돌아왔다는 사실을 우연히 알게 되었다. 3년 전 그가 좋아했던 아이였다. 호기심에 엠마를 몇 번 몰래 훔쳐보

앉지만 예전만큼 마음이 끌리지는 않았다. 예전에는 가냘프
고 청순하게 예쁜 소녀였는데 이제는 덩치가 커지고 행동이
투박했으며 더 이상 소녀 같지 않은 최신 머리 모양을 하고
있어서 그때와는 전혀 다른 사람 같았다. 입고 있는 긴 원피
스도 어울리지 않았고 숙녀처럼 보이려고 애를 쓰는 것도 전
부 가소로워 보였다. 한스는 엠마가 우스꽝스럽다고 생각하
면서도 한편으로는 예전에 그녀를 바라볼 때마다 얼마나 달
콤하고 몽롱하고 설레는 느낌이 들었는지 떠올리며 서글퍼지
기도 했다.

그때는 모든 것이 지금과는 달랐다. 더 아름답고, 더 밝고,
더 활기가 넘쳤다! 한스는 긴 시간 동안 라틴어, 역사, 그리스
어, 시험, 신학교, 그리고 두통밖에 모르고 지냈다. 하지만 그
시절에는 동화책이 있었고 도둑 이야기 책도 있었으며, 정원
에는 그가 직접 만든 물레방아가 돌아가고 있었고 저녁이면
나슐트네 대문 통로에 앉아 리제 아줌마가 들려주는 흥미진
진한 이야기에 귀를 기울였다. 가리발디라고 불리던 이웃 노
인 그로스요한을 살인·강도범으로 알고 그에 관한 꿈을 꾸기
도 했다. 그때는 1년 내내 달마다 무언가를 기다리며 지냈다.
건초 만드는 일, 토끼풀 베는 일, 낚시나 가재잡이를 하러 가

는 일, 홉 수확, 자두 따는 일, 불을 피워 감자를 구워 먹는 일, 그리고 타작이 시작되기를 기다렸으며 그 중간 중간에 찾아오는 일요일과 축제일을 고대했다. 그 밖에도 비밀스러운 마법처럼 그의 마음을 사로잡는 것들이 많았다. 집, 골목, 계단, 헛간 바닥, 우물, 울타리, 사람과 온갖 종류의 동물들을 한스는 사랑하거나 친숙하게 여기거나 마음이 끌렸다. 홉을 수확할 때는 옆에서 거들었고 큰 처녀들의 노랫소리에 귀를 기울이며 노랫말을 외웠다. 노랫말은 대부분 웃음이 터질 정도로 재밌었지만 일부는 목이 멜 정도로 슬프고 애절했다.

이 모든 것들은 그가 미처 알아채지 못하는 사이에 사라지고 끝나 버렸다. 처음에는 리제 아줌마 곁에서 이야기를 듣던 저녁 시간이 끝이 났고, 이어서 일요일 오전에 금붕어 잡는 낚시가, 그다음에는 동화책 읽는 시간이 끝이 났다. 그렇게 하나씩 끝나다가 결국은 홉을 수확하는 일과 정원의 물레방아를 지켜보는 일도 끝이 나 버렸다. 아, 전부 다 어디로 사라진 것일까?

그리하여 조숙한 소년은 아픈 나날들 속에서 현실과 동떨어진 유년 시절을 다시 경험하고 있었다. 어린 시절을 빼앗긴 그의 마음은 갑자기 엄청난 그리움을 품고 아름다운 시절로 되돌아가 추억의 숲속에서 헤매고 다녔는데, 그 강도와 뚜렷함은 병적일 정도였다. 예전에 직접 경험했던 것 못지않은 온기와 열정으로 이 모든 것들을 경험했다. 기만당하고 억압당한 어린 시절이 오랫동안 막혀 있던 샘물처럼 가슴속에서 용솟음치며 터져 나왔다.

나무의 줄기를 자르면 뿌리 근처에 새로운 싹이 돋아나듯이, 한창 피어나야 할 시절에 병들어 시들어 버린 영혼 역시 모든 것이 시작되었던 봄날 같은 시절과 예감을 품은 어린 시절로 되돌아간다. 마치 그곳에서 새로운 희망을 발견하고 끊어져 버린 인생의 끈을 다시 이어 갈 수 있기라도 한 듯이. 뿌리에서 돋아난 새싹은 빠르고 통통하게 무럭무럭 자라나지만, 그저 그럴듯하게 보일 뿐 결코 제대로 된 나무로 자라지 못한다.

한스 기벤라트의 경우에도 그랬다. 그렇기 때문에 유년 시절의 꿈길을 돌아다니고 있는 한스를 조금 따라가 볼 필요가 있다.

오래된 돌다리 근처에 있는 한스의 집은 분위기가 서로 다른 두 길이 만나는 모퉁이에 자리 잡고 있었다. 한스의 집이 속한 길은 마을에서 가장 길고 넓고 품격 높은 길로, '게르버 거리'라고 불렸다. 두 번째 길은 가파른 산비탈로 이어지는 짧고 좁고 초라한 길로, '매의 거리'라고 불렸다. 이미 오래전에 문을 닫았지만 매가 그려져 있던 낡은 여관 간판에서 따온 이름이었다.

게르버 거리에는 집집마다 선량하고 견실한 토박이들이 대를 이어 살고 있었다. 모두 자기 소유의 집이 있었고 교회에 가족 묘지와 정원을 가지고 있었다. 정원은 뒤쪽으로는 계단식 지형을 따라 가파른 경사를 이루고 있었고, 1870년대에 만들어진 정원 울타리는 노란 금작화가 무성하게 피어 있는 철로 둑과 맞닿아 있었다. 게르버 거리에서 풍기는 고상한 분위기에 견줄 만한 곳은 시장 앞 광장밖에는 없었다. 교회, 지방청, 법원, 시청, 교구청이 모여 있는 광장은 깔끔하고 품위 있는 도회적 분위기를 물씬 풍겼다. 게르버 거리에는 관청 건물은 없었지만 웅장한 문이 달린 오래된 저택과 새로 지은 집들이 있었다. 아름답고 고풍스러운 목골 가옥과 밝은 색의 박공 지붕들을 볼 수 있었다. 이런 집들이 거리 한쪽에 죽 늘어서 친근하고 쾌적하고 밝은 느낌을 주었고, 집들 맞은편에는 난간이 설치된 울타리 아래로 강물이 흐르고 있었다.

게르버 거리가 길고 널찍하고 밝고 쾌적하고 고상한 분위기였다면 '매의 거리'는 정반대였다. 이 거리에는 쓰러져 가는 어두컴컴한 집들이 늘어서 있었다. 벽에서 얼룩덜룩한 석회가 떨어져 나갔고 박공지붕은 앞으로 쏠려서 매달려 있었다. 문과 창문에는 여러 번 금이 가서 땜질을 한 흔적이 보였으며, 연통은 찌그러지고 홈통은 파손되어 있었다. 옹기종기 들어선 집들은 저마다 공간과 빛을 차지하려고 싸우는 모양새였고, 골목은 좁은 데다가 이상하게 휘어져 있어서 항상 어두침침했으며 비가 오거나 해가 지고 나면 눅눅한 어둠의 공간으로 변했다. 모든 창문에 설치된 장대와 줄에는 항상 빨래가 잔뜩 널려 있었다. 비좁고 초라한 골목에는 셋방살이를 하는 사람들과 밤에 들어와 잠만 자는 사람들 말고도 정말 많은 가족들이 살고 있었기 때문이다. 허물어져 가는 낡은 집들마다 사람들이 빽빽이 모여 살고 있었고 가난과 범죄와 질병이 만연했다. 티푸스와 같은 전염병이 발생했다고 하면 으레 그곳이었고, 살인 사건이 일어났다고 하면 역시 그곳이었으며, 시내에서 절도 사건이 발생하면 경찰들은 가장 먼저 매의 거리부터 수색했다. 떠돌이 행상들도 주로 그곳에서 묵었는데 그들 중에는 가루 세제를 팔러 다니는 익살꾼 호테호테와 온갖 범죄와 나쁜 짓을 일삼는다는 소문이 파다한, 가위를 갈아 주는 아담 히텔도 있었다.

처음 학교에 입학하고 한두 해 동안 한스는 매의 거리에 자주 드나들었다. 연한 금발에 허름한 행색을 한 소년 무리에 섞여, 평판이 좋지 않은 로테 프로뮐러 아줌마가 들려주는 살인 이야기에 귀를 기울이곤 했다. 로테 아줌마는 작은 여관 주인이었던 남자와 이혼하고 5년간 감옥살이를 하다가 나오기도 했다. 한때는 소문 난 미인으로 많은 공장 노동자들을 애인으로 두었는데 그 때문에 자주 추문이 나돌고 칼부림 사태까지 벌어지기도 했다. 이제는 혼자 외롭게 살면서 공장 일이 끝나고 나면 커피를 끓이고 사람들에게 이야기를 들려주면서 저녁 시간을 보내곤 했다. 로테 아줌마의 집 문은 언제나 활짝 열려 있어서 여자들과 젊은 노동자들뿐 아니라 이웃 아이들도 항상 우르르 몰려들었다. 아이들은 문지방에 앉아 무서워하면서도 넋을 잃고 이야기에 귀를 기울였다. 검은 돌화로 위에는 주전자 물이 끓고 있었고, 그 옆에는 수지 양초가 타면서 푸른빛의 석탄불과 함께 사람들로 북적대는 어둑한 공간을 밝혀 주었다. 일렁이는 불빛은 이야기에 귀 기울이는 사람들의 그림자를 벽과 천장에 커다랗게 비춰서 마치 유령이 움직이는 것 같아 보였다.

여덟 살 난 소년 한스는 그곳에서 핑켄바인 형제를 알게 되었고 아버지의 엄한 금지령에도 불구하고 그 형제와 1년 가까이 친하게 지냈다. 형제의 이름은 돌프와 에밀이었는데 시내에서 가장 유명한 악동들이었다. 과일을 훔치거나 소소한 산림 보호 위반 행위를 저지르기로 유명했으며 온갖 잔꾀와 장난질에 따라올 사람이 없었다. 형제는 새알, 납덩이, 까마귀새끼, 찌르레기와 토끼 등을 내다 팔았고 금지된 밤낚시도 거리낌 없이 했으며 마을의 모든 정원을 제 집 드나들듯 했다. 뾰족한 울타리와 유리 파편이 수없이 박혀 있는 담장도 이들 형제는 능숙하게 넘나들었기 때문이다.

한스와 가장 친하게 지낸 아이는 매의 거리에 사는 헤르만 레히텐하일이었다. 헤르만은 고아였는데 허약하면서도 조숙한, 상당히 독특한 아이였다. 한쪽 다리가 짧아서 항상 목발을 짚고 다녔기에 골목에서 하는 아이들의 놀이에 끼지 못했다. 몸은 홀쭉했고 창백한 얼굴에 아이답지 않게 준엄해 보이는 입과 지나치게 뾰족한 턱이 특징이었다. 여러 방면에 손재주가 뛰어났으며 낚시를 향한 대단한 열정을 한스에게 전파했다. 낚시 허가증을 아직 못 받았기에 둘은 몰래 구석진 곳에서 낚시를 했다. 누구나 알다시피 사냥이 즐거움이라면 밀렵은 최고의 환희였다.

레히텐하일은 한스에게 제대로 된 나뭇가지를 골라 깎아서 낚싯대를 만드는 법, 말총 꼬는 법, 실을 염색하는 법, 매듭을 짓는 법, 낚싯바늘을 날카롭게 만드는 법을 가르쳐 주었다. 그 밖에도 날씨를 보는 법, 강물을 관찰하고 곡식 찌꺼기로 물을 탁하게 만드는 법, 적당한 미끼를 골라서 낚싯바늘에 제대로 끼우는 방법을 알려 주었고 물고기 종류를 구분하는 법, 낚시 중에 물고기의 동태를 살피는 법, 그리고 낚싯줄을 적당한 깊이에 드리우는 법을 가르쳐 주었다. 말로 일러 준 것이 아니라 한스 앞에서 시범을 보이고 한스가 직접 해 보게 하면서 손을 놀리는 방법과 줄을 당겨야 할 때, 놓아야 하는 순간을 포착하는 미묘한 감각을 알려 주었다. 그는 상점에서 구할 수 있는 멋진 낚싯대나 코르크, 투명한 낚싯줄을 비롯한 모든 인위적인 낚시 도구들을 경멸하고 비웃으면서 한스에게 자신이 직접 만들고 조립한 낚싯대가 아니면 제대로 낚시를 할 수 없다는 생각을 주입했다.

한스는 핑켄바인 형제하고는 다툼이 생긴 후 사이가 멀어졌다. 그러나 조용한 레히텐하일은 별다른 다툼도 없이 그의 곁을 떠나 버렸다. 2월 어느 날, 레히텐하일은 몸이 좋지 않아 작고 초라한 침대에 누웠고 목발은 옷가지가 걸쳐진 의자 위에 올려놓았다. 그런데 상태가 나빠져 고열에 시달리다가 그만 조용히 세상을 떠나고 말았다. 매의 거리에서 레히텐하일은 금세 잊혔지만 한스는 친구와의 좋았던 기억들을 오랫동안 간직했다.

레히텐하일이 사라졌다고 해서 매의 거리에서 특이한 주민의 숫자가 줄어든 것은 아니었다. 알코올 중독 때문에 해고된 우편배달부 뢰텔러를 모르는 사람은 없었다. 그는 2주에 한 번씩 술에 만취해서 길바닥에 쓰러져 있거나 한밤중에 소란을 피웠지만, 평소에는 어린아이처럼 선량하고 마음씨 좋은 미소를 머금고 다녔다. 그는 한스에게 타원형 통에 담긴 코담배 냄새를 맡게 해 주었고 한스가 물고기를 낚아서 가져다주면 버터에 구워서 함께 먹기도 했다. 그의 집에는 유리 눈이 박힌 박제된 말똥가리와 낡은 오르골 시계가 있었는데, 오르골에서는 여리고 섬세한 소리로 오래된 춤곡이 흘러나왔다.

맨발로 다닐지라도 항상 커프스를 착용하는 늙은 기계공 포르슈를 모르는 사람도 없었다. 오래된 시골 학교에서 근무했던 엄격한 교사의 아들로 태어난 포르슈는 성경의 절반 정도와 수많은 격언, 도덕적인 잠언들을 줄줄 외울 수 있었다. 하지만 이런 지식이나 백발이 된 머리와 어울리지 않게도 그는 여자들을 쫓아다니며 난봉꾼 짓을 하고 술독에 빠져 살았다. 술 한잔을 걸친 날이면 그는 한스의 집 모퉁이에 있는 연석 위에 앉아 지나가는 사람들의 이름을 부르고 자신이 아는 격언들을 장황하게 늘어놓곤 했다.

"기벤라트 씨 아들 한스야, 사랑하는 아들아, 내 말을 잘 들어 봐라! 집회서(구약 성경의 외경 또는 제2 경전으로, 지혜 문헌에 속함)에서 뭐라고 말하는지 아느냐? '말을 함부로 하지 않고 실언으로 고통을 당하지 않는 사람은 행복하다.' '나무의 무성한 잎새들이 하나가 떨어지고 또 다른 것이 돋아나듯이 인간의 세대도 한 세대가 지나가고 새 세대가 온다.' 자, 이제 그만 집으로 들어가거라, 물개 같은 녀석아."

포르슈 영감은 경건한 격언을 그렇게 잘 알면서도 유령 같은 것들에 대한 어둡고 황당무계한 이야기에 심취해 있었다. 유령들이 출몰하는 장소를 알고 있다고 했는데 자신이 하는 이야기임에도 반신반의하며 오락가락했다. 대개는 자신이 하는 말이나 그걸 듣고 있는 사람들을 조롱하듯이 회의적이고 허풍스러운 말투로 이야기를 시작했다. 그러다 이야기가 진행될수록 무서운 듯 몸을 움츠리며 점점 목소리를 낮추고, 결국에는 아주 낮고 겁에 질린 속삭임으로 끝을 맺었다.

이 작은 골목에 이처럼 섬뜩하고 이해할 수 없으면서도 어둡게 선동하는 것들이 얼마나 많았던가! 사업이 망하고 방치된 작업장이 완전히 황폐해진 금속기술자 브렌들레 역시 이 골목에서 살게 되었다. 그는 하루 반나절 동안 작은 창가에 앉아서 활기찬 골목을 어두운 표정으로 바라보았다. 허름한 차림으로 씻지 않고 돌아다니는 이웃집 아이들과 마주치면 아이들을 괴롭히거나 귀와 머리카락을 잡아당기거나 온몸에 시퍼렇게 멍이 들 정도로 꼬집었다. 그러던 어느 날 그는 자신의 집 계단에서 아연 철사 줄로 목을 맨 채 발견되었다. 그 모습이 너무 처참해서 아무도 가까이 가려고 하지 않았다. 결국 기계공 포르슈 영감이 뒤에서 함석가위로 철사 줄을 끊었고, 혓바닥을 빼문 시체는 계단에서 경악하며 구경하던 사람들 한가운데로 굴러 떨어졌다.

한스는 밝고 널찍한 게르버 거리에 있다가 어두컴컴하고 눅눅한 매의 거리로 들어설 때마다 이상하게 숨 막히는 공기와 함께 즐겁고도 무거운 압박을 느꼈다. 호기심, 두려움, 양심의 가책, 그리고 모험에 대한 들뜬 기대감이 뒤섞인 감정이었다. 매의 거리는 아직도 동화와 기적, 듣도 보도 못한 끔찍한 일이 일어날 수 있는 유일한 곳이었다. 마법과 유령의 존재가 그럴듯하게 여겨지는 장소였으며 마치 전설에 관한 책이나 로이트링겐 통속 문학서를 읽을 때처럼 오싹한 느낌을 즐길 수 있었다. 선생님들에게 들키면 압수당하기 마련이었던 그 책들에는 존넨비르틀레, 신더한네스, 메서카를레, 포스트미헬 같은 암흑가의 영웅이나 중범죄자 또는 모험가들의 파렴치한 행각과 형벌이 묘사돼 있었다.

매의 거리 외에도 여느 곳과는 완전히 색다른 곳이 하나 있었다. 뭔가 특별한 것을 경험하고 들을 수 있고 어두운 다락이나 기이한 공간에서 길을 잃을 수 있는 곳이었다. 바로 근처에 있는 커다란 가죽 공장이었다. 오래된 거대한 건물 안 어두침침한 다락에는 커다란 가죽들이 걸려 있었고, 지하실에는 덮어 놓은 구덩이와 출입이 금지된 통로가 있었다. 이곳은 리제 아줌마가 저녁마다 아름다운 동화를 들려주는 곳이기도 했다. 가죽 공장은 매의 거리보다는 조용하고 다정다감하고 인간미가 있었지만 그에 못지않게 불가사의한 곳이었다. 구덩이와 지하실, 무두질을 하는 마당과 다락에서 일하는 피혁공들의 모습은 독특하고 기괴했다. 활짝 열린 커다란 방에는 적막이 흐르고 매혹적이면서도 으스스했다. 사람들은 힘이 세고 무뚝뚝한 공장 주인을 식인종만큼이나 두려워하고 기피했다. 그런데 리제 아줌마는 이 이상한 건물에서 요정처럼 이리저리 돌아다니며 모든 아이들과 새, 고양이, 그리고 강아지들의 보호자이자 어머니 같은 역할을 했다. 그녀는 인정이 넘치는 사람이었고 동화와 노랫말도 많이 알고 있었다.

오래전에 멀어진 이 세계 속에서 이제 한스의 생각과 꿈들이 되살아나 움직이고 있었다. 크게 낙망한 절망의 현실에서 벗어나 행복하고 좋았던 지난 시절로 도망쳤다. 그때는 희망으로 가득 차 있었고 그의 앞에 놓인 세상은 거대한 마법의 숲과도 같아 보였다. 그 숲은 끔찍한 위험과 저주받은 보물, 에메랄드 성 등을 깊숙이 숨겨 놓고 있었다. 한스는 그 무서운 숲의 세계에 살짝 발을 들여놓았다가 기적이 채 일어나기도 전에 지쳐 버렸었다. 이제 다시 수수께끼로 가득한 어둑한 입구에 서 있었는데 이번에는 헛된 호기심을 품은 제외당한 자로서 있을 뿐이었다.

한스는 매의 거리를 몇 번 다시 찾아갔다. 익숙한 어두운 분위기와 고약한 악취, 구석진 모퉁이와 빛이 들지 않는 계단 모두 그대로였다. 문 앞에는 여전히 늙은 남자와 여자들이 앉아 있었고 지저분한 금발의 아이들이 소리를 지르며 뛰어놀고 있었다. 포르슈 영감은 더 나이가 들어 이제는 한스를 알아보지 못해서, 한스가 수줍게 인사를 건네자 그저 냉소적으로 투덜거릴 뿐이었다. 가리발디라고 불리던 그로스요한은 세상을 떠났고 로테 프로밀러도 마찬가지였다. 우편배달부 뢰텔러는 아직 살아 있었다. 그는 꼬마들이 자신의 오르골 시계를 망가트렸다며 투덜거렸고 한스에게 코담배 냄새를 맡아보라며 들이밀고 구걸을 하기도 했다. 그리고 핑켄바인 형제에 대한 소식을 들려주었다. 한 명은 지금 담배 공장에서 일을 하는데 벌써 어른처럼 술을 퍼 마시고, 다른 한 명은 교회 헌당식에서 칼부림을 벌인 이후 1년째 행방이 묘연하다고 했다. 모든 것이 비참하고 걱정스럽게 느껴졌다.

어느 날 저녁, 한스는 가죽 공장을 찾아갔다. 문으로 통하는 길을 지나 축축한 마당을 통과해서 거대하고 오래된 건물로 들어갔다. 그 안에 이제는 모든 기쁨이 사라져 버린 그의 어린 시절이 감춰져 있기라도 한 듯이. 구불구불한 계단과 포석이 깔린 현관을 지나 어두운 계단을 손으로 더듬거리며 가죽이 걸린 다락으로 올라갔다. 지독한 가죽 냄새를 맡자마자 갑자기 추억들이 구름처럼 몰려왔다. 다시 계단을 내려가 뒷마

당으로 갔다. 그곳에는 무두질을 위한 구덩이가 있었고 무두질을 한 후 나온 찌꺼기를 말리는, 좁은 지붕이 달린 높은 건조대가 있었다. 바로 이곳 담장에 리제 아줌마가 앉아서 감자를 한 바구니 까면서 주변에 몰려든 아이들에게 이야기를 들려주고 있었다.

한스는 어두운 문가에 서서 귀를 기울였다. 어둠이 깔리는 가죽 공장 뜰에는 평화가 감돌았다. 담장 뒤로 강물이 졸졸 흐르는 소리 외에는 리제 아줌마가 감자를 깎는 소리와 이야기하는 목소리만 들릴 뿐이었다. 아이들은 꼼짝도 하지 않고 웅크리고 앉아 있었다. 리제 아줌마는 어느 날 밤 아이의 목소리가 강 건너편에서 들렸다고 전해지는 성 크리스토포루스(가톨릭 성인으로 그 이름은 '그리스도를 업은 자'를 의미하는 그리스어에서 유래함. 사람들이 강을 건널 수 있게 도와주던 크리스토포루스는 어느 날 어린아이를 어깨에 태워 강을 건너게 해 주었는데 그 아이가 바로 예수 그리스도였다고 함) 이야기를 들려주고 있었다.

한스는 잠시 이야기를 듣다가 어두컴컴한 현관을 조용히 지나 집으로 돌아갔다. 그는 이제 다시 어린아이가 될 수 없으며 저녁에 가죽 공장 뜰에 앉아 리제 아줌마가 들려주는 이야기를 들을 수 없다는 사실을 깨달았다. 그 후 한스는 매의 거리에도, 가죽 공장에도 발을 들이지 않게 되었다.

6

계절은 어느덧 완연한 가을로 접어들었다. 짙은 전나무 숲 사이로 활엽수들이 노랗고 붉게 물들었고 협곡에는 벌써 짙은 안개가 깔렸으며 강에는 아침마다 추위 때문에 수증기가 피어올랐다.

신학교를 중퇴한 창백한 얼굴의 한스는 날마다 밖을 돌아다녔지만 뭐든지 시큰둥해 하고 피곤해 했으며 사람들과의 교제마저 피했다. 의사는 물약과 간유, 계란과 냉수욕을 처방해 주었다.

이 처방이 그에게 아무 도움이 되지 않은 것은 그리 놀라운 일도 아니었다. 건강한 삶에는 내용과 목표가 있어야 하는데 젊은 한스 기벤라트는 그것들을 잃어버리고 말았다. 아버지는 그에게 서기 일이나 기술을 가르치려고 마음먹었다. 아직 아들이 허약해서 조금 더 원기를 회복해야 했지만 이제 슬슬 앞날을 위해서 진지하게 생각해야 할 때가 된 것이다.

처음의 혼란스러웠던 감정들이 잦아들고 자살에 대한 생각도 점차 사라지자 한스는 흥분되고 오락가락하던 불안한 상태에서 벗어나 모든 것에 시큰둥한 우울감에 빠져들었다. 마치 부드러운 늪 속으로 빠지듯이 저항도 하지 못하고 서서히 가라앉았다.

한스는 가을 들판을 돌아다니며 계절의 영향에 압도되었다. 깊어 가는 가을, 조용히 떨어지는 낙엽, 갈색으로 변하는 초원, 짙은 새벽안개, 무르익은 뒤 시들어 가는 초목을 바라보며 한스는 환자들이 대개 그렇듯 힘들고 절망적인 기분과 슬픈 생각에 사로잡혔다. 그는 가을과 함께 저물고, 함께 잠들고, 함께 죽고 싶은 마음이었다. 하지만 자신의 젊음이 이를 거부하고 끈질기게 삶에 집착한다는 사실에 괴로웠다. 그는 나무가 노랗게 물들었다 갈색으로 변하고 낙엽이 떨어져 앙상해지는 모습과 숲에서 피어오르는 우윳빛 안개를 바라보왔다. 수확이 끝난 과수원에는 생명이 꺼져 버렸고 색색으로 피었던 과꽃이 시들어 갔으나 그걸 보는 사람은 아무도 없었다. 마른 낙엽으로 뒤덮인 강에서는 이제 누구도 수영이나 낚시를 하지 않았고 가죽 공장 직공들만 강가에서 추위를 견디며 일을 하고 있었다.

며칠 전부터는 과즙을 짜낸 과일 찌꺼기들이 강물에 떠내려갔다. 착즙장이나 물레방앗간은 어디 할 것 없이 한창 과일즙을 만드느라 분주하게 돌아가고 있었다. 마을 골목마다 서서히 발효하는 과일즙의 향기로 가득했다.

제화 장인 플라이크도 아래쪽 물레방앗간에서 작은 착즙기를 빌려서 과즙을 짤 때 한스를 불렀다. 방앗간 앞마당에는 크고 작은 착즙기, 수레, 바구니, 과일이 가득 담긴 자루, 물통, 들통, 양동이와 커다란 나무통, 산더미같이 쌓인 갈색 과일 찌꺼기, 나무 지렛대, 손수레 그리고 빈 짐마차 등이 있었다. 착즙기는 삐걱거리고 찍찍거리고 덜덜 떨면서 열심히 돌아갔다. 대부분의 착즙기는 초록색 칠이 되어 있었다. 이 초록색은 황갈색 과일 찌꺼기와 사과 바구니의 색깔, 엷은 녹색의 시냇물, 맨발의 아이들 그리고 청명한 가을 햇살과 잘 어우러졌다. 이 빛깔을 보는 모든 이들에게 기쁨과 삶의 즐거움과 풍요로움이 깃든 매혹적인 인상을 남겼다.

사과가 으깨지며 나는 소리를 듣고 있으면 입안에 침이 돌았다. 가까이 와서 이 소리를 들은 사람이면 누구나 얼른 사과 한 알을 손에 들고 한 입 베어 먹을 수밖에 없었다. 갓 짜낸 노랗고 빨갛고 달콤한 과즙이 햇살을 받으며 환하게 관을 따라 흘러나왔다. 가까이서 그 광경을 지켜보는 사람이라면 한 잔만 달라고 부탁해서 맛을 보지 않을 수 없었다. 맛을 보고 나면 눈가가 촉촉해지면서 달콤하고 행복한 기운이 온몸에 감도는 것을 느낄 수 있었다.

달착지근한 과일즙은 즐겁고 강렬하고 상큼한 향기를 계속 공중으로 내뿜었다. 이 향기는 한 해 중 최고의 향으로, 무르익음과 수확의 진수라 할 만했다. 다가올 겨울을 앞두고 이런 향기를 맡을 수 있다는 것은 좋은 일이었다. 좋았고 아름다웠던 일들을 감사함으로 떠올릴 수 있기 때문이었다. 5월의 부드러운 봄비, 후드득 떨어지는 여름비, 서늘한 가을의 아침 이슬, 부드러운 봄 햇살과 뜨겁게 내리쬐는 여름의 뙤약볕, 하얗게 또는 빨갛게 반짝이는 꽃잎들, 수확을 앞두고 잘 익은 과일나무의 반지르르한 적갈색 윤기, 그 밖에도 한 해 동안 있었던 모든 아름답고 기쁜 일들을 떠올릴 수 있었다.

누구에게나 찬란한 나날들이었다. 부자이거나 거만한 사람들도 체면을 버리고 이곳에 직접 나타나서 제일 잘 익은 사과를 손에 쥐고 무게를 가늠해 보기도 하고, 열두 개가 넘는 과일 포대를 세어 보기도, 휴대용 은잔으로 맛을 보기도 했다. 그러면서 자신의 과즙에는 물 한 방울도 타지 않았다고 자랑스레 떠벌렸다. 과일 한 포대밖에 없는 가난한 사람들은 유리잔이나 질그릇으로 맛을 보고 과즙에 물을 타기도 했다. 하지만 그렇다고 해서 이들이 느끼는 뿌듯함이나 기쁨이 덜하지는 않았다. 어떤 이유에서든 과즙을 짤 수 없는 사람들은 지인과 이웃 사람들이 착즙을 하는 곳을 찾아다니며 과즙 한 잔을 얻어 마시고 사과를 얻기도 했으며 전문 용어를 써 가면서 자신도 일가견이 있음을 과시했다. 아이들은 부유하든 가난하든 작은 컵을 들고 돌아다녔고, 저마다 한 입 베어 먹은 사과와 빵 한 조각을 손에 쥐고 있었다. 예로부터 과즙을 짤 때 빵을 먹어 두면 배탈이 나지 않는다는 근거 없는 얘기가 전해 내려오기 때문이었다.

아이들이 떠들어 대는 소리는 말할 것도 없고 수백 개의 목소리가 왁자지껄 뒤엉켰고 모든 목소리에 분주함과 흥분과 즐거움이 묻어났다.

"여기야, 한네스. 이쪽이야! 이쪽으로 와! 한잔 마셔 봐!"

"고맙네만 난 이미 많이 마셔서 배가 아플 지경일세."

"자네 50킬로그램에 얼마 줬나?"

"4마르크 줬네. 하지만 정말 맛이 훌륭하다고. 맛을 한번 보게!"

때로는 작은 소동이 벌어지기도 했다. 사과 포대가 터져서 사과가 전부 바닥으로 데굴데굴 굴러 떨어졌다.

"맙소사, 내 사과들! 이보게들, 좀 도와주게!"

모두 나서서 주워 담는 것을 도왔고 일부 개구쟁이들만 그 틈에 사과를 슬쩍 챙기려고 했다.

"이 녀석들, 슬쩍하면 못써! 마음껏 먹는 건 괜찮지만 챙겨 가는 건 안 돼. 거기 서, 구트에델, 멍청한 녀석아!"

"이봐요, 이웃 양반, 그렇게 거들먹거리지만 말고 이거나 한번 맛봐요!"

"꿀맛이구려! 정말 꿀처럼 달콤해. 얼마나 만들었소?"

"두 통밖에 안 되지만 정말 맛이 괜찮소."

"한여름에 짜지 않아서 다행이오. 한여름이었다면 짜자마자 몽땅 마셔 버렸을 거요."

그리고 올해도 어김없이 까칠한 노인들이 모습을 드러냈

다. 직접 과즙을 짜지 않은 지는 오래됐지만 무엇이든 더 잘 알고 있었고, 과일을 공짜나 다름없이 얻을 수 있었던 옛날이 좋았다며 얘기를 늘어놓았다. 예전에는 뭐든지 더 싸고 품질도 좋았고, 과즙에 설탕을 첨가하는 것은 생각할 수도 없는 일이었으며 나무에 과일이 달리는 것부터가 지금과는 달랐다고 했다.

"예전처럼 과일이 달려야 수확이라고 말할 수 있지 않겠나. 그때 우리 집 사과나무 한 그루에서 딴 사과만 해도 250킬로그램이나 됐으니까 말이야."

하지만 아무리 시절이 안 좋아졌다고 해도 까칠한 노인들은 올해도 실컷 과즙 시음을 하고 다녔고 아직 이가 남아 있는 노인들은 사과를 베어 먹으며 돌아다녔다. 한 노인은 커다란 노란 배를 몇 개나 먹더니 결국 배탈이 났다.

"내가 말이야." 노인은 한탄을 늘어놓았다. "예전에는 저런 거 열 개쯤은 거뜬히 먹어 치웠는데 말이야." 그러면서 배탈이 나지 않고 커다란 배를 열 개 먹어 치울 수 있었던 그 시절을 회상했다.

북적이는 사람들 사이에 플라이크의 착즙기가 설치되어 있었다. 조금 나이가 있는 견습공들의 도움으로 즙을 짰다. 바덴 지역에서 구해 온 사과를 짠 플라이크의 과즙은 항상 최고의 품질을 자랑했다. 그는 내심 뿌듯해 하며 맛보려는 사람들을 막지 않았다. 그의 아이들은 신이 나서 사람들 무리에 끼어 즐겁게 뛰어다녔다. 겉으로 드러내지는 않아도 가장 즐거운 사람은 그의 견습공이었다. 산골짜기에 있는 가난한 농가 출신의 그는 오랜만에 밖으로 나와서 몸을 제대로 움직이며 일할 수 있는 것이 좋았다. 그리고 달콤한 과즙을 마실 수 있어 마냥 행복했다. 이 건강한 시골 청년의 얼굴은 사티로스(그리스 신화에 나오는, 반인반수 모습을 한 숲의 정령) 가면처럼 웃고 있었고 구두를 만들던 그의 손은 여느 일요일보다도 더 깨끗했다.

한스 기벤라트는 조용하고 불안한 모습으로 광장에 나타났다. 기꺼이 이곳에 온 것은 아니었다. 첫 번째 착즙기 옆을 지나가자마자 누군가 그에게 맛을 보라며 잔을 내밀었다. 바로 리제 아줌마였다. 한스는 맛을 보았다. 달콤하고 진한 과즙이 목을 타고 내려갔다. 그러자 옛날에 보냈던 가을의 즐거운 기억들이 함께 되살아났다. 그때처럼 다시 사람들과 어울려 재밌게 지내고 싶다는 욕망이 슬며시 올라왔다. 아는 사람들이 한스에게 말을 걸었고, 맛을 보라고 잔을 내밀었다. 플라이크의 착즙기 앞에 도착했을 때 한스는 이미 들뜬 분위기와 과즙의 맛에 완전히 사로잡혀서 기분이 달라져 있었다. 한스는 플라이크에게 유쾌하게 인사를 건네고 과즙과 관련된 일상적인 농담까지 던졌다. 플라이크는 놀라움을 애써 감추고 한스를 반갑게 맞아 주었다.

30분 정도 지나자 파란 원피스를 입은 소녀가 다가와서 플라이크와 견습공들에게 미소를 지어 보이고 일을 거들기 시작했다.

"아, 그렇지." 플라이크가 말했다. "얘는 하일브론에서 온 내 조카야. 포도가 많이 나는 곳에서 자라서 이곳의 가을 분위기는 좀 낯설 거야."

소녀는 열여덟이나 열아홉 살쯤 되어 보였다. 저지대 지역 출신답게 활발하고 유쾌한 성격이었고 키가 크지는 않았지만 건강하고 균형이 잘 잡힌 몸매였다. 동그란 얼굴에 다정하게 바라보는 검은 눈동자와 입맞춤을 부르는 예쁜 입술은 활달하고 영리해 보였다. 전체적으로 건강하고 밝은, 전형적인 하일브론 출신 아가씨로, 절대 경건한 플라이크의 친척 같아 보이지는 않았다. 여러모로 속세에 속한 사람이었다. 저녁이나 밤마다 성경을 읽고 고스너(요하네스 고스너, 1773-1858. 독일의 프로테스탄트 신학자이자 경건주의자)의 『보물 상자』를 읽는 사람의 눈빛과는 달랐다는 말이다.

한스는 갑자기 안색이 변해서 엠마가 빨리 다시 가 버리기를 간절히 바랐다. 하지만 엠마는 계속해서 웃고 떠들면서 모든 농담을 능숙하게 받아쳤고 한스는 부끄러워서 아무 말도 하지 못했다. 존댓말을 써야 하는 소녀들과 가까이 있는 것만도 고역인데 이 소녀는 너무 활달하고 말이 많아서 한스가 옆에 있건 수줍어하건 말건 전혀 개의치 않았다. 그는 어색하고 조금 마음이 상해서 마치 수레바퀴에 치인 길가의 달팽이처럼 촉수를 집어넣고 움츠러들어 있었다. 입을 꼭 다문 채 지루해 하는 사람처럼 보이려고 애썼다. 하지만 마음대로 되지 않자 방금 전에 누가 죽기라도 한 것 같은 표정을 지었다.

아무도 그런 한스를 신경 쓸 겨를이 없었고, 당연히 엠마도 그를 전혀 신경 쓰지 못했다. 한스가 듣기로 엠마는 2주 전부터 플라이크 아저씨의 집에서 지내고 있는데 이미 마을 사람들을 잘 알고 있었다. 신분의 높고 낮음을 가리지 않고 누구에게나 붙임성 있게 다가가 새로운 과즙을 맛보기도 하고 농담을 주고받고 웃다가 다시 돌아와서는 열심히 일손을 거드는 척을 했다. 아이들을 번쩍 들어서 안아 주고 사람들에게 사과를 나눠 주기도 하면서 주변에 웃음과 즐거움을 퍼트렸다. 거리의 아이들을 볼 때마다 불러 세워서 "사과 하나 줄까?" 하고 묻기도 했다. 그러고는 예쁘고 빨갛게 잘 익은 사과 하나를 집어서 손을 등 뒤에 감추고 사과가 왼손에 있는지 오른손에 있는지 알아맞히게 했다. 하지만 사과는 한 번도 아이들이 말하는 손에 들려 있지 않았고, 아이들이 불평을 쏟아 내기 시작하면 그제야 건네주었다. 하지만 그건 더 작고 덜 익은 푸릇한 사과였다. 엠마는 한스에 대해서도 이미 들은 것이 있는지, 항상 머리가 아프다는 그 사람이 맞느냐고 물었다. 하지만 한스가 미처 대답하기도 전에 엠마는 옆에 있는 다른 사람과 얘기를 하고 있었다.

한스가 슬며시 빠져나와 집으로 돌아가려고 하는 찰나, 플라이크가 그의 손에 착즙기 레버를 쥐여 주었다.

"자, 이제 네가 좀 도와주겠니? 엠마가 옆에서 같이 도와줄 거야. 나는 이만 작업장에 가 봐야 하거든."

플라이크는 가 버렸고 견습공은 플라이크 부인과 함께 과즙 나르는 일을 맡았다. 그래서 한스는 엠마와 단둘이 착즙기 곁에 남겨졌다. 한스는 이를 악물고 마치 적과 싸우듯이 일에 열중했다. 그런데 레버가 무겁고 잘 안 움직여서 의아해 하며 고개를 들었더니 엠마가 까르르 웃음을 터트렸다. 엠마가 장난삼아 레버에 몸을 대고 버티고 있었던 것이다. 화가 난 한스가 다시 레버를 당기자 엠마가 또다시 버티고 섰다.

한스는 아무 말도 하지 않았다. 하지만 소녀가 저쪽에서 몸으로 누르고 있는 레버를 잡아당기다가 한스는 부끄럽고 답답해져서 당기기를 서서히 그만두었다. 그는 달콤한 불안감에 사로잡혔고 젊은 아가씨가 얼굴을 빤히 바라보며 웃자 갑자기 그녀가 달라 보였다. 왠지 더 친근한 것 같으면서도 여전히 낯설었다. 마침내 한스도 조금 어색하게 친근한 미소를 지어 보였다.

레버는 완전히 멈췄다. 그러자 엠마가 말했다. "우리 너무 악착같이 일하지 말아요." 그러고는 방금 전에 자신이 마시던 반쯤 남긴 주스 잔을 내밀었다.

그 주스 한 모금은 지금껏 마셨던 것보다 더 달콤하고 강렬했다. 한스는 주스를 다 마시고 더 마시고 싶어 아쉬운 듯 빈 잔을 내려다보았다. 왜 갑자기 심장이 두근거리고 숨을 쉬기가 힘든지 의아했다.

두 사람은 다시 일을 시작했다. 한스는 자기도 모르게 엠마의 치마가 자신의 몸에 스치도록, 그리고 그녀의 손이 자신에게 닿을 수 있게 가까이 서 있으려고 애를 썼다. 하지만 서로 몸이 스칠 때마다 그의 심장은 불안한 환희로 멎어 버릴 것만 같았고 기분 좋고 달콤한 현기증이 났다. 무릎이 조금 후들거렸으며 머릿속에는 어지럽게 윙윙거리는 소리가 들렸다.

한스는 자신이 무슨 말을 하는지도 모르면서 엠마와 대화를 나눴다. 엠마가 웃으면 따라 웃었고 엠마가 장난을 치면 몇 차례 손가락을 들어 경고를 주기도 했다. 엠마가 주는 주스 잔을 두 번 더 받아 마시기도 했다. 동시에 이런저런 기억들이 주마등처럼 스쳐 지나갔다. 저녁마다 어린 하녀들이 남자들과 문간에 서 있던 장면, 이야기책 속에 등장했던 어떤 문장들, 헤르만 하일너가 그에게 했던 입맞춤, 그리고 여자애들에 대한 얘기와, 애인이 생기면 어떤지에 대한 온갖 얘기가 떠올랐다. 한스는 산을 올라가는 늙은 말처럼 숨을 쉬기가 힘들었다.

모든 것이 달라 보였다. 주위에 있는 사람들도, 바쁜 움직임도 생생하게 웃는 구름처럼 사라져 버렸다. 사람들의 목소리, 욕지거리 소리, 웃음소리가 하나로 합쳐져 몽롱하게 들렸고, 강과 오래된 다리는 아득히 멀리 보이는 한 폭의 그림 같아 보였다.

엠마 역시 달라 보였다. 더 이상 그녀의 얼굴이 보이지 않았다. 오직 즐거움에 가득 찬 검은 눈동자와 붉은 입술 그리고 뾰족한 하얀 치아만 보일 뿐이었다. 전체적인 형상은 흐릿해지고 부분만 눈에 들어왔다. 검은 양말을 신은 단화, 목덜미로 흘러내린 곱슬머리, 파란 옷깃 안에 감춰진 볕에 그을린 둥그스름한 목덜미, 탄탄한 어깨와 그 아래로 일렁이는 가슴, 그리고 붉게 비치는 귀가 차례로 보일 뿐이었다.

얼마 후 엠마가 잔을 물통에 빠트리는 바람에 주우려고 허리를 굽혔다. 그 순간 물통의 가장자리가 밀리면서 그녀의 무릎이 한스의 손목에 닿았다. 한스도 천천히 허리를 숙였고 얼굴이 엠마의 머리카락에 닿을 뻔했다. 머리카락에서 은은한 향기가 났고 부드러운 곱슬머리 사이로 볕에 그을린 아름다운 목덜미가 드러나더니 파란색 옷 안으로 이어졌다. 단단하고 팽팽하게 채워진 호크 틈새로 속살이 살짝 드러났다.

엠마가 다시 몸을 일으키면서 그녀의 무릎이 한스의 팔에 스르르 닿았고 머리카락이 그의 볼을 스쳤다. 허리를 굽히느라 빨갛게 달아오른 얼굴을 보자 한스는 온몸에 전율을 느꼈다. 한스는 얼굴이 창백해지고 갑자기 몸에 힘이 쫙 풀려서 착즙기를 꽉 붙잡고 있어야 했다. 심장은 경련이 일듯 두근거렸고 팔에 힘이 쭉 빠져서 어깻죽지가 아팠다.

그때부터 한스는 말을 거의 한 마디도 하지 않았고 소녀와 눈이 마주치는 것을 피했다. 하지만 엠마가 다른 곳으로 시선을 돌릴 때마다 지금껏 알지 못했던 욕망과 양심의 가책이 뒤섞인 감정으로 그녀를 뚫어지게 쳐다보았다. 그때 내면에서 무언가 뜯기면서 푸른 해안이 있는 새롭고 낯선, 매혹적인 세계가 그의 영혼 앞에 펼쳐졌다. 자신이 느끼는 그런 불안감과 달콤한 고통이 무엇을 의미하는지 아직 알지 못하거나 어렴풋이 예감만 할 뿐이었다. 그리고 고통과 욕망 중에서 무엇이 더 큰 비중을 차지하는지 알지 못했다.

이 욕망은 한스가 지닌 젊은 사랑의 승리이자 강렬한 삶에 대한 첫 예감을 의미했다. 그리고 고통은 아침의 평화가 깨지고 그의 영혼이 다시는 돌아갈 수 없는 유년 세계를 떠났음을 의미했다. 가까스로 첫 번째 난파의 위험에서 벗어난 한스의 가벼운 조각배는 이제 새로운 폭풍의 영향권, 그리고 어마어마한 심해와 위험천만한 암초 근처에 다다랐다. 제아무리 좋은 지도를 받고 자란 청년이라 해도 이제는 이끌어 주는 사람 없이 오직 자신의 힘만으로 길과 해결책을 찾아 나가야 하는 것이다.

때마침 견습공이 다시 와서 착즙기 작업을 교대해 주어 정말 다행이었다. 한스는 잠시 더 머물렀다. 그는 한 번 더 엠마와 몸이 스치거나 엠마가 다정한 말을 해 주기를 바랐다. 하지만 엠마는 다른 착즙기가 있는 곳을 돌아다니면서 수다를 떨고 있었다. 한스는 견습공을 보기가 부끄러워서 인사도 없이 집으로 돌아가 버렸다.

이상하게도 모든 것이 달라졌고 아름답고 설렜다. 과일 찌꺼기를 먹고 통통하게 살이 오른 참새들은 요란하게 지저귀며 하늘을 날아다녔다. 하늘이 이토록 높고 아름답고 그립도록 파랬던 적은 없었다. 강물의 수면이 이토록 맑고 청록색으로 빛나며 미소를 지어 보인 적도 없었고 강둑에 부딪혀 이토록 눈부시게 하얀 물보라를 일으켰던 적도 없었다. 모든 것이 새로이 그려지고 투명한 새 유리판을 댄 화려한 그림처럼 보였다. 모든 것이 마치 커다란 축제의 시작을 기다리는 것처럼 보였다.

한스의 가슴속에서도 이상하게 대담한 마음과 여느 때와는 다른 눈부신 희망이, 강렬하고 불안하면서도 달콤하게 일렁거렸다. 동시에 이것은 단지 꿈일 뿐이며 절대로 현실에서는 이루어질 수 없다는 두려운 절망감이 엄습했다. 이렇게 상반된 감정은 점점 강해져서 어두운 샘물처럼 마구 솟아올랐다. 그의 안에 있는 몹시 강렬한 것이 터져 나오려고 하는 듯했다. 그것은 어쩌면 흐느낌이나 노래 또는 소리 지르기 아니면 크게 터지는 웃음이었을 것이다. 이런 흥분은 집에 돌아와서야 조금 가라앉았다. 집에서는 당연히 평소와 다를 것이 없었다.

"어디 갔다 오는 거냐?" 아버지가 물었다.

"방앗간에서 플라이크 아저씨를 도와주고 왔어요."

"플라이크 씨는 과즙을 얼마나 짰니?"

"두 통 정도 짠 것 같아요."

한스는 집에서도 과즙 짤 때가 되면 플라이크 아저씨의 아이들을 초대해도 되는지 물었다.

"그러자꾸나." 아버지가 중얼거렸다. "다음 주에 과즙을 짤 생각이다. 그때 데리고 와라!"

저녁 식사까지는 아직 한 시간이 남았다. 한스는 정원으로 나갔다. 전나무 두 그루 외에 푸른 것이라고는 거의 남아 있지 않았다. 그는 개암나무 가지를 하나 꺾어서 허공에 휘둘렀고 시든 잎사귀들을 휘적거렸다. 해는 이미 산 뒤로 넘어갔다. 산은 머리카락처럼 가늘고 뾰족하게 솟은 전나무와 함께 청록빛의 청명한 저녁 하늘에 검은 윤곽을 그리고 있었다. 황갈색으로 물든 길쭉한 잿빛 구름은 집으로 돌아가는 배처럼 유유자적하게 엷은 황금빛 허공을 가르며 골짜기를 넘어가고 있었다.

다채로운 빛깔로 무르익은 저녁의 아름다움에 한스는 평소와 달리 묘하게 사로잡혀 정원을 거닐었다. 가끔 멈춰 서서 눈을 감고는 착즙기 옆에서 마주 보고 서 있던 엠마를 떠올렸다. 엠마가 마시던 잔을 내밀던 모습과, 물통을 향해 몸을 숙였다가 빨갛게 달아오른 얼굴로 일어나던 모습을 떠올렸다. 그녀의 머리카락, 꽉 달라붙는 파란색 원피스 위로 드러난 몸매, 목, 짙은 머리칼로 그늘진 갈색 목덜미를 떠올렸다. 이 모든 것을 떠올리며 황홀하고 전율을 느꼈지만 그녀의 얼굴만은 도무지 기억이 나지 않았다.

해가 완전히 저문 후에도 한스는 추위를 느끼지 못했고, 짙어 가는 어둠이 마치 무엇인지 알 수 없는 비밀로 가득한 베일처럼 느껴졌다. 한스는 자신이 하일브론에서 온 소녀와 사랑에 빠졌음을 깨달았다. 하지만 그의 핏속에서 이제 막 깨어난 남성성에 대해서는 그저 익숙하지 않은 과민하고 피곤한 상태라고만 생각했다.

저녁 식사를 하면서 그는 변한 자신이 이런 익숙한 환경 한 가운데 앉아 있는 것을 이상하게 느꼈다. 아버지, 가정부, 식탁과 도구들, 그리고 방 전체가 갑자기 오래된 것 같아 보였다. 마치 오랜 여행에서 집으로 돌아온 사람처럼 모든 것을 경이롭고 낯설고 소중한 마음으로 바라보았다. 얼마 전, 자살에 이용할 나뭇가지를 눈여겨볼 당시에는 이와 똑같은 사람들과 똑같은 사물들을 떠나는 자의 안타까운 마음으로 바라봤었다. 그런데 이제는 돌아와 놀라움과 미소로 모든 것을 되찾은 심정이었다.

식사를 마치고 한스가 일어나려고 하자 아버지가 늘 그렇듯 무뚝뚝한 말투로 물었다. "한스, 넌 기계공이 될래, 아니면 서기가 될래?"

"무슨 말씀이세요?" 한스가 놀라서 되물었다.

"다음 주말부터 기계공 슐러 씨 밑에서 일을 배울 수도 있고, 다다음 주에 시청에 견습생으로 들어갈 수도 있어. 한번 잘 생각해 봐라! 생각해 보고 내일 다시 얘기하자."

한스는 자리에서 일어나 밖으로 나왔다. 갑작스러운 질문에 당황하고 어리둥절했다. 몇 달 전부터 그에게 낯설어진 일상적이고 현실적인 생생한 삶이 예기치 않게 불쑥 다가왔다. 유혹적이고 위협적인 얼굴을 드러내며 약속을 하고 요구도 했다. 기계공이나 서기가 되고 싶은 생각은 별로 없었다. 수공업의 고된 육체노동이 조금 두렵기도 했다. 기계공이 된 학교 친구 아우구스트가 문득 떠올랐다. 그에게 기계공에 대해 물어봐야겠다고 생각했다.

그런 생각을 하고 있으니 머릿속이 더 흐릿하고 희미해졌다. 이 문제가 그렇게 다급하고 중요한 문제 같지 않았다. 그보다는 다른 생각이 그를 사로잡고 있었다. 그는 초조하게 복도를 왔다 갔다 하다가 갑자기 모자를 집어 들고 집을 빠져나와 천천히 골목으로 나왔다. 오늘 엠마를 꼭 한번 봐야겠다는 생각이 들었던 것이다.

밖은 이미 어둑어둑했다. 가까운 여관 식당에서는 고함 소리와 탁한 노랫소리가 새어 나왔다. 어떤 창문에는 불이 환하게 밝혀져 있었고 여기저기 창문에서 하나씩 불이 켜지며 어두운 밤하늘에 희미한 붉은 빛을 비추었다. 팔짱을 낀 소녀들이 웃음을 터뜨리고 수다를 떨면서 우르르 골목을 내려가고 있었다. 그들은 희미한 불빛 아래 젊음과 기쁨이 따스하게 넘실거리는 물결처럼 잠든 골목을 휘젓고 다녔다. 한스는 소녀들의 뒷모습을 한참이나 물끄러미 바라보았는데 두근대는 심장 소리가 목을 타고 올라왔다.

커튼 친 창문 뒤에서 바이올린을 연주하는 소리가 들렸다. 우물가에서는 여인이 상추를 씻고 있었다. 다리 위에는 두 청년이 각자 애인과 산책을 즐기고 있었다. 청년 중 한 명은 여자의 손을 가볍게 잡고 팔을 흔들면서 다른 손으로는 담배를 피우고 있었다. 다른 연인은 서로 꼭 끌어안고 천천히 걸어가고 있었는데, 남자는 여자의 허리를 감싸 안았고 여자는 어깨와 머리를 남자의 가슴에 기대고 있었다. 한스는 이런 광경을 수백 번도 넘게 봤지만 별로 관심을 두지 않았었다. 그런데 이제는 비밀스러운 의미, 모호하지만 욕망을 자극하는 달콤한 의미로 다가왔다. 그의 시선은 연인들에게 꽂혔고, 뭔가 이해할 수 있을 것 같은 예감과 함께 상상력을 펼쳤다. 답답하고 마음이 흔들리는 한편 커다란 비밀에 아주 가까이 다가간 것 같았다. 그것이 달콤한 것인지 끔찍한 것인지 알 수 없으면서도 어쩌면 두 가지 다일 거라고 어렴풋하게 느낄 수 있었다.

한스는 플라이크 아저씨의 집 앞에 멈춰 섰지만 들어갈 용기는 나지 않았다. 안에 들어가서 어떻게 행동하고 무슨 말을 해야 할까? 열한 살이나 열두 살 때쯤 이곳에 자주 왔던 기억이 떠올랐다. 플라이크 아저씨는 그에게 성경 이야기를 들려주었고 지옥과 악마와 유령에 관한 호기심 가득한 그의 질문에 성심성의껏 대답을 해 주었다. 한스는 이런 기억들로 마음이 불편했고 양심의 가책이 일었다. 어찌해야 할지 알 수 없었다. 심지어 자신이 원하는 게 무엇인지조차 알 수 없었다. 다만 무언가 비밀스럽고 금지된 것에 다가가는 느낌이 들었다. 아저씨의 집에 들어가지도 않을 거면서 어둠 속에서 그의 집 앞에서 서성이는 것은 떳떳하지 못한 행동이라는 생각이 들었다. 만일 아저씨가 지금 문 앞에 서 있는 한스의 모습을 보거나 문 밖으로 나온다면 그를 꾸짖기보다는 놀려 댈 것이 분명한데, 한스는 그것이 가장 두려웠다.

한스는 슬며시 집 뒤편으로 걸어갔다. 그곳에서 정원 울타리 너머로 불이 밝혀진 집 안을 들여다볼 수 있었다. 아저씨는 보이지 않았다. 아주머니는 바느질이나 뜨개질을 하는 것 같았고 큰아들은 아직 자지 않고 책상에 앉아 책을 읽고 있었다. 엠마는 뒷정리를 하는지 집 안을 분주하게 왔다 갔다 해서 잠깐씩밖에 모습이 보이지 않았다. 너무 고요해서 골목 멀리에서 나는 발소리와 정원 너머의 강물이 졸졸 흐르는 소리까지 선명하게 들을 수 있었다.

어둠과 차가운 밤공기가 급속도로 더해졌다. 거실 창문 옆에 있는 작은 복도 창문은 깜깜하게 불이 꺼져 있었다. 한참 후에 그 작은 창문에 어렴풋한 형체가 나타나더니 몸을 내밀고 어두운 밖을 내다보았다. 한스는 그 형체가 엠마라는 것을 한눈에 알아보았고 불안한 기대감에 심장이 멎을 것 같았다. 엠마는 창가에 한참이나 서서 밖을 내다보았다. 한스는 그녀가 자신을 보았는지 알 수 없었다. 꼼짝하지 않은 채 엠마 쪽을 뚫어지게 바라보았다. 자신을 알아챌까 불안하면서도 동시에 알아채기를 기대했다.

희미한 형체가 창문에서 사라지더니 곧 정원으로 난 작은 문이 열리고 엠마가 나왔다. 한스는 깜짝 놀라서 도망치려고 했지만, 멍하니 울타리에 기대서서 소녀가 어두운 정원을 가로질러 천천히 걸어오는 모습을 바라보았다. 한 발짝씩 가까이 다가올수록 도망치고 싶은 충동이 일었으나 더 강력한 무언가가 그를 붙잡았다.

이제 엠마는 반 발짝도 떨어지지 않은 거리에 한스와 마주보고 서 있었다. 두 사람 사이에는 낮은 울타리밖에 없었다. 엠마는 의아해 하면서 이상야릇한 표정으로 한스를 쳐다보았다. 두 사람은 한참 동안 아무 말도 하지 않았다. 엠마가 먼저 조용히 입을 열었다.

"너 여기는 무슨 일로 왔어?"

"아무 일도 아니에요." 한스는 엠마가 말을 놓으며 '너'라고 하자 살갗에 전율을 느꼈다.

엠마가 울타리 너머로 손을 내밀었다. 한스는 수줍어하며 그 손을 살짝 잡았다. 엠마가 뿌리치지 않자 용기를 내어 따뜻한 손을 조심스럽게 어루만졌다. 그래도 엠마가 가만히 있자 그녀의 손을 자신의 뺨에 갖다 댔다. 주체할 수 없는 기쁨이 몰려왔고 이상한 온기와 행복한 나른함에 빠져들었다. 그를 감싼 공기가 포근하고 촉촉하게 느껴졌다. 골목과 정원은 더 이상 눈에 들어오지 않았고 가까이 있는 하얀 얼굴과 헝클어진 짙은 머리카락만 보였다.

엠마가 조그만 목소리로 말을 했다. 아득히 먼 밤하늘 저편에서 들려오는 듯한 소리였다.

"나하고 키스하고 싶니?"

하얀 얼굴이 점점 다가왔고 엠마의 몸에 눌려 울타리 판자가 조금 밖으로 휘었다. 은은한 향기와 함께 흩날리는 머리카락이 한스의 이마를 스쳤다. 하얗고 넓은 눈꺼풀과 짙은 속눈

썹이 내려앉은 그녀의 감은 두 눈이 한스의 눈앞 가까이 다가왔다. 그의 수줍은 입술이 소녀의 입술에 닿자 강렬한 전율이 그의 온몸을 휘감았다. 한스가 떨면서 물러나려고 했지만, 엠마는 그의 머리를 양손으로 붙잡고 얼굴을 맞대면서 입술을 놓아주지 않았다. 그녀의 입술이 불타오르면서 한스의 생명을 들이마셔 버리려는 듯이 그의 입술을 탐스럽게 빨아들였다. 한스는 온몸에 힘이 쭉 풀렸다. 낯선 입술이 그의 입술에서 채 떨어지기도 전에 한스의 떨리는 흥분은 죽을 것 같은 피로와 고통으로 변했다. 마침내 엠마가 놓아주자 한스는 휘청거리며 울타리를 손으로 꽉 붙잡았다.

"너 내일 저녁에 또 와."

엠마는 이 말을 남기고 황급히 집 안으로 들어갔다. 그녀가 들어간 지 5분도 지나지 않았는데 한스는 시간이 한참 흐른 것만 같았다. 여전히 울타리를 붙잡은 채 멍하니 바라보았다. 한 발짝도 떼기 힘들 정도로 피곤함이 몰려왔다. 그는 머릿속에서 피가 망치질을 해 대는 소리에 귀를 기울였다. 피는 불규칙적으로 심장에서 나왔다가 다시 심장으로 흘러 들어갔고 한스는 제대로 숨을 쉬기가 힘들었다.

그때 방문이 열리면서 플라이크 아저씨가 들어오는 것이

보였다. 지금까지 작업장에서 일을 하고 온 모양이었다. 자신을 볼지도 모른다는 두려움에 한스는 서둘러 자리를 떴다. 살짝 취한 사람처럼 비틀거리며 걸었고 발걸음을 뗄 때마다 무릎을 꿇고 주저앉을 것만 같았다. 어두운 골목, 졸린 듯한 박공지붕과 흐릿한 붉은 눈 같아 보이는 창문들이 색 바랜 무대의 배경처럼 곁을 스쳐 지나갔다. 다리, 강, 안뜰과 정원도 마찬가지였다. 게르버 거리의 분수에서는 이상하리만큼 시끄럽게 첨벙거리는 물소리가 났다.

한스는 꿈에 사로잡힌 기분으로 어떤 문을 열었다. 칠흑같이 깜깜한 복도를 지나 계단을 걸어 올라가서 문을 열고 들어가 닫고 또 어떤 문을 열고 들어가 닫고는 그곳에 놓인 책상 앞에 앉았다. 그러고 한참 지난 후에야 자기 방이라는 사실을 깨달았다. 그다음 옷을 벗어야겠다는 생각이 들 때까지 또 한참이 걸렸다. 멍하니 옷을 벗고 그대로 창가에 앉았다가 가을밤의 찬 바람에 한기를 느끼고 이불 속으로 들어갔다.

곧바로 잠이 들 줄 알았다. 하지만 침대에 누워 몸이 조금 따뜻해지자마자 또다시 심장이 마구 두근거리고 온몸에 피가 불규칙적으로 끓기 시작했다. 눈을 감자 엠마의 입술이 자기 입술에 닿아 영혼을 빨아들이고 고통스러운 열기로 속을 가득 채우는 것만 같았다.

　한참 후에야 겨우 잠이 들었고 밤새 이런저런 꿈에 쫓겨 다녔다. 그는 깊은 어둠 속에 두려움에 떨며 서 있었다. 주위를 더듬거리다가 엠마의 팔을 잡게 되었고 엠마도 한스의 팔을 잡았다. 두 사람은 함께 따뜻하고 깊은 물속으로 천천히 떨어졌다. 갑자기 플라이크가 나타나서 왜 더 이상 자신을 찾아오지 않는지 물었고 한스는 웃을 수밖에 없었다. 그런데 다음 순간 그 사람은 플라이크가 아니라 마울브론 기도실에서 한스와 함께 창가에 앉아 농담을 주고받던 하일너였다. 하지만 이 장면도 이내 사라지고 그는 착즙기 옆에 서 있었다. 엠마는 몸을 레버에 기댄 채 있었고 그는 온 힘을 다해 레버를 밀었다. 그녀는 몸을 앞으로 숙여 그의 입술을 찾았다. 주변이 고요하고 깜깜해졌다. 한스는 깊고 깜깜한 심연으로 가라앉았고 어지러워서 정신이 혼미했다. 동시에 교장이 연설하는 소리가 들렸는데 그에게 들으라고 하는 소리인지는 알 수 없었다.

　그러다가 한스는 아침까지 깊은 잠을 잤다. 맑고 화창한 날이었다. 그는 정원을 오랫동안 거닐면서 정신을 차리고 머리를 맑게 해 보려고 했지만 머리는 흐릿한 안개에 싸인 것만 같았다. 그러다 정원에서 가장 마지막으로 피는 보라색 과꽃을 바라보았다. 과꽃은 8월의 꽃처럼 햇빛을 받으며 아름답게 웃고 있었다. 따스하고 사랑스러운 햇살이, 바싹 마른 나뭇가지와 잎이 다 떨어진 덩굴을 마치 초봄인 듯 다정하게 감싸며 알랑거리듯이 쏟아져 내렸다. 하지만 그는 그저 바라보기만 할 뿐 아무 감흥이 없었고 자신과는 아무 상관이 없는 것처럼 느꼈다.

그런데 문득, 바로 이 정원에서 토끼들이 뛰어다니고 그가 만든 물레바퀴와 절구가 돌아가던 시절의 기억들이 강렬하고 생생하게 떠올랐다. 3년 전 9월의 어느 날이었다. 스당 축제(1870-1871년 프로이센-프랑스 전쟁 당시 프로이센이 스당 전투에서 승리하여 프랑스의 나폴레옹 3세에게서 항복을 받아 낸 사건을 기념하는 축제) 전날 저녁이었다. 아우구스트가 담쟁이덩굴을 들고 한스를 찾아왔다. 둘은 깃대를 반짝반짝하게 닦아서 황금빛 깃대 꼭대기에 덩굴을 매달았다. 다음 날 일어날 일들에 대해 얘기하며 들떠 있었다. 별다른 일은 없었지만 두 친구는 축제를 기대하며 즐거움에 가득 차 있었다. 깃발은 햇살을 받아 반짝거렸고, 안나 할머니는 자두 케이크를 구웠다. 저녁에는 높은 바위에 스당 축제의 햇불이 켜질 예정이었다.

한스는 왜 하필 오늘 그날 저녁의 일이 떠올랐는지, 그 기억이 왜 그토록 아름답고 강렬한지, 그리고 왜 그를 그렇게 비참하고 슬프게 만드는지 알지 못했다. 그날이 기억의 옷을 입고 즐거이 미소 지으며 찾아온 이유를. 어린 시절과 소년 시절이 작별을 고하기 위하여, 그리고 다시는 돌아오지 않을 큰 행복의 고통을 남겨 놓기 위하여 나타났다는 사실을 알지 못했다. 그는 다만 이 기억이 엠마에 대한 생각이나 어제 저녁에 있었던 일과 어울리지 않으며 그 당시의 행복과 어울리지 않는 무언가가 내면에서 일어났다는 것을 느낄 뿐이었다. 황금빛 깃대가 반짝거리는 것이 보이는 것 같았고, 친구 아우구스트가 웃는 소리가 들리고 갓 구운 케이크의 향기가 나는 것만 같았다. 그 모든 것에 아주 즐겁고 행복했지만 이제는 멀고 낯선 것이 되어 버렸다. 한스는 커다란 가문비나무의 거친 나무줄기에 기대어 절망스럽게 흐느껴 울기 시작했다. 한순간이나마 위안이자 구원이 되어 준 울음이었다.

　점심에는 이제 상급 견습공이 된 아우구스트를 찾아갔다. 아우구스트는 덩치도 제법 커지고 키도 훌쩍 자라 있었다. 한스는 자신의 상황을 설명했다.

　"결코 만만한 일이 아니야." 아우구스트는 세상 물정을 잘 아는 듯한 표정을 지으며 말했다. "결코 만만한 일이 아니라고. 게다가 너는 심한 약골이니까 말이야. 처음 1년 동안은 담금질을 할 때 질릴 정도로 망치질을 해야 하는데, 망치라는 게 수프나 떠먹는 숟가락하고는 차원이 다르단 말이지. 그리고 쇠를 이리저리 날라야 하고 저녁에는 뒷정리를 해야 해. 줄질을 할 때도 힘이 필요하고. 거기다 네가 능숙해지기 전까지는 닳고 닳은 낡은 줄만 받게 될 텐데, 그런 줄은 원숭이 엉덩이처럼 매끄러워서 잘 갈리지도 않는다는 말이지."

한스는 금세 의기소침해졌다.

"그럼 난 그 일은 그냥 포기하는 게 좋겠다는 거지?" 한스가 조심스럽게 물었다.

"맙소사! 난 그러라고 말한 적은 없어! 벌써 그렇게 겁먹을 필요 없어! 단지 처음에는 일이 결코 쉽지 않다고 얘기하는 거야. 하지만 그 외에는 괜찮아. 기계공은 정말 멋진 일이야. 그리고 머리도 좋아야 하거든. 안 그러면 그냥 대장장이나 해야지. 이것 좀 봐!"

그는 반짝거리는 철로 정밀하게 가공해서 만든 작은 기계 부품들을 한스에게 보여 주었다.

"단 0.5밀리미터도 오차가 생기면 안 돼. 나사를 제외하고는 전부 손으로 만든 거야. 눈을 크게 뜨고 정말 집중해서 일해야 해! 이제 연마를 해서 단단하게 만들기만 하면 완성이야."

"그래, 굉장하구나. 내가 알면 좋으련만……."

아우구스트는 웃었다.

"겁나니? 견습생이 힘들고 고생하는 건 어쩔 수가 없어. 하지만 내가 여기서 일을 하고 있으니까 잘 도와줄게. 네가 만약 다음 주 금요일부터 일을 한다면 마침 내가 2년 동안의 견습 생활을 마치고 토요일에 첫 주급을 받거든. 일요일에 파티를 열 거야. 맥주하고 케이크도 준비할 거고 모두 참석하기로 했어. 너도 와. 그러면 우리가 어떻게 지내는지 대충 분위기를 알게 될 거야. 그래, 와서 봐! 어쨌든 우리는 예전부터 좋은 친구였잖아."

식사를 하면서 한스는 아버지에게 기계공이 되고 싶다고 말했고 1주일 후에 시작해도 되는지 물었다.

"그래, 좋다."

아버지는 이렇게 말하고 오후에 한스와 함께 슐러의 공장으로 가서 견습생으로 등록을 했다.

하지만 날이 어둑해지기 시작하자 한스는 다른 것들은 거의 다 잊고 저녁에 자신을 기다리고 있을 엠마만 생각했다.

벌써부터 숨이 막혔고 시간이 너무 느리게 흐르는 것 같다가도 또 너무 빠르게 흘러가는 것 같았다. 뱃사공이 급류를 탄 것처럼 엠마와의 만남을 향해 다가가고 있었다. 그날 저녁에는 밥도 제대로 먹을 수 없어서 겨우 우유 한 잔만 마시고 집에서 나왔다.

모든 것은 어제와 같았다. 어두컴컴하고 잠든 골목길, 불 꺼진 창문, 가로등 불빛, 한가롭게 산책을 즐기는 연인들.

제화 장인의 집 정원 울타리에서 한스는 큰 불안감에 휩싸였다. 아주 작은 소리에도 소스라치게 놀라고 어둠 속에서 귀를 쫑긋 세우며 이렇게 서 있는 자신이 도둑 같다는 느낌이 들었다. 기다린 지 1분도 채 되지 않아 엠마가 그의 앞에 나타났다. 엠마는 손으로 그의 머리를 쓰다듬고는 정원 문을 열어주었다. 한스는 조심스럽게 안으로 들어갔고 엠마는 그를 이끌고 덤불 사이로 난 길을 걸어 뒷문을 통해 어두운 현관 쪽으로 갔다.

두 사람은 창고 계단 맨 위에 나란히 앉았다. 어둠 속에서 서로의 모습이 눈에 보이기까지 한참이 걸렸다. 엠마는 한껏 들떠서 속삭이는 목소리로 쉴 새 없이 재잘거렸다. 그녀는 이미 몇 번이나 키스를 한 경험이 있고 연애에 대해서도 잘 알

고 있었다. 그래서 수줍음 많고 귀여운 소년이 마음에 들었던 것이다. 엠마는 한스의 갸름한 얼굴을 두 손으로 잡고 이마, 눈, 볼에 입맞춤을 했다. 이제 입에 할 차례가 되자 빨아들이듯 길게 키스를 했다. 한스는 현기증을 느끼고 축 늘어져 힘없이 엠마에게 몸을 기댔다. 엠마는 나직이 웃으면서 그의 귀를 잡아당겼다.

엠마는 계속해서 재잘거렸고 한스는 들으면서도 무슨 말을 하는지 알 수 없었다. 엠마는 손으로 그의 팔과 머리카락, 목과 손을 쓰다듬고 자신의 뺨을 그의 뺨에 맞대고 머리를 그의 어깨에 기대었다. 그는 아무 말 없이 엠마가 하는 대로 가만히 있었다. 달콤한 떨림과 깊고 행복한 불안감에 휩싸여 가끔씩 열병에 걸린 환자처럼 몸을 움찔거렸다.

"무슨 애인이 이래!" 엠마가 웃었다. "넌 정말 용기가 없구나."

엠마는 한스의 손을 잡고 자신의 목덜미와 머리카락을 만지게 하고 자신의 가슴에 대고 눌렀다. 그는 부드러운 곡선과 달콤하고 생소한 기쁨을 느끼며 눈을 감고 끝없는 심연 속으로 가라앉았다. "안 돼! 더 이상은 안 돼!" 엠마가 또다시 키스를 하려고 하자 한스가 제지하며 말했다. 엠마는 웃었다.

엠마는 한스를 더 가까이 끌어당겨 팔로 감싸 안고 몸을 밀착했다. 한스는 그녀의 몸이 느껴지자 머릿속이 몽롱해지면서 아무 말도 할 수 없었다.

"너도 나를 좋아하는 거 맞아?" 엠마가 물었다.

한스는 그렇다고 말을 하고 싶었지만 고개만 끄덕일 수 있어서 한참 동안 고개만 끄덕였다.

엠마는 다시 그의 손을 잡고 장난스럽게 자신의 코르셋 아래로 갖다 댔다. 낯선 생명의 맥박과 호흡이 너무나 뜨겁고 가깝게 느껴져서 한스는 심장이 멎어서 죽을 것만 같았고 숨을 쉬기가 힘들었다.

한스는 손을 빼고 힘겹게 입을 열었다. "난 이제 그만 집에 가야 돼."

그러고는 일어나려다가 휘청거려서 하마터면 지하실 계단 아래로 굴러 떨어질 뻔했다.

"왜 그래?" 엠마가 의아해 하며 물었다.

"나도 모르겠어. 그냥 너무 피곤해."

정원 울타리 쪽으로 걸어가면서 한스는 엠마가 자신을 부축하며 꼭 껴안고 있는 것을 느끼지 못했고, 잘 자라고 인사하는 것도, 그리고 뒤에서 문이 닫히는 소리도 듣지 못했다. 그는 골목길을 따라 집으로 걸어왔지만 어떻게 왔는지 알지 못했다. 커다란 폭풍에 휩쓸려 오거나 아니면 엄청난 물살에 떠밀려 온 것만 같았다.

양옆으로 줄지은 창백한 집들이 보였고 그 위로 산등성이와 전나무 꼭대기, 깜깜한 밤하늘, 그리고 하늘에 떠 있는 커다란 별들이 보였다. 그는 바람이 부는 것을 느꼈고 다리 기둥에 부딪히며 흘러가는 강물 소리를 들었다. 정원과 창백한 집들, 깜깜한 밤하늘, 가로등, 별이 강물에 비쳤다.

한스는 다리 위에서 주저앉았다. 너무 피곤해서 집까지 도저히 걸어가지 못할 것 같았다. 다리 난간에 앉아서 기둥에 부딪히는 물소리와 둑에서 물거품이 일어나는 소리, 그리고 물레방아가 돌아가는 소리에 귀를 기울였다. 손은 차가웠고 가슴과 목구멍에 막혀 있던 피가 갑자기 터지듯 흘러가서 눈앞이 캄캄해졌다. 또 피가 갑자기 심장 쪽으로 쏠리면서 머리가 어지러웠다.

한스는 집으로 돌아와 방으로 올라가서 침대에 눕자마자 잠이 들어 버렸다. 꿈을 꾸었는데 거대한 공간 속에서 깊은 곳으로 떨어지고 또 떨어졌다. 자정 무렵 고통스럽고 지친 상태로 잠에서 깼고 아침까지 자다 깨기를 반복했다. 사무치는 그리움에 목말라 하며 알 수 없는 힘에 이리저리 휘둘리던 그는 이른 새벽이 되어 괴로움과 압박감에 그만 울음을 터뜨렸다. 한참을 울다 눈물 젖은 베개 위에서 다시 스르르 잠이 들었다.

7

한스의 아버지는 짐짓 품위 있고도 바쁘게 착즙기를 요란스레 가동하며 일을 하고 있었다. 한스도 옆에서 거들었다. 제화 장인의 집 아이들 중 두 명도 초대를 받아 열심히 과일을 날랐다. 아이들은 작은 시음용 잔으로 과즙 맛을 보고 큼직한 검은 빵을 손에 꼭 쥐고 있었다. 하지만 엠마는 함께 오지 않았다.

아버지가 나무통을 제작하는 사람과 함께 30분 정도 자리를 비우게 되자, 한스는 비로소 용기를 내어 엠마에 대해 물어보았다.

"엠마는 어디 있니? 같이 오고 싶어 하지 않았어?"

아이들이 입안에 든 음식을 다 삼키고 말을 할 수 있을 때까지 조금 시간이 걸렸다.

"엠마 누나는 갔는데." 아이들은 고개를 끄덕이며 말했다.

"갔다고? 어디로?"

"집으로."

"집으로 갔다고? 기차 타고?"

아이들은 열심히 고개를 끄덕였다.

"언제 떠났어?"

"오늘 아침에."

아이들은 다시 사과를 향해 손을 뻗었다. 한스는 착즙기를 돌리면서 과일즙 통을 멍하니 바라보다가 서서히 깨닫기 시작했다.

아버지가 다시 왔고 모두들 왁자지껄 웃으며 일했다. 아이들은 고맙다고 인사를 하며 떠났다. 저녁이 되어 다른 사람들도 집으로 돌아갔다.

늦은 저녁 식사를 마친 한스는 방에 혼자 앉아 있었다. 10시가 되고 11시가 되었지만 불은 켜지 않았다. 그러고는 오래도록 깊은 잠에 빠졌다. 평소보다 늦게 일어난 한스는 모호한 불행과 상실감을 느꼈다. 조금 후 엠마가 떠올랐다. 그녀는 어떤 말도, 작별 인사도 남기지 않고 떠나 버렸다. 지난밤에 만났을 때 엠마는 자신이 언제 떠날지 분명히 알고 있었을 것이다. 그녀의 웃음소리, 입맞춤, 그리고 능수능란한 몸놀림을 떠올려 보았다. 그녀는 한스를 전혀 진지하게 생각하지 않았던 것이다.

이에 대한 분노와 고통은 흥분되고 충족되지 않은 사랑의 욕망과 함께 슬픈 고뇌로 변했다. 한스는 집에서 정원으로, 길거리로, 숲으로, 그리고 다시 집으로 헤매며 돌아다녔다.

그렇게 해서 그는 사랑의 비밀 일부분을 어쩌면 너무 빨리 알게 되었다. 그것은 달콤한 맛이 아니라 쓰디쓴 맛이었다. 낮에는 부질없는 한탄과 그리운 기억들, 하염없는 고민이 이어졌다. 밤에는 심장이 두근거리고 가슴이 죄어서 잠이 들지 못하거나 끔찍한 악몽에 시달렸다. 이해할 수 없이 피가 쏠렸던 것들이 무섭고 기괴한 장면들이 되어 나타나곤 했다. 죽일 듯이 휘감는 팔, 불타는 눈빛의 상상 속 짐승, 어질어질한 낭떠러지, 그리고 이글거리는 커다란 눈이 되기도 했다. 잠에서 깨어나면 혼자였다. 서늘한 가을밤의 쓸쓸함에 휩싸이고 엠마를 향한 그리움에 괴로웠다. 그는 눈물로 흠뻑 젖은 베개에 얼굴을 파묻었다.

한스가 기계 공장에서 일을 시작하기로 한 금요일이 점점 다가왔다. 아버지는 한스에게 파란 린넨 작업복과 파란 반모직 모자를 사 주었다. 작업복으로 갈아입은 한스는 자신이 퍽 우스꽝스럽게 느껴졌다. 학교 건물이나 교장 선생님 집이나 수학 선생님의 집을 지날 때, 또 플라이크 아저씨의 작업장이나 목사님의 집을 지나갈 때면 비참한 기분이 들었다. 그렇게 괴로워하고 피땀 흘려 가며 열심히 노력했던 것들이, 소소한 기쁨들까지 외면해 가며 자부심과 야망과 희망에 부풀었던 꿈들이 모두 허사가 되어 버리고 말았다. 그 모든 노력이 결국, 모두의 비웃음을 받으며 동창들보다 늦게 신입 견습공이 되어 공장에 가기 위한 것이었다니!

하일너가 이 사실을 알면 뭐라고 할까?

그래도 시간이 흐르면서 파란색 작업복에 익숙해져 갔고 일을 시작할 금요일에 대해 기대를 갖기 시작했다. 거기 가면 어쨌든 적어도 뭔가 새로운 것을 경험할 수 있을 것이다!

그렇지만 이런 생각은 짙은 먹구름 사이로 잠깐 비치는 순간적인 번갯불에 불과했다. 떠나 버린 엠마를 잊을 수 없었고 피가 끓어오르던 그날의 흥분과 짜릿함은 더더욱 잊지 못했다. 그의 피는 더 많은 것을 바랐고 눈떠 버린 갈망을 해소해 달라고 부르짖었다. 시간은 그렇게 답답하고 고통스러울 정도로 천천히 흘러갔다.

그해 가을은 어느 때보다 아름다웠다. 부드러운 햇살이 가득했고, 이른 아침은 은빛으로 빛났으며, 오후는 찬란했고 저녁은 청명했다. 멀리 있는 산들은 짙은 푸른색 벨벳 옷을 입은 것처럼 보였고 밤나무들은 황금빛으로 빛났으며 담장과 울타리 위에는 야생 포도나무 넝쿨이 보라색 잎사귀를 늘어트렸다.

한스는 안절부절못하며 자기 자신에게서 도망쳐 다녔다. 낮에는 시내와 들판을 쏘다녔고 사람들을 피하려 했다. 사랑앓이를 남들이 눈치 챌까 봐 두려웠다. 그러나 저녁에는 골목을 걸어 다니며 지나가는 하녀들을 홀깃 쳐다보기도 하고, 양심의 가책을 느끼면서도 연인들을 몰래 뒤따라가 보기도 했다. 바라는 모든 것들 그리고 인생의 모든 마법들이 엠마와 함께 가까이 다가왔다가 심술궂게 다시 사라져 버렸다. 한스는 엠마로 인한 고통과 불안함을 더 이상 생각하지 않기로 했다. 만약 지금 다시 엠마를 만난다면 수줍어하지 않고 모든 비밀들을 털어놓겠다고 생각했으며 바로 그의 코앞에서 문이

닫혀 버린, 마법에 걸린 사랑의 정원으로 들어가리라 생각했다. 그의 상상은 후텁지근하고 위험한 미로 속에서 길을 잃고 헤맸다. 그 안에서 의기소침하게 방황하며 스스로를 괴롭혔다. 좁은 마법의 영역 바깥에는 더 넓고 아름다운 공간이 있다는 사실을 받아들이려 하지 않았다.

처음에는 불안하게 기다렸던 금요일이 마침내 오자 그는 오히려 기뻤다. 아침 일찍 파란색 작업복을 입고 모자까지 쓰고 조금 소심하게 게르버 거리를 지나 슐러의 공장으로 걸어갔다. 아는 사람들이 호기심 가득한 눈으로 한스를 바라보았고 그중 한 명은 궁금해 하며 말을 걸기도 했다. "어떻게 된 일이야? 너 이제 기계공이 된 거야?"

작업장에서는 벌써 일이 분주하게 돌아가고 있었다. 장인匠人은 마침 쇠를 단련하고 있었다. 그가 빨갛게 달군 쇳덩어리를 모루 위에 올려놓자 기능공이 무거운 망치를 들고 두들겼다. 장인은 더 섬세하게 모양을 잡으며 망치를 두들겼다. 집게를 능숙하게 놀렸고 사이사이에 좀 더 다루기 쉬운 작은 망치로 박자에 맞춰 모루를 쳤다. 그 소리는 활짝 열린 문 밖 아침 공기 속으로 경쾌하게 울려 퍼졌다.

기름과 쇠 부스러기로 인해 새까매진 긴 작업대에는 좀 더 나이 든 기능공과 아우구스트가 나란히 서 있었다. 그들은 각자 자신의 바이스(기계공작에서, 공작물을 끼워 고정하는 기구)에서 일에 열중했다. 천장에서는 선반旋盤(금속, 나무, 돌 따위를 회전시켜서 갈거나 파내거나 도려내는 데 쓰는 공작 기계), 숫돌, 풀무, 그리고 타공 기계들을 돌리는 벨트가 윙윙 소리를 내며 빠르게 돌아가고 있었다. 수력을 이용한 작업이었다.

아우구스트는 작업장에 들어온 친구를 향해 고개를 끄덕이며 인사를 하고는 장인이 시간이 날 때까지 문가에 서서 기다리라고 알려 주었다.

한스는 화덕과 멈춰 있는 선반, 요란하게 돌아가는 벨트, 그리고 혼자 돌고 있는 원반을 조심스럽게 바라보았다.

장인이 하던 일을 마치고 한스에게 다가오더니 큰 손을 내밀었다. 단단하고 따뜻한 손이었다.

"저기에 모자를 걸어 둬라."

그가 벽에 박힌 못을 가리켰다.

"이리 와. 여기가 네 자리고 네가 쓸 바이스야."

장인은 그를 맨 뒤에 있는 바이스 앞으로 데리고 갔다. 그런 다음 사용 방법을 설명해 주고 작업대 위의 도구들을 각각 어떻게 정리해 두어야 하는지 알려 주었다.

"네가 천하장사가 아니라는 것은 네 아버지를 통해 들어서 잘 알고 있단다. 내가 보기에도 그렇구나. 힘이 어느 정도 생길 때까지는 당분간 망치질은 하지 않아도 좋아."

장인은 작업대 아래에서 무쇠로 만든 작은 톱니바퀴를 꺼냈다.

"자, 우선 이것부터 해 봐. 이 톱니바퀴는 주물 틀에서 꺼낸 상태 그대로라 여기저기 튀어나오고 울퉁불퉁하니 잘 갈고 다듬어야 한다. 그러지 않으면 나중에 정밀한 공구들을 다 망가뜨리게 되니까."

그러더니 톱니바퀴를 바이스에 끼우고 낡은 줄을 들고서 어떻게 하는지 시범을 보였다.

"자, 이제 네가 해 봐. 하지만 다른 줄을 사용하면 안 된다! 점심시간 전까지 이것만 해도 충분할 거다. 다 끝나면 나한테 보여 주렴. 그리고 작업을 할 때는 시킨 일 외에는 아무 생각도 하지 마라. 견습생은 생각 같은 것은 할 필요가 없으니까."

한스는 줄질을 시작했다.

"잠깐!" 장인이 소리쳤다. "그렇게 하면 안 돼. 왼손을 이렇게 줄 위에 놓고 해야지. 아니면 너 혹시 왼손잡이냐?"

"아닙니다."

"그럼 됐다. 금방 잘하게 될 거다."

장인은 자신의 바이스가 있는 문가 맨 앞자리로 돌아갔다. 한스는 자신이 해야 할 일에 열중했다.

처음 몇 번 줄질을 할 때는 톱니바퀴가 의외로 부드럽고 쉽게 벗겨졌다. 하지만 알고 보니 그것은 원래 쉽게 벗겨지는 거친 겉껍질일 뿐이고, 그 아래에 있는 단단한 쇠를 매끈하게 갈아야 하는 거였다. 한스는 마음을 가다듬고 열심히 일했다. 어렸을 때 장난삼아 이것저것 만들어 본 것 말고는 자기 손으로 뭔가 눈에 보이는 쓸 만한 것을 만드는 기쁨을 맛본 적이 없었다.

"더 천천히 해!" 장인이 외쳤다. "줄질을 할 때는 하나 둘, 하나 둘, 박자를 잘 맞춰야 해. 그리고 꼭 눌러야지, 그러지 않으면 줄이 망가진다."

가장 나이 많은 기능공이 선반에서 작업을 하고 있었는데 한스는 궁금해서 그쪽을 곁눈질로 보았다. 그는 원반에 강철로 만든 굴대를 고정하고 벨트를 걸었다. 굴대가 요란한 소리를 내며 빠르게 회전하자 기능공은 머리카락처럼 얇고 반짝거리는 쇠 부스러기를 갈아 냈다.

온 사방에 쇳덩이와 강철과 놋쇠, 작업이 반쯤 끝난 물건들이 널려 있었다. 반질반질한 작은 바퀴, 끌과 드릴, 여러 형태의 드릴 날과 송곳이 있었고, 화덕 옆에는 망치와 다듬는 용도로 사용하는 망치, 망루 부품들, 집게와 납땜인두가 걸려 있었다. 벽에는 줄과 톱날이 쭉 걸려 있었고 선반에는 기름을 닦는 걸레, 작은 빗자루, 막대 사포, 쇠톱이 놓여 있었다. 기름통, 산성 용액이 든 병, 못과 나사가 든 상자도 보였다. 숫돌은 끊임없이 돌아가고 있었다.

한스는 시커멓게 변해 버린 손을 흡족하게 내려다보았다. 그러면서 새까맣고 기운 자국이 있는 다른 기능공들의 작업복과 비교해 우스꽝스럽게 새것 같은 자신의 작업복도 어서 좀 더 낡아 보이기를 바랐다.

아침 시간이 지나면서 작업장에 외부로부터 활기가 더해졌다. 근처 편직물 공장의 직공들이 작은 기계 부품을 갈거나 수리를 맡기려고 찾아왔다. 또 어떤 농부가 찾아와서 수리 맡긴 세탁용 압착 롤러가 다 됐는지 물었고 아직 수리가 끝나지 않았다는 말에 욕설을 퍼부었다. 그리고 또 잠시 후에는 점잖은 공장장이 찾아와서 장인과 함께 사무실로 들어가 협상을 했다.

그러는 동안에도 사람들과 톱니바퀴와 벨트는 쉴 새 없이 일을 하고 있었다. 한스는 그 순간 태어나서 처음으로 노동의 찬가를 이해했다. 그 노래는 적어도 신참에게는 감동적이었고 편안하게 도취할 수 있는 것이었다. 자신의 작은 존재와 작은 인생이 거대한 리듬에 끼워 맞춰 돌아가고 있음을 느꼈다.

9시가 되자 15분간 휴식 시간이 주어졌다. 모두 빵 한 조각과 주스 한 잔씩을 받았다. 아우구스트는 그제야 신참 견습공인 한스에게 제대로 인사를 건넸다. 그는 한스에게 용기를 북돋우면서 다음 일요일에 자신이 처음 받는 주급으로 동료들과 함께 열 파티에 대해서 또다시 들떠서 얘기했다. 한스는 자신이 줄질을 하고 있는 톱니바퀴가 무슨 용도에 쓰이는지 물었고 시계탑에 쓸 부품이라는 것을 알게 되었다. 아우구스트는 한스에게 그것이 나중에 어떻게 돌아가고 작동하는지 알려 주려고 했으나 수석 기능공이 다시 줄질을 시작하자 모두들 황급히 자기 자리로 돌아갔다.

10시에서 11시 사이가 되자 한스는 피로를 느끼기 시작했다. 무릎과 오른쪽 팔이 조금 쑤셨다. 발을 바꿔서 서 있기도 하고 몰래 팔다리를 뻗어 기지개를 켜 보기도 했지만 별로 도움이 되지 않았다. 그는 손에 들고 있던 줄을 잠시 놓고 바이스에 몸을 기댔다. 그에게 신경을 쓰는 사람은 아무도 없었다. 그렇게 기댄 채로 서서 머리 위에서 벨트가 윙윙거리며 돌아가는 소리를 듣고 있자니 살짝 혼미한 느낌이 들어서 1분쯤 눈을 감았다. 그때 장인이 다가와서 한스 뒤에 섰다.

"왜 그래? 벌써 지친 거냐?"

"네, 조금요." 한스가 솔직하게 말했다.

주변에 있던 기능공들이 웃었다.

"곧 익숙해질 게다." 장인이 차분하게 말했다. "이제 납땜하는 방법을 알려 주마. 이쪽으로 와 봐!"

한스는 호기심 가득한 눈으로 납땜하는 것을 지켜보았다. 먼저 인두를 뜨겁게 달군 뒤 때울 자리에 납땜 액을 발랐다. 그러고 나자 달궈진 인두에서 하얀 금속이 흘러 떨어지며 치익 하는 소리가 났다.

"걸레를 가져와서 깨끗이 잘 닦아 내라. 납땜 용액은 금속을 부식시키기 때문에 절대로 금속에 묻어 있으면 안 된다."

한스는 다시 자신의 바이스 앞에 서서 줄로 계속해서 톱니바퀴를 갈고 다듬었다. 팔이 쑤셨고 줄을 누르고 있는 왼손은 빨갛게 되어 아프기 시작했다.

점심 무렵, 상급 기능공이 줄을 내려놓고 손을 씻으러 가자 한스는 자신이 작업한 것을 들고 장인에게 갔다. 장인은 대충 살펴보았다.

"그래, 그 정도면 됐다. 네 자리 밑에 상자를 보면 똑같은 톱니바퀴가 있으니 오후에는 그걸 갈도록 해라."

이제 한스도 손을 씻고 작업장에서 나갔다. 점심시간 한 시간이 주어졌다.

예전에 같은 학교에 다니던 상점의 견습생 두 명이 길에서 한스를 보고 쫓아오며 놀려 댔다.

"주 정부 시험에 합격한 기계공이다!" 한 명이 소리쳤다.

한스는 발걸음을 재촉했다. 이 일이 정말 만족스러운지 아닌지 알 수 없었다. 작업장에서 하는 일은 대체로 마음에 들었지만 너무 피곤하고 지쳐 버렸다.

집 현관에 들어서면서 이제 드디어 앉아서 점심을 먹을 수 있다는 생각에 기뻐하는 순간, 불쑥 엠마가 떠올랐다. 오전 내내 엠마를 잊고 지냈다. 그는 조용히 자기 방으로 올라가 침대에 몸을 던지고는 괴로워서 신음 소리를 냈다. 울고 싶었지만 눈물이 나오지 않았다. 또다시 사무치는 그리움에 굴복하고 말았다. 머리가 마구 뒤흔들리고 아팠고 흐느낌을 억누르느라 목구멍까지 아팠다.

점심 식사는 고통이었다. 아버지의 질문에 대답해야 했고 오늘따라 기분이 좋은 아버지가 던지는 온갖 농담을 들어 줘야 했다. 한스는 식사를 마치자마자 정원으로 나가 햇빛 아래서 몽롱하게 15분 정도 머물렀다. 그러다 다시 작업장으로 갈 시간이 되었다.

오전에 빨갛게 굳은살이 박인 양손은 이제 심각하게 아팠고 저녁에는 너무 퉁퉁 붓고 아파서 아무것도 건드릴 수 없을 정도였다. 퇴근 전에는 아우구스트의 지도하에 작업장 전체 뒷정리를 해야 했다.

토요일은 더 힘들었다. 손이 타 들어갈 듯이 아팠고 굳은살에 물집까지 크게 생겼다. 장인은 기분이 좋지 않은지 작은 일에도 화를 내고 욕을 했다. 아우구스트는 물집은 며칠 안에 가라앉을 것이고 손이 단단해지면 더 이상 아프지 않을 것이라고 위로했지만 한스는 죽고 싶을 만큼 비참한 심정이었다. 하루 종일 시계만 바라보며 절망적으로 자신의 톱니바퀴를 갈아야 했다.

저녁에 작업장 청소를 하면서 아우구스트는 한스에게 속삭였다. 내일 동료 몇 명이랑 빌라흐에 가서 재밌게 놀다 올 계획인데 너도 빠지면 안 된다는 거였다. 2시에 자기 집 앞으로

오라고 했다. 한스는 너무 피곤해서 마음 같아서는 일요일 내
내 집에 누워 있고 싶었지만 같이 가겠다고 대답했다.

집으로 돌아오자 가정부 안나 할머니가 상처 난 손에 바를
수 있는 연고를 꺼내 주었다. 한스는 8시에 잠자리에 들어 다
음 날 오전까지 늦잠을 잤다. 아버지와 함께 교회에 가려면
서둘러야 했다.

점심을 먹으면서 한스는 아우구스트 얘기를 꺼내며 오늘
함께 놀러 가기로 했다고 말했다. 아버지는 순순히 다녀오라
고 하면서 50페니히까지 쥐어 주고는 저녁 식사 시간 전까지
만 돌아오라고 했다.

한스는 아름다운 햇살을 받으며 골목길을 거닐면서 일요
일이 주는 기쁨을 몇 달 만에 만끽했다. 평일에 손이 시꺼멓
게 되고 온몸이 녹초가 되도록 일을 했기 때문에 일요일의 거
리가 더 의미 깊고 아름다워 보였다. 정육점과 가죽 상점, 빵
집과 대장간의 주인들이 가게 앞 햇살이 내리쬐는 벤치에 앉
아 왜 그렇게 기분이 좋고 밝아 보였는지 이제 이해할 수 있
었다. 더 이상 그들이 초라한 속물처럼 보이지 않았다. 거리
에는 모자를 비스듬하게 쓰고 흰색 깃이 달린 셔츠와 말끔한
일요일 양복을 차려입은 노동자, 기능공, 견습공 들이 나란히

산책을 하거나 식당으로 들어가는 모습이 보였다.

항상 그런 것은 아니었지만 대개 수공업자는 수공업자끼리, 목수는 목수끼리, 미장이는 미장이끼리 어울리며 자기 직업에 대한 명예를 지켜 나갔다. 그들 중에서 금속공 무리가 제일 고상해 보였고 기계공들이 최고의 위상을 누렸다. 어떤 무리든 익숙한 느낌을 주었고 비록 조금 순진하고 우스꽝스러운 모습이 있기도 했지만, 그 뒤에는 오늘날까지도 즐거움과 유용함을 주는 정교한 수공업에 대한 자긍심이 있었다. 가장 궁색한 재단사의 견습생조차도 이런 자긍심을 갖고 있었다.

슐러의 집 앞에 젊은 기계공들이 의기양양한 자세로 서 있었다. 그들은 지나가는 사람들에게 고개를 끄덕여 인사를 하기도 하고 수다를 떨기도 했다. 그 모습을 보면 그들끼리 똘똘 뭉쳐 있고 다른 사람은 그 무리에 결코 끼어들 수 없음을 알 수 있었다. 쉬는 일요일에도 마찬가지였다.

한스도 이를 느끼며 그들 사이에 낄 수 있다는 사실이 기뻤다. 그러면서도 계획된 이 일요일의 유흥이 조금 두려웠다. 기계공들이 거칠고 화끈하게 논다는 것을 익히 들어 잘 알고 있기 때문이었다. 어쩌면 춤까지 추며 놀지도 모른다. 한스는 춤을 못 췄다. 그렇지만 가능한 한 남자답게 보이고 싶었고

266

필요하다면 나중에 조금 후회를 하게 되더라도 최선을 다하는 모습을 보여 주고 싶었다. 아직 맥주를 많이 마셔 본 적도 없었고, 담배는 창피와 모욕을 당하지 않으려고 겨우 한 대를 억지로 끝까지 피우는 정도에 불과했지만 말이다.

아우구스트는 한스를 아주 반갑게 맞아 주었다. 나이가 많은 기능공은 같이 못 가게 되었지만 대신에 다른 작업장에서 일하는 동료가 함께 가기로 했다고 말했다. 그러면서 다 합쳐 네 명이면 마을 전체를 뒤흔들어 놓기에 충분하다고 했다. 오늘은 자신이 낼 테니 맥주를 원하는 만큼 맘껏 마시라고도 했다. 그는 한스에게 담배를 권했고, 네 사람은 슬슬 움직이기 시작했다. 느리고 거만하게 마을을 지나다가 린덴 광장에 이르러서야 빌라흐에 늦지 않게 도착하기 위해서 빨리 걷기 시작했다.

강의 수면은 푸른색, 금색 그리고 하얀색으로 반짝거렸고 잎이 거의 다 떨어진 가로수 길의 단풍나무와 아카시아나무가 온화한 10월의 햇살을 받으며 서 있었다. 높은 하늘은 구름 한 점 없이 파랬다. 더할 나위 없이 고요하고 맑고 정감이 넘치는 가을날이었다. 이런 날이면 지나간 여름의 모든 아름다운 것들은 아픔 없이 웃을 수 있는 기억이 되어 부드러운 공기를 가득 채운다. 아이들은 계절을 잊고 꽃을 찾아 나서고 노인들은 창가나 집 앞 벤치에 앉아 감상에 젖은 눈으로 허공을 바라본다. 올해의 즐거운 기억들뿐만 아니라 지나간 인생 전체가 파란 하늘로 인해 눈에 선하게 펼쳐지는 것 같다고 느끼기 때문이다. 하지만 젊은이들은 기분이 좋아 들뜨기 마련이다. 아름다운 날을 찬양하며 각자의 재능과 성격에 따라 술이나 고기, 노래나 춤을 즐기고 파티나 거친 싸움판을 벌인다. 이맘때면 집집마다 신선한 과일 케이크를 굽고 갓 짜낸 사과 주스나 포도주가 창고에서 익어 간다. 식당 앞과 보리수 광장에서는 바이올린이나 하모니카 연주자가 올해의 마지막 아름다운 날들을 축복하면서 사람들을 춤과 노래와 사랑으로 이끈다.

젊은 기계공 무리는 빠르게 앞으로 걸어갔다. 한스는 아무렇지 않은 척하며 담배를 피웠는데 의외로 괜찮아서 스스로 놀랐다. 기능공 하나가 자신이 유랑하던 시절의 얘기를 꺼냈고 아무도 그가 심하게 허풍 떠는 것에 개의치 않았다. 으레 다들 허풍을 떨기 마련이었다. 아무리 겸손한 수공업 기능공이라고 해도 먹고살 만하고 자신의 과거에 대해 아는 사람이 없으면 편력 시절의 무용담을 굉장하고 멋진 것으로 포장해서 얘기하게 되는 법이다. 젊은 기능공의 삶이 담긴 아름다운 문학은 민중의 공유 재산이기 때문이다. 오랜 전통이 있는 모험담이 개개인에 의해 새로운 무늬를 덧입고 다시 태어난다. 기능공들이 자기 이야기를 시작하면 불멸의 오일렌슈피겔(14세기에 살았다고 추정되는 전설적인 익살꾼)과 불멸의 슈트라우빙거 형제(전설적인 기능공 모험가 형제)의 모습이 일부 나오는 것이다.

"예전에 내가 프랑크푸르트에 있었을 때 말이지, 젠장, 그때 정말 굉장했지! 아직 한 번도 이야기한 적이 없는데 말이야. 저질스러운 원숭이 같은 부자 상인이 우리 기능장의 딸하고 결혼하고 싶어 안달이 났었지. 그런데 그 딸은 그놈을 단박에 거절했어. 그 여자는 나를 좋아하고 있었거든. 그래서 나하고 넉 달 동안 사귀었는데 내가 그 영감하고 싸우지만 않았다면 아마 지금쯤 그 집 사위가 되어 있을 거야."

그는 계속해서 이야기를 늘어놓았다. 딸을 팔아먹으려던 비열한 기능장은 그를 괴롭혔고 한번은 그를 때리려고 겁도 없이 팔을 뻗었다. 그는 아무 말 없이 담금질할 때 사용하는 망치를 휘두르며 늙은이를 노려보았다. 그러자 그 장인은 자기 머리통이 소중했는지 소리 없이 사라졌고, 나중에 비겁한 겁쟁이처럼 서면으로 해고 통보를 했다고 한다. 이어 기능공은 오펜부르크에서 벌어졌던 패싸움에 대한 얘기를 했다. 그를 포함한 기계공 세 명이 공장 노동자 일곱 명과 붙어서 반쯤 죽여 놓았다고 의기양양하게 말했다. 누구든 오펜부르크에 가서 키다리 쇼르슈에게 물어보기만 하면 알 수 있다고 했다. 그 자리에 함께 있던 사람으로, 아직 그곳에 살고 있다고 했다.

사람들은 대개 이런 이야기를 대담하고 거친 말투로, 열정적으로 희열을 느끼며 떠벌렸다. 그 이야기에 누구든 즐겁게 귀를 기울였고 나중에 다른 사람들에게 말해 줘야겠다고 속으로 생각했다. 기계공이라면 누구나 한 번쯤 공장 장인의 딸과 사귄 적이 있고 나쁜 장인에게 망치를 휘두른 적이 있으며 일곱 명의 공장 노동자들을 흠씬 두들겨 팬 경험이 있었다. 이야기의 배경은 바덴 주나 헤센 주 또는 스위스로 바뀌기도 하고 휘두른 도구가 망치 대신 줄이나 불에 달군 철이 되기도 했으며, 공장 노동자가 아닌 제빵사나 재단사로 등장인물이 바뀌기도 했다. 그러나 줄거리는 항상 비슷했고 사람들은 그런 이야기를 좋아했다. 오래되고 재미있을뿐더러 같은 직종에 있는 사람들의 명예를 빛내 주는 이야기이기 때문이었다.

그렇다고 해서 오늘날 유랑을 하는 젊은 기능공들 중에 경험의 달인 혹은 창작의 천재인 사람들이 없다는 뜻은 아니다. 따지고 보면 근본적으로 둘은 같은 것이다.

아우구스트가 특히 이야기에 열광하고 즐거워했다. 계속 웃고 맞장구를 치고 이미 자신이 반쯤은 기능공이 된 것처럼 굴었으며 거만한 표정으로 담배 연기를 아름다운 허공에 내뿜었다. 이야기꾼은 자기 이야기를 계속했다. 자신이 함께 있는 것이 대단히 호의를 베푸는 걸로 보이고 싶기 때문이었다. 사실 기능공은 일요일에도 견습공들과는 어울리지 않았다. 더구나 꼬맹이들한테 술을 얻어먹는 것은 창피한 일이었다.

일행은 길을 따라 강 하류 쪽으로 한참을 걸어갔다. 갈림길이 나왔는데, 완만한 경사를 따라 올라가지만 돌아서 가야 하는 찻길과 경사가 가파른 대신 빨리 갈 수 있는 오솔길 중에서 선택할 수 있었다. 이들은 멀고 먼지가 많은 찻길을 선택했다. 오솔길은 주로 평일에 다니는 길이고, 산책하는 신사들이 주로 이용했다. 하지만 서민들은 특히 일요일에는 아직 낭만이 남아 있는 찻길을 선호했다. 가파른 오솔길은 농부들 아니면 도시에서 자연을 좋아하는 사람들이나 오르는 길로, 그리로 올라가는 것은 노동 아니면 운동이지 서민들의 즐거움은 아니었다. 반면에 찻길은 편안하게 걸으며 수다를 떨 수 있었고 신발과 일요일의 양복을 더럽히지 않고 보호할 수 있었다. 마차와 말도 볼 수 있고 산책하는 사람들을 만나고 앞지를 수도 있었으며, 말끔하게 차려입은 소녀들과 노래 부르는 사내 무리를 만나서 웃으며 농담을 주고받거나 총각이라면 여자들을 쫓아가서 함께 웃거나 얘기를 나눌 수도 있었다. 저녁에는 좋은 친구들과 있었던 사소한 의견 다툼을 해소하기 위해 행동으로 진심을 보여 주고 화해할 수도 있었다!

그래서 한스 일행은 찻길을 선택했다. 둘러 가는 길이고 경사가 완만해, 시간이 많으면서 땀 흘리기 싫어하는 사람들에게 알맞았다. 기능공은 재킷을 벗어 막대기에 걸고는 어깨에 걸쳤고 이제 이야기를 하는 대신에 휘파람을 불기 시작했다. 아주 거침없이 신나게, 빌라흐에 도착할 때까지 한 시간 내내 휘파람을 불었다. 한스에게 몇 차례 빈정거리는 말을 하기도 했지만 한스는 그다지 기분이 나쁘지 않았고 오히려 아우구스트가 나서서 방어해 주었다. 그리고 마침내 빌라흐에 도착했다.

빌라흐 마을은 가을빛으로 물든 과일 나무들 사이에 빨간 기와지붕들과 은회색 초가지붕들이 자리한 곳으로, 뒤쪽으로는 검푸른 산림이 우뚝 솟아 있었다.

젊은이들은 어떤 술집으로 들어갈지 의견 일치를 보지 못
했다. '닻'이라는 술집은 맥주 맛이 최고로 좋기로 소문난 곳
이었고 '백조' 술집은 케이크가 맛있었으며 '뾰족한 모퉁이'
술집은 주인의 딸이 예쁘기로 유명했다. 아우구스트는 '닻'으
로 가자고 밀어붙였다. 그는 눈을 찡긋하면서, 술 몇 잔 마시
고 오는 동안 '뾰족한 모퉁이'는 없어지지 않을 테니 나중에
갈 수도 있다고 설득했다. 그러자 모두들 그의 말에 동의했고
마을로 들어갔다. 가축우리들을 지나고 제라늄 화분이 가득
놓인 농가의 낮은 창가를 지나 '닻'을 향해 걸어갔다. 어린 밤
나무 두 그루 너머로 반짝거리는 황금빛 간판이 유혹의 손길
을 내밀고 있었다. 기능공은 실내로 들어가서 앉고 싶어 했지
만 안은 사람들로 꽉 차서 어쩔 수 없이 정원에 자리를 잡고
앉았다.

'닻'은 손님들 사이에서 고급 술집으로 유명했다. 낡은 시골
술집이 아니라 네모난 벽돌로 지어진 현대적인 건물이었다.
창문이 많았고 벤치 대신에 의자가 놓여 있었으며, 알록달록
한 양철 광고판들이 걸려 있었다. 종업원은 늘 세련된 옷차림
을 하고 있었고 주인도 달랑 셔츠만 입은 게 아니라 항상 최

신 유행하는 갈색 정장을 완벽하게 갖춰 입고 있었다. 주인은 전에 파산했으나 커다란 맥주 양조장을 운영하는 채권자에게 집을 담보로 돈을 빌린 후에 사정이 조금 나아졌다. 정원에는 아카시아나무가 서 있었고, 주변은 야생 포도 넝쿨로 반쯤 뒤덮인 커다란 철망 울타리가 쳐져 있었다.

"위하여!" 기능공이 외치며 세 사람과 건배를 했다. 그는 과시하려는 듯 잔을 단숨에 비웠다.

"거기, 예쁜 아가씨, 잔이 비었네요. 한 잔 더 갖다주세요!" 그는 종업원에게 소리치며 탁자 너머로 맥주잔을 내밀었다.

맥주는 시원하고 너무 쓰지도 않으면서 맛이 일품이었다. 그래서 한스도 즐겁게 맥주를 마셨다. 아우구스트는 맥주 맛을 잘 아는 듯한 표정으로 혀끝으로 음미하며 마셨고 고장 난 오븐처럼 계속해서 담배 연기를 내뿜어 댔다. 그런 모습에 한스는 내심 놀랐다.

유쾌하게 일요일을 즐기고, 인생과 즐거움이 뭔지 아는 이들과 함께 당연히 그럴 자격이 있는 사람처럼 술집에 앉아 있는 것도 나쁘지 않았다. 함께 얘기를 하고 웃고 가끔씩 과감하게 농담을 던져 보는 것도 즐거웠고, 다 비운 잔을 탁자 위에 세게 내려놓으며 "여기 한 잔 더요!"라고 외치는 것도 재밌고 남자답게 느껴졌다. 다른 탁자에 앉은 아는 사람과 건배를 하거나, 불이 꺼진 담배꽁초를 왼손에 끼운 채 남들처럼 모자를 뒤로 젖히는 것도 좋았다.

다른 작업장에서 함께 온 기능공은 조금씩 취기가 돌자 이야기를 시작했다. 그는 울름에 사는 기계공을 알고 있는데, 그 사람은 좋은 울름 맥주를 스무 잔이나 마시고 난 다음에 입을 닦으며 항상 이렇게 말한다고 했다. "자, 그럼 이제 와인 한 병을 마시자!" 그리고 칸슈타트에서 화부火夫로 일하는 사람을 알게 됐는데, 그 사람은 한자리에서 소시지 열두 개를 연달아 먹어 치울 수 있고 먹는 걸로 내기를 해서 이긴 적도 있다고 했다. 하지만 두 번째 내기에서는 지고 말았다. 작은 식당의 메뉴판에 있는 모든 음식을 먹는 내기를 했던 것이다. 모든 음식을 거의 다 먹어 치웠을 때 치즈가 네 종류 나왔는데, 그는 세 번째 치즈를 먹다가 접시를 밀어내며 이렇게 말했다. "여기서 한 입을 더 먹느니 차라리 죽는 게 낫겠어!"

이런 이야기도 열띤 호응을 얻었고 이 세상에는 곳곳에 대식가와 애주가가 있다는 사실을 알 수 있었다. 누구나 그런 사람에 관한 이야기를 하나쯤은 알고 있었다. 어떤 사람은 '슈투트가르트에 사는 남자'에 대해서, 또 어떤 이는 '내가 아는 루트비히스부르크에 사는 기마병'에 대해서 이야기했다. 어떤 이는 감자 열일곱 개를 먹어 치웠다고 하고 또 어떤 이는 팬케이크 열한 개와 샐러드를 먹었다고 했다. 이런 이야기를 아주 진지하게 나누면서 이 세상에는 굉장한 재능을 지닌 별난 사람들이 많으며 그중에는 엄청난 기인奇人도 있다는 사실을 나누며 즐거워했다. 이런 즐거움과 진지한 사실들은 모든 술집 단골들을 통해 내려온 오래되고 귀중한 유산이다. 술을 마시고 정치 이야기를 하고 담배를 피우고 결혼하고 죽는 것과 마찬가지로 이것 역시 젊은 손님들에 의해서 계속 이어질 것이다.

세 번째 잔을 마시고 있을 때 일행 중 한 명이 케이크는 없냐고 물었다. 종업원을 불렀고 케이크가 없다는 대답이 돌아오자 다들 몹시 흥분했다. 아우구스트는 자리에서 일어나 케이크가 없다면 다른 술집으로 가 봐야겠다고 말했다. 다른 작업장에서 온 기능공은 형편없는 술집이라며 투덜거렸고 프랑크푸르트에서 온 기능공만 계속 머물고 싶어 했다. 그는 그새 여자 종업원과 친해져서 이미 그녀의 몸을 몇 번 더듬었기 때문이다. 한스는 그 광경을 지켜보았고 맥주를 마셔서 그런지 이상하게 흥분이 되었다. 한스는 자리를 옮기게 되어 내심 기뺐다.

술값을 계산하고 모두 길거리로 나왔다. 한스는 맥주 세 잔을 마신 취기가 올라오는 걸 느꼈다. 기분이 좋았고 반쯤 피곤하고 반쯤 들떠 있었다. 마치 꿈속에서처럼 눈앞에 엷은 베일이 드리워져서 모든 것이 아득히 멀게 또 비현실적으로 보였다. 쉴 새 없이 웃음이 터져 나왔고 모자를 조금 더 비딱하게 썼다. 이제 정말 호탕한 남자가 된 기분이었다. 프랑크푸르트 출신의 기능공은 다시 전투적으로 휘파람을 불기 시작했고, 한스는 그 박자에 맞춰서 걸어 보려고 애썼다.

'뾰족한 모퉁이' 안은 상당히 한산했다. 농부 몇 명이 앉아서 새로 나온 와인을 마시고 있었다. 생맥주는 없고 병맥주만 있어서 각자 앞에 병맥주가 한 병씩 놓였다. 다른 작업장에서 온 기능공은 과시하려는 듯 모두 함께 먹을 수 있는 커다란 사과 파이를 주문했다. 한스는 갑자기 몹시 허기를 느껴 연달아 몇 조각을 먹어 치웠다. 낡은 갈색 술집에서 벽에 달린 튼튼하고 널찍한 벤치에 앉아 있자니 나른하고 편안한 느낌이 들었다. 고풍스러운 주방 카운터와 커다란 난로는 희미한 어둠 속에 잠겨 있었다. 커다란 나무 새장 안에서 박새 두 마리가 날갯짓을 했다. 새 먹이로 쓰이는 빨간 열매 달린 마가목

가지가 그 창살 사이에 꽂혀 있었다.

술집 주인이 잠시 탁자로 다가와서 새로 온 손님들에게 인사를 했다. 본격적인 대화가 시작되기까지는 조금 시간이 걸렸다. 한스는 쓴 병맥주를 몇 모금 마셔 보고는 자신이 한 병을 다 마실 수 있을지 궁금했다.

프랑크푸르트 출신의 기능공은 또다시 허풍을 떨기 시작하며 라인란트 지역의 포도 축제, 유랑 생활, 노숙했던 경험에 대해서 떠들어 댔다. 사람들은 모두 그의 이야기를 즐겁게 들었으며 한스도 웃음을 멈출 수가 없었다.

어느 순간, 한스는 자신이 조금 이상하다는 것을 깨달았다. 술집 안, 탁자, 병, 유리잔, 그리고 동료들의 모습이 전부 부드러운 갈색 구름으로 합쳐진 것처럼 흐릿하게 보이다가 애써 정신을 차리면 다시 겨우 형체가 보였다. 대화와 웃음소리가 점점 크게 들리면 같이 크게 웃거나 말을 했지만 자신이 무슨 말을 했는지 금세 까먹었다. 건배를 할 때면 같이 건배를 했고 한 시간쯤 지나자 놀랍게도 그의 맥주병은 비어 있었다.

"너 제법 잘 마시는구나." 아우구스트가 말했다. "한 병 더 마실래?" 한스는 웃으며 고개를 끄덕였다. 그는 술을 마시는 것이 이보다 훨씬 더 위험한 일인 줄 알았다. 프랑크푸르트 출신의 기능공이 노래를 부르기 시작하자 한스도 목청껏 따라 불렀다. 어느새 술집은 손님으로 가득 찼다. 그리고 종업원을 돕기 위해 주인 딸까지 나와서 거들었다. 주인의 딸은 건강하고 강해 보이는 얼굴에 차분한 갈색 눈이 인상적인, 키가 크고 아름다운 아가씨였다.

주인 딸이 한스 앞에 새 맥주병을 가져다 놓자 옆에 앉은 기능공이 환심을 사려고 애를 썼다. 그러나 그녀는 들은 척도 하지 않았다. 기능공에게 관심이 없다는 것을 보여 주려고 그랬는지, 아니면 고운 소년의 얼굴이 마음에 들었는지, 아무튼 그녀는 한스 쪽으로 몸을 돌려 그의 머리를 재빨리 쓰다듬고는 주방 카운터로 가 버렸다.

벌써 맥주를 세 병째 마시고 있던 기능공은 그녀를 따라가서 어떻게든 말을 섞어 보려고 했지만 허사였다. 키가 큰 아가씨는 무심한 표정으로 그를 쳐다보고는 아무 대꾸도 없이 등을 돌려 버렸다. 그러자 기능공은 자리로 돌아와서 빈 병으로 탁자를 두드리며 갑자기 소리를 질렀다. "애들아, 우리 제대로 신나게 놀아 보자. 건배!" 그러더니 이제는 여자에 관한 음탕한 이야기를 시작했다.

한스의 귀에는 몽롱하게 목소리가 뒤섞이는 소리밖에 들리지 않았다. 두 번째 맥주병을 거의 다 비우자 말을 하기도, 심지어 웃기도 힘들어졌다. 문득 새장으로 가서 새들과 장난을 치고 싶었다. 하지만 두 발짝을 떼자마자 어지러워서 하마터면 쓰러질 뻔했기에 조심스럽게 자리로 돌아왔다. 한껏 들떠 있던 기분은 그때부터 점점 가라앉았다. 한스는 자신이 많이 취했다는 것을 알았고 술 마시는 것이 더 이상 즐겁지 않았다. 그리고 아득히 멀리서 기다리는 온갖 재앙이 보였다. 집으로 돌아가는 길, 아버지에게 혼날 일, 그리고 내일 아침 일찍 다시 작업장으로 출근도 해야 했다. 슬슬 머리도 아프기 시작했다.

동료들도 이제 마실 만큼 마신 듯 보였다. 잠시 정신이 드는 순간 아우구스트가 술값을 내는 것을 보았는데, 1탈러(독일의 옛 화폐 단위. 1탈러는 3마르크에 해당함)를 냈는데도 거스름돈은 얼마 되지 않았다. 한스 무리는 왁자지껄 웃고 떠들며 거리로 나왔다. 아직 밝은 석양에 눈이 부셨다. 한스는 몸을 가누기가 힘들어서 비틀거렸다. 아우구스트가 그를 부축했다.

다른 작업장에서 온 기능공은 감상에 젖었다. 그는 〈내일이면 나는 이곳을 떠나야 하네〉라는 노래를 부르며 눈에 눈물까지 맺혔다.

원래는 다들 집으로 돌아가려고 했는데 '백조' 술집 앞을 지나게 되자 기능공은 안으로 들어가서 한잔 더 하자고 고집을 부렸다. 문 앞에서 한스는 부축하던 손을 뿌리쳤다.

"나는 그만 집에 가야 해요."

"넌 혼자서 제대로 걷지도 못하잖아." 기능공이 웃으며 말했다.

"아니에요. 그렇지 않아요. 나는…… 집에…… 가야 해요……."

"꼬마야, 슈납스(알코올 도수가 40%에 달하는 독일식 증류주) 한 잔이라도 더 하고 가! 그게 걷는 데 도움이 될 거야. 속도 조금 편해질 거고. 정말이야. 너도 알게 될 거야."

한스는 자신의 손에 작은 술잔이 쥐어지는 것을 느꼈다. 잔에 든 술을 많이 쏟았는데, 남은 술을 들이켜자 목구멍이 타들어 가는 것 같았다. 지독한 구역질이 올라왔다. 그는 혼자서 비틀거리며 계단을 내려갔고 자기도 모르게 마을로 향했다. 집들과 울타리, 정원이 빙빙 돌면서 그를 스쳐 지나갔다.

사과나무 아래에 이르러 축축한 잔디밭 위에 누웠다. 역겨운 기분과 괴로운 불안감 그리고 어지러운 생각들 때문에 잠은 오지 않았다. 자신이 더러워지고 추해졌다는 생각이 들었다. 어떻게 집으로 돌아간단 말인가? 그리고 아버지에게 뭐라고 말해야 할까? 내일은 어찌 될 것인가? 너무 낙심하고 비참한 기분이 들어서 영원히 쉬고, 잠들고, 부끄러워해야 할 것만 같았다. 눈과 머리가 아팠고 자리에서 일어나 계속 걸어갈 힘조차 없었다.

그러다 뒤늦게 몰려온 파도처럼 갑자기 조금 전의 흥겨움이 되살아났다. 그는 얼굴을 찡그리고 혼자 노래를 흥얼거렸다.

오 사랑스러운 아우구스틴

아우구스틴, 아우구스틴

오, 사랑스러운 아우구스틴

모든 것이 끝나 버렸네.

노래를 마치자마자 마음속 깊은 곳에서 아픔이 밀려왔다. 명료하지 않은 생각과 기억들, 수치심과 자기비난이 홍수처럼 그를 덮쳤다. 한스는 크게 신음을 내고 흐느끼며 잔디밭 위에 쓰러졌다.

한 시간이 지나자 이미 날이 어두웠다. 그는 자리에서 일어나 불안하게 비틀거리며 힘겹게 언덕길을 내려갔다.

한스의 아버지는 아들이 저녁 식사를 할 때가 되었는데도 집에 들어오지 않자 몹시 화가 났다. 9시가 되어도 들어오지 않자, 오랫동안 사용하지 않은 단단한 회초리를 꺼냈다. 그 녀석은 이제 아버지한테 매를 맞지 않을 만큼 컸다고 생각하는 모양이지? 집에 들어오기만 해 봐라!

10시가 되자 아버지는 현관문을 잠가 버렸다. 녀석이 밤새 쏘다닐 생각이라면 이제 어떻게 되는지 두고 보라지.

아버지는 잠을 이루지 못하고 시간이 지날수록 점점 더 화가 치밀어 올랐다. 그러면서도 아들이 문손잡이를 돌려 보고 조심스럽게 초인종 줄을 당기기만을 기다렸다. 그 장면을 머릿속으로 떠올려 보았다. 제멋대로 나돌아 다니는 녀석한테 따끔한 맛을 보여 줘야지! 틀림없이 술에 취해서 들어올 그 못된 녀석, 한심한 놈을 정신이 번쩍 들게 만들어 주겠어! 뼈마디가 죄다 부서질 정도로 흠씬 두들겨 패서라도 정신을 바짝 차리게 해 줘야지.

그러다 마침내 아버지도, 그의 분노도 잠에 굴복하고 말았다.

같은 시각, 아버지한테 그렇게 욕을 먹던 한스는 이미 싸늘해진 채 천천히 어두운 강물을 따라서 떠내려가고 있었다. 구역질과 수치심과 고통은 그에게서 떠나갔다. 차갑고 푸른 가을밤이 어둠 속에 떠내려가는 야윈 몸을 내려다보았고 검은 강물은 그의 손과 머리카락과 창백한 입술을 어루만졌다. 날이 밝기 전에 사냥을 떠나는 수줍은 수달이 눈치를 보며 그를 조용히 스쳐 지나간 것을 제외하면 아무도 그를 보지 못했다. 그리고 한스가 어떻게 물에 빠지게 되었는지 아무도 알지 못했다. 그는 어쩌면 길을 헤매다가 가파른 곳에서 발을 헛디뎠을 수도 있다. 또는 물을 마시려다가 균형을 잃었을 수도 있다. 어쩌면 아름다운 강의 풍경에 홀려 강물을 향해 허리를 굽혔는지도 모른다. 밤과 창백한 달빛이 그에게 평화롭고 깊은 안식을 주어서, 피곤하고 두려움에 질린 그가 죽음의 그늘로 조용히 이끌렸는지도 모른다.

한스는 낮에 발견되어 집으로 옮겨졌다. 놀란 아버지는 회초리를 옆에 내려놓고 쌓아 두었던 분노도 내려놓을 수밖에 없었다. 그는 눈물을 흘리지 않았고 겉으로 티를 내지는 않았지만, 밤새 잠을 이루지 못하고 가끔씩 열린 문틈으로 깨끗한 침대에 누워 있는 아들을 바라보았다. 한스는 여전히 고운 이마와 창백하고 총명해 보이는 얼굴을 간직하고 있었다. 마치 남들과 다른 특별한 운명을 가질 권리가 있다는 듯이. 이마와 손의 피부에는 검붉게 긁힌 상처가 있었고 예쁘장한 얼굴은 고이 잠들어 있었다. 하얀 눈꺼풀이 눈을 덮고 있었고, 완전

히 다물지 않은 입은 만족스럽고 심지어 즐거워 보이기까지
했다. 소년은 한창 꽃다운 나이에 갑자기 꺾여서 즐거운 인생
의 행로에서 이탈하게 되었는데 말이다. 아버지도 피곤하고
외롭고 슬픈 나머지 아들이 미소를 짓고 있다는 착각에 빠져
들었다.

장례식은 많은 조문객과 호기심에 찬 사람들로 북적였다.
한스 기벤라트는 또다시 모두의 관심이 쏠리는 유명 인사가
되었고, 교장과 교사들 그리고 마을 목사도 한스의 슬픈 운명
에 함께했다. 모두들 프록코트를 입고 장중한 실크해트를 쓴
채 관을 옮기는 행렬에 따라 걸었으며 무덤 앞에 잠시 멈춰
서서 속삭이며 얘기를 나눴다. 라틴어 교사가 특히 우울해 보
였는데 교장이 그에게 조용히 말했다.

"그래요, 선생님. 이 아이는 장차 크게 될 아이였는데 말입
니다. 가장 우수한 아이들에게 이런 불운이 닥친다는 것이 참
으로 안타깝지 않습니까?"

제화 장인 플라이크는 한스의 아버지와 계속 울고 있는 가
정부 안나와 함께 무덤가에 남았다.

"참으로 가혹한 일입니다, 기벤라트 씨." 플라이크가 애도를

표했다. "저도 이 아이를 무척 좋아했습니다."

"도무지 이해할 수가 없어요." 기벤라트가 한숨을 쉬며 말했다. "정말 재능이 많은 아이였어요. 모든 것이 순조롭게 잘되어 가고 있었어요. 학교생활이나 시험이나 말이죠. 그런데 갑자기 한꺼번에 불운이 몰려왔어요!"

플라이크는 교회 묘지 문을 통해 나가는 프록코트 차림의 무리를 가리켰다.

"저기 저 신사 양반들 말이에요." 그가 조용히 말했다. "저 사람들도 이 아이가 이 지경이 되도록 부추긴 셈입니다."

"뭐라고요?" 기벤라트는 화를 내며 의아하고 놀란 얼굴로 플라이크를 쳐다보았다. "맙소사, 그게 무슨 말입니까?"

"진정하세요, 기벤라트 씨. 저는 그저 학교 선생들에 대해서 말했을 뿐입니다."

"왜요? 뭘 어쨌다는 말입니까?"

"아, 그만합시다. 당신이나 나, 어쩌면 우리 모두가 이 아이에게 소홀했던 점들이 있다는 생각이 들지 않습니까?"

마을 위로 맑고 푸른 하늘이 펼쳐졌다. 골짜기에는 강물이 반짝거렸으며 전나무 숲은 부드러운 자태로 넓게 뻗어 있었다. 플라이크는 슬픈 미소를 지으면서 기벤라트의 팔을 잡았다. 한스의 아버지는 그 순간의 적막감과 이상하게 고통스러운 상념들을 뒤로하고 익숙한 존재의 터전을 향해 머뭇거리며 발걸음을 옮겼다.

수레바퀴 아래서

초판 1쇄 발행 2019년 4월 05일 **초판 2쇄 발행** 2022년 5월 1일

지은이 헤르만 헤세
옮긴이 서유리
펴낸이 이승현

기획팀 오유미
디자인 신나은
일러스트 박희정

펴낸곳 ㈜위즈덤하우스 **출판등록** 2000년 5월 23일 제13-1071호
주소 서울특별시 마포구 양화로 19 합정오피스빌딩 17층
전화 02) 2179-5600 **홈페이지** www.wisdomhouse.co.kr

ISBN 979-11-89938-51-2 04850
　　　979-11-6220-268-5 04080(세트)